The Mother Road / Route 66

ザ・マザーロード / ルート66

Sumito Sam Okamoto

Amesian Books

ザ・マザーロード／ルート66（The Mother Road / Route 66）
ルート66の旅を10倍楽しんでいただくために

「ザ・マザーロード／ルート66」のページを読み進むと、シーンに流れる音楽やストーリーに登場する映画、テレビドラマ等のビデオを視聴できるようにハイパーリンクとＱＲコードが仕込んであります。

スマートフォンをお持ちの方へ

お手持ちのスマートフォンのカメラをＱＲコードにかざすだけで、ストーリーを読みながらコンテンツを楽しむことができます。

パソコン、タブレット端末などでデジタル原稿を読まれる方は、ハイパーリンクをクリックするかタッチすると、そのコンテンツが開きます。

CONTENTS

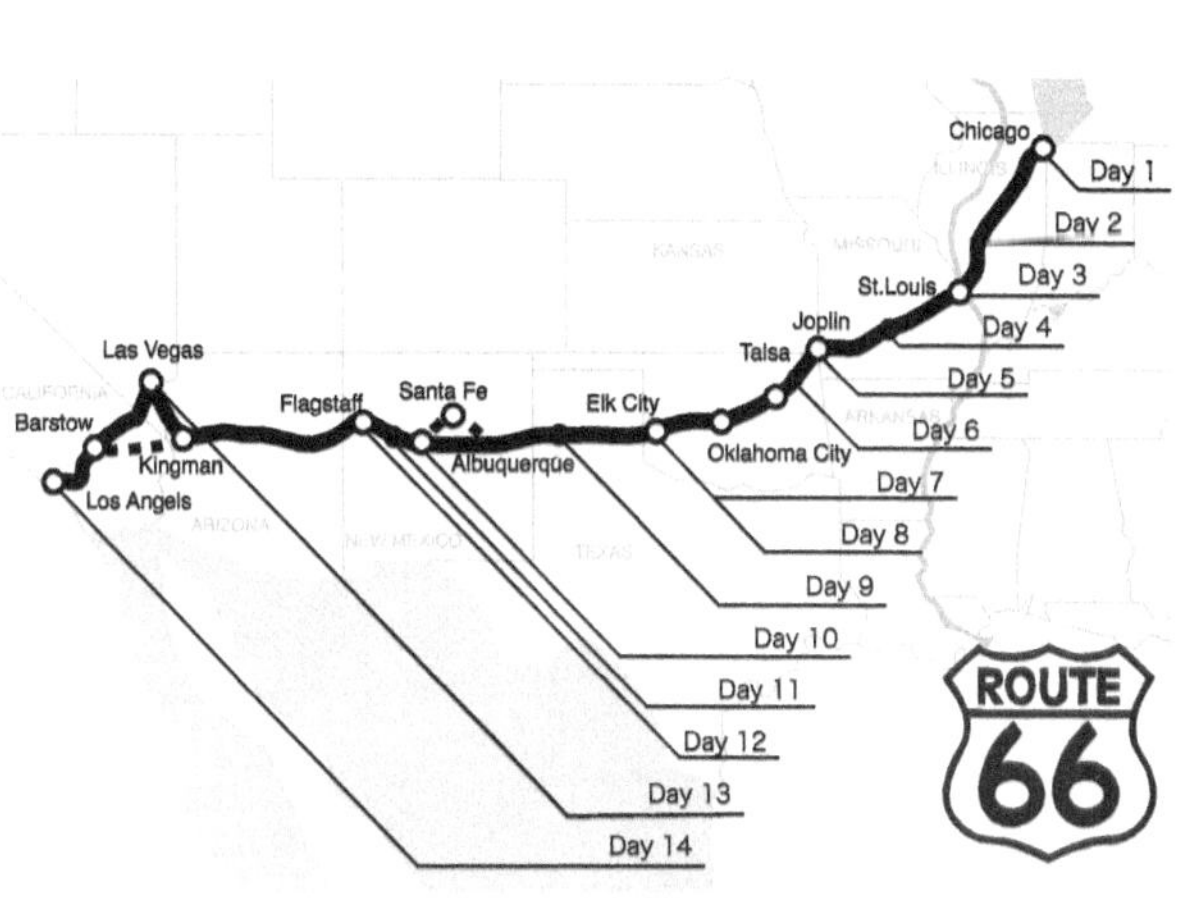
Chicago
Day 1
Day 2
St.Louis
Day 3
Joplin
Day 4
Talsa
Day 5
Day 6
Oklahoma City
Day 7
Elk City
Day 8
Day 9
Santa Fe
Albuquerque
Day 10
Flagstaff
Day 11
Day 12
Las Vegas
Kingman
Day 13
Barstow
Los Angels
Day 14
ROUTE
66

プロローグ

鈴木哲也は、ｉＰｈｏｎｅが登場して、ＳＮＳ（ソーシャル・ネットワーク・サービス）が広まってきた当時、男性ファッション雑誌の草分けとして歴史ある「メンズマガジン」の編集長をしていた。彼は編集者として駆け出しの頃から常に「男が格好良く生きる」というテーマを追い続け、それを発信してきた。その結果、日本男性のライフスタイルを変えてしまうような流行をいくつも生み出した。だから、彼は「男の格好良さの権威」、「トレンドの仕掛け人」として、ちょくちょくテレビにも顔を出す、世間でも知られる存在だった。

長年培ってきた紙メディアをベースに男性ファッションの権威となった彼だったが、旧態依然の紙メディアは早晩デジタル・メディアに凌駕されてしまうのではないかと、そのポテンシャルに脅威を感じていた。

そんなｉＰｈｏｎｅの普及によって人間生活が根底から変わり始めた頃、舞い込んできた思いが

けないチャンスが、心の片隅に忘れかけていたルート66の旅だった。

第一章　外堀通りにて

鈴木は、時々花冷えの風が巻き込んでくるのも気にせず、最新ラグジュアリーカーのコンバーチブル・トップを開け放って、親友だった関美隆の葬儀が行われる青山斎場に向かっていた。

彼は、中学、高校、大学と同じ学校に通った関と共に過ごした時間を思い起こしていた。関は鈴木にとって、身構えることなく何でも気楽に話せる数少ない親友だった。大手建設会社の役員まで上り詰めたが、今年の正月明けに胃に癌が見つかり、鈴木が見舞いのチャンスをうかがっている間に呆気なく逝ってしまったのだ。

今日は友人代表として弔辞を読むことになっているのだが、彼の突然の死があまりに意外だったので、原稿どころか何を話して良いやら、全く考えがまとまっていなかった。

だから、外堀通りを走る彼には、満開の桜も霞にしか見えていなかった。

市ヶ谷の交差点を過ぎた頃、さっきからかけっぱなしになっていたカーステレオから「Get your kicks on Route 66」が流れていることに気がついた。散漫になっていた注意力が聴覚に吸い寄せられ、その軽快なリズムがしっかり聞こえ始めた。

【Bobby Troup　Get your kicks on Route 66（ルート66）】

そして、それをきっかけに鈴木は約50年前にフラッシュバックした。

中学校の朝礼が終わって教室へ戻りかけた時、「お前、ルート66観たかよ？」と、関が興奮した顔で話しかけてきた。

「えっ、何の話だよ？　ルート66の曲なら聞いた事あるけど…」

「なあ~んだお前知らないのかよ、ルート66っていうアメリカのテレビドラマが昨夜から始まったんだよ。出てくる役者もクルマも格好いいぞ！　お前も観ろよ！」

「じゃぁ…、観てみるよ！」

これが今でも鈴木が覚えている関との一番古い会話だった。

鈴木は翌週、テレビの前でこの番組が始まるのを今や遅しと待った。

そして放送が始まると、画面に登場する主人公の2人、ファッション、クルマ、音楽、風景など、それら全てが眩しく輝いて見える程、このドラマに引き込まれてしまった。

中学生の鈴木にとって「ルート66」は、頭をガツンと殴られた以上の衝撃だったのだ。

【Route 66 TV Series Video（ルート66）】

翌朝から2人の会話はルート66の話題が中心となり、これをきっかけに2人の友情が深まっていった。

それからすぐに鈴木は主人公の一人、バズのファッションを真似るようになり、男が格好を付けるということをこのドラマから学んだのである。だから、今日の彼があるのも、関が言った「お前、

ルート66見たかよ？」の一言が始まりだったのだ。

このエピソードを弔辞にしようと決めたその時、鈴木の記憶の奥からもう一言、関の言葉が蘇ってきた。

「なあ、いつか2人でトッドとバズみたいにスポーツカーでルート66を旅しようぜ！」

これがもう絶対に叶わない願いなのかと思うと、鈴木の視界は急に曇り出すのだった。


鈴木は、その時代の男性が理想とする「衣、食、住、プラスα」のライフスタイルを自ら実践して、時にはそのままストレートに、時には少々演出を加えた原稿を書き、「今、これが一番格好いいですよ！」と誌面で提唱するのが仕事だった。

彼は、このかなりの出費を必要とする暮らし向きを、自分自身が様々なメーカーやブランドの広告塔になる事で可能にしていた。

今、彼が運転しているこのラグジュアリー・カーも正規輸入代理店とのペイパブ（記事広告）企画で長期に渡って貸し出されたものである。

マンションの一室が買えるような値段の車のオーナーになろうなんて人たちは、洋服だって、靴

だって、時計だって、アクセサリーだってブランド品を買うし、旨いものも食べる。ワインも飲むし、旅にも行く。

だから、この車を中心にした、そんな人達が興味を惹きそうなブランド、ショップ、レストランやホテルなどを絡めた試乗記の連載がこのペイパブの企画だった。そんな誌面に登場する鈴木は、ある時は実像の彼であり、ある時はファンタジーキャラクターとして作り上げられた虚像の彼だった。

鈴木は、メンズファッション・マガジンの編集長という天職に巡り会えたのはラッキーだと思っていたが、自分が創り上げた「オヤジ・ファンタジーランド」とも言える虚飾の世界と「出版」という超地道な世界を行き来する生活に疲れを感じ始めていた。しかし彼は今でもメンズマガジンの主筆を続けていた。

四ッ谷駅前に続く坂道でアクセルペダルをゆっくり踏み込んでいくと、この車は「富むとはこういうことなのだ！」と、彼の五感を刺激しつつ、この登り坂をスピードを上げながら軽々登り切った。

2週間後

鈴木は日産自動車のプレゼンルームにいた。

クライアント側からは宣伝部の部長を始めスタッフが数名、広告代理店の部長と担当、そしてメンズマガジン営業部の林が集まっていた。

鈴木が壇上に立って企画主旨を説明し始めると、傍らのモニタースクリーンに、アメリカ全土の地図にルート66が赤い線で記されたスライドが映し出された。

「シカゴとロサンゼルスを結ぶ国道66号『ルート66』は、1926年に工事がはじまり、完成するとアメリカの東西を結ぶ大動脈となりました。そして母なる道、マザーロードと呼ばれるようになったのです。今回の企画は、御社が日本導入を検討なさっている最新スポーティーカーのコンバーチブルでアメリカの母なる道『ルート66』をシカゴからロサンゼルスまでの全線約4000キロを走破する『ザ・マザーロード/ルート66の旅』です！　インターステイトハイウェイの開通によって廃線になり、通行量が激減してしまったルート66。その沿線に残る古き良きアメリカの今の姿を、この私、鈴木がレポートします」

当初、広告代理店が出してきた企画は「鈴木編集長の南カリフォルニア・オシャレ旅」だった。そ

れを鈴木自ら営業と広告代理店の反対を押し切って「ザ・マザーロード／ルート66の旅」にスケールアップしたのである。「バブルの頃なら未だしもこのご時世に？」と非難を浴びるのは重々分かっていたが、編集長としての海外取材はこれが最後になりそうなので、無理矢理ネジ込んだのである。彼は、メンズマガジン社の社長から「秋の役員改選時に取締役に昇格させたいと思っているのだが」と、編集の第一線から退く覚悟を迫られていた。

スライドが１９６０年製の「シボレー・コルベット」とテレビドラマ「ルート66」の主役の２人が写ったものに替わった。

「このスライドは、日本でも大ヒットしたテレビドラマ『ルート66』のシーンです。今回の企画のビジュアルは、現代版の『ルート66』に御社のスポーティーカーのコンバーチブルが使われているかのようなイメージを創り出します。これによって、マーケットとして見逃すことのできない、青春時代に『ルート66』を見てアメリカに憧れを抱いた私の様な世代にも、この車の魅力を強くアピールすることが可能となるのです」

鈴木はこの手のプレゼンが得意で、自分の主張を調子よくまくし立てた。

すっかり鈴木のペースにはまったクライアントの部長は、自分の青春時代を思い出しているのか、目

をつぶって鈴木の一言一句に頷きながら聞き入っていた。

「写真は巨匠小川正太郎が同行して撮影します」と説明すると、小川が写した代表的な自動車広告写真を集めたスライドショーが始まった。

今回、小川を旅のパートナーに選んだ理由は、お互い若い頃からの付き合いで気心を知り抜いた仲だということもあるが、彼のネームブランド力でクライアントを納得させる目的もあった。

この話を持ちかけると小川本人は即ＯＫしてくれたが、ギャラの金額でマネージャーの奥方とまだ揉めているのは、クライアントには内緒だった。

「メンズマガジンでは10ページずつ３ヶ月に渡ってこの旅のレポートを掲載します。また御社、弊社および関連のウェブサイトに毎日デイリーレポートを写真入りでアップします。ああ、それから、途中いろいろな場所でツイッターやフェイスブックなどのＳＮＳを最大限利用して、多くの皆さんとこの旅行を共有したいと思っています。今回のタイアップ記事の企画内容はこのように考えております。何か質問はありますか？」と質疑応答に入った。すると、クライアントの社員が手を挙げて

「全行程は何日ぐらいの予定ですか？」と質問してきた。

鈴木はスライドを地図に戻して「ここが出発点。イリノイ州のシカゴです」と指さすと、「ここからスタートして、ミズーリ州、カンザス州、オクラホマ州、テキサス州、ニューメキシコ州、アリゾナ州、カリフォルニア州のサンタモニカまでの約４０００キロ旅する訳ですから、２週間を予定しています」と説明した。これはかなり余裕を持ったスケジュールだった。予定より早くロサンゼルスに着いてしまったら、ゴルフかショッピングでもすればいいし、時間の潰し様はいくらでもあった。

「他に質問は有りませんか？」との問いに今度は女性社員が「鈴木編集長はルート66を走られたことは？」と聞いてきた。

「ごく部分的にロサンゼルス近郊で走ったことはありますが、全線走破するのは今回が初めてで、とても楽しみにしています」と真摯な顔で答え、周りを見回しながら「なにか他に質問はありませんか？」と繰り返した。

もう手を上げる人が居ないのを見て手応えを感じた鈴木は（してやったり）という顔をした。

「では、詳細については営業の林から説明させていただきます」と言葉を残して鈴木が壇上から降りると、林が前に出て説明を始めた。

第二章　荻窪のアパートの一室にて

近藤清は荻窪のアパートの一室でギターを弾いていた。部屋は散らかり放題で、床にはウイスキーの空瓶が何本も転がっていた。髪は伸び、顔は無精ひげで覆われていた。自分が奏でるブルースの寂しさにつられて、中空をさまよう充血した目からは、大粒の涙が溢れ出ていた。

ギターを弾く手をはたと止めた彼は、キャビネットの上に飾られた母親の遺影に向かって話し始めた。その横には、シカゴのブルース・クラブで行われたギター・バトルでギターを弾く彼の写真とその時の優勝トロフィーが飾ってあった。

「母さん。俺、またシカゴに行こうと思うんだ。この部屋でメソメソしているのにも飽きちゃったし。他にしたいことが見つからないのさ。もう一回シカゴのクラブのステージに立ってギター弾くだけでいいんだ。あの店でギターを弾かせてもらって満足したら、そこから何かを始められそうな気がするんだよ。会社から『もう来なくていいよ』って言われちゃったから、時間もたっぷりある

し…」

3ヶ月ほど前の寒い朝、彼を女手一つで育ててくれた母親がこの世から居なくなった。母親とは生まれてからずーっと一緒だった。プロのギタリストの夢を諦めてサラリーマンになったのも「堅気の仕事に就いてほしい」という彼女のたっての願いを聞き入れたからだった。しかし、20年以上もの間、滅私奉公した会社のリストラに遭い、先月いっぱいで退職させられてしまったのだ。

このワンツーパンチを食らってダウン寸前の近藤を支えていたのがギターだった。

中学生の時に始めたロックギターが高じてバンドを組み、高校時代にはブリティッシュ・ロックのコピーで腕を上げ、当然、将来はプロになろうと考えていた。

そんな近藤は、60年代半ばから始まるロックミュージックの黄金期と自分の青春を同時進行させられなかった、ロック乗り遅れ世代であることを悔やんでいた。ビートルズの「イエスタデイ」がヒットしたのは彼が5才の時だったから、グループの存在すら解散後に後追いで知ったのだ。だから近藤は、その乗り遅れ感を克服するため、ロックの歴史を遡って勉強し、吸収していった。

そして辿り着いたのが、ロックの源泉ともいえるブルースだった。

泣く泣くプロへの道は諦めたがギターは趣味として弾き続け、2年前、シカゴのブルースクラブで行われたギターバトルで優勝した時の興奮だけが今の彼に残された心の宝物であり、彼はそれに辛うじて支えられていたのである。しかし、その効果も時間の経過と東京とシカゴの距離によって段々薄れてきていた。近藤は膨らみ始めた心の空洞を酒で埋めることを覚えてしまっていた。

第三章　空港にて

梅雨もそろそろ終わろうとしている頃のどしゃ降りの中、鈴木は成田空港に向かっていた。ワイパーが行き交うフロントウインドウ越しに幕張のビル街が見えてきたころ、鈴木は小川に電話をかけた。

小川正太郎は鈴木が駆け出しの編集者だった頃、会社お抱えの新米カメラマンだった。何年か経ってフリーランスになった彼は出世して、今では押しも押されぬ大先生である。

鈴木より5歳ほど若い彼は、映画「イージー・ライダー」の影響をまともに受けた世代で、「チョッパーでアメリカを旅したい」という夢を鈴木は何度も聞かされていた。

【Easy Rider Movie Trailer（イージーライダー）】

今でも「正ちゃん、スーさん」と呼び合う気心知れた仲だし、彼となら2週間の長旅だって楽しいものになると確信していた。

いくら仕事とは言え、価値観やノリの合わない相手を道連れにしてしまうと、旅の楽しさは半減、いやそれ以下のひどいものになってしまうことを、鈴木はこれまで何度となく体験していた。だから、今回の旅のパートナーに小川は最適だった。

小川とはマイレージを貯めている航空会社グループが違い、別々の便でシカゴまで飛ぶことになってしまった。シカゴ直行便の席が取れなかった彼は、いったんニューヨークに入ってから、国内線を乗り継いで来る事になっている。いずれにしても、どちらの便も出発時間がほとんど同じなので、彼も今頃成田に向かっているはずなのである。

このクルマのハンズフリー・システムが小川を呼び出している間、鈴木は何となくいやな胸騒ぎを感じていた。

フィックスされた日程表を小川に送った後も彼の奥方のマネージャーとギャラの交渉がまとまっていないと、営業の林から聞いていたからだった。

すると、呼び出し音が鳴るかならないかですぐに録音メッセージが聞こえてきた。

「はい正太郎です。すいません今電話に出ることができません。後の手順はお分かりでしょっ？」

「ピーーーー」と、なんとも無愛想な小川の声である。

「正ちゃん、鈴木です。今、成田に向かって佐倉あたりを通過中なんですが、そちらの状況はどうですか？　もう飛行機に乗っちゃったの？　とにかく、シカゴのホテルのロビーで現地時間の午後7時に待ってるから。よろしくね！」

彼のフライトスケジュールでも、今ならまだ電話に出られるはずである（おかしいな？　どうしたのかな？）と、鈴木は頭をひねりながら電話を切った。

鈴木は編集長になってから最低でも年間10回は海外に出ていた。

目的は、ファッションブランドの新作発表会だったり自動車や腕時計のショーだったり、高級ホテルのオープニングだったりする。そのほとんどが主催者やメーカーからご招待を受けた大名旅行だ。そんな旅は、目的のイベントに参加する際や要人にインタビューをする時にはちょっと頭を使うが、それ以外の移動手段からどこに泊まって何を食べるかなど全てお膳立てが整っている。コー

ディネイターの連中は彼のワインの好みまで心得ていて、黙っていてもそれが出てきたりするのである。鈴木はそういった気遣いにいつも感謝するのだが、何とも背中がくすぐったい思いをさせられることも度々あった。

それに比べると今回の旅は、決まっているのはパートナーであるカメラマンの小川、シカゴのホテルで現地ディーラーから車を受け取り、それに乗ってルート66をサンタモニカまで走ること、そして車を返却する日時と場所だけだった。

若い頃、空想のルート66の旅は何度となくしたが、それが現実のものと成ろうとしている今、毎日いったいどんなことが起こるか全く予想がつかなかった。そのせいか、初めての海外旅行の時のような心細さを感じつつも、鈴木はいつになくワクワクしていた。

利用頻度の高いプレミアムメンバー専用のチェックインカウンターに行くと、今回もこの航空会社のマネージャーが満面の笑顔で迎えてくれた。彼が今日のシカゴ行きの便に乗ることを事前に把握していたのだろう。

「鈴木様、いつも弊社をご利用いただきありがとうございます。本日は道中お長いですから、ファーストクラスのお席をご用意させていただきました」と、頼んでもいないアップグレードをしてくれ

た。

彼が日頃から得ている様々な役得は、マスコミ関係者が醸し出すペンという見えざる力を持っているかのようなポーズと、当事者のそれに対する過大評価から生まれるのである。チェックインの際にいつもマネージャーが待ち構えているようになったのは、この航空会社の「機内サービスがあまりにひどかった」と編集後記に書いてからだった。

チェックインを済ませるとマネージャーが鈴木の手荷物を持ってファーストクラスラウンジまで案内してくれた。ラウンジにずらっと並んだふっくらと柔らかいソファーに腰掛けた鈴木は、ｉＰｈｏｎｅを取りだして、もう一度小川に電話をした。

またすぐに留守番メッセージになってしまったので、今度は何も言わずそのまま切った。それは、今更じたばたしても始まらないし、今回の取材にカメラマンが必要なことぐらい彼だって重々分かっているのだから、まさかすっぽかすことなど無いだろうと思っていた。

鈴木はｉＰｈｏｎｅを使ってＳＮＳに書き込みを始めた。

「成田のサクララウンジＮｏｗ！　これからシカゴへ飛びます。今回は小川正太郎氏と「ルート66」

を2週間かけて旅します。僕の長年の夢だったこの旅がどんなになるか、今からワクワクしています。途中、いろんな所から状況をアップデートしますので、是非フォローして、どんどんシェアして下さい！」とＰｏｓｔした。すると、即座に「いいね！」や「コメント」がものすごい勢いで返ってきた。

鈴木はそれをニヤニヤしながらチェックし終えると、溜まっていた友達リクエストの「承諾」ボタンを押し始めた。すると突然、画面に「Congratulations! You Got 100,000 Followers!（おめでとうございます！　フォロワー数が10万人を超えました！」と文字が大きく現れ、それを見た鈴木の手がピタッと止まった。そして、画面を顔に近づけて「えっ？　ついに『メンマガ』の公称発行部数を超えちゃったのか…」とつぶやきながら表情を暗くした。

鈴木がＳＮＳを始めたのは、数年前のアメリカ取材の際に、現地の若者がみんな使っていたからで、流行に乗り遅れちゃなるまいと思ったからだった。最初は仲間内で楽しんでいたのだが、気がついたら紙メディアには無い即座に反応が返ってくるインタラクティブ性にすっかりはまっていた。テレビの情報番組に出演した時に「僕は新しい情報をマスコミではなくＳＮＳから入手している」みたいなことをしゃべったらフォロワーがドンドン増えだして、それがついさっきメンズマガジン

の公称発行部数を超えてしまったのである。
瞬時にこれだけ多くの人に自分の意見を伝えられるSNSのポテンシャルに、鈴木は紙メディアの編集長として脅威を感じていた。

いよいよ搭乗時間になりラウンジのソファーから立ち上がるときに、もう一度電話をしようかと思ったが、鈴木は小川を信じることにしてゲートに向かった。

鈴木はゲートまで見送りに来たマネージャーにダメ元で「シカゴの空港にリムジンは迎えに来ているよね?」と鎌をかけてみた。突然のリクエストに一瞬困った顔を見せたマネージャーだったが、すぐに営業スマイルに戻って「はい、もちろんでございます」と答えた。それを聞いて満足そうな顔をした鈴木は、右手を顔の位置まで上げて感謝の気持ちを表しながら搭乗ゲートを潜った。
飛行機に乗り込みキャビンアテンダントに席まで案内されると、早速この便のチーフパーサーが挨拶に来た。ベテランで何度もお世話になったことのある彼女が席の横に跪いて「ごゆっくりおくつろぎ下さい」なんて言ってくれたが、鈴木はシカゴに着くまでに2本原稿を書き上げなければな

らなかった。

飛行機の中は電話の邪魔も入らないし、飲み物や食事もサーブしてくれるから、地上より遥かに原稿がはかどる。だから、彼にとってこの長いフライトの間に2本の原稿を終わらせるのはお茶の子さいさいのはずだった。

ところが、離陸前に振る舞われたシャンパンを2杯立て続けに飲んだ彼は、突然、睡魔に襲われ何時間も気を失うように熟睡してしまった。


目を覚ましたとき、モニターの地図上に示されたこのフライトの現在位置は、もうカナダ上空に達していた。これは10時間近く寝てしまったことになり、彼は地上でもこんなに長時間眠ったことなどここ数年なかった。

「新しくファーストクラスに導入されたシートの寝心地が良かった」と何かの機会に書いてあげれば、あのマネージャーの顔も立つだろうと思ったものの、肝心な締め切りの迫った原稿は一行も書けていなかった。まだノートパソコンも開けていないのだ。

眠気が薄れていくとともに空腹なことに気がついた彼は、もう機内での原稿書きは諦めてゆっく

り食事をすることにした。

第四章　シカゴにて

シカゴ空港の到着ロビーに出て来た鈴木は、Mr. Suzuki のサインを持ったショーファー（リムジン運転手）を見つけた。あのマネージャーがちゃんと手配してくれたのだ。合図を送ると、彼が近づいてきてスーツケースをカートに載せて車まで案内してくれた。駐車場に止まっていたのは一人で乗るには無用に長い真っ白なストレッチ・リムジンだった。

それを見た鈴木は気恥ずかしさを感じながらも、ちょっとしたセレブ気分を味わっていた。キャーキャー叫ぶファンやパパラッチが一人も居ないことは分かっていたが、彼は周りの視線を気にしながら思いっきり格好をつけてこのリムジンに乗り込んだ。

シカゴ空港からダウンタウンのホテルまでは一時間もかからない距離である。（まだ午前中だから、ホテルの部屋が用意できていないんじゃないか？）と、それが気がかりだった。

案の定、ホテルのレセプションの女性に
「You can't check in 'til 3PM」

「チェックインは午後3時以降にならないとできません」と素っ気なく言われてしまった。彼女がコンピューターでクリーンアップが済んでいる部屋を探す素振りでもしてくれれば諦めたかも知れないが、鈴木はマネージャーを呼んでもらった。そして、マネージャーには彼女の文句を言うのではなく、今回の宿泊はルート66の旅行記をこのホテルも含めて書くためで、自分がメディアの人間であることを名刺を見せながら説明した。

するとマネージャーはあわててコンピューターに向かい
「We have a mini suite ready for you, sir」

「ミニスイートルームの準備ができています」と、即座に部屋をあてがってくれた。やはり伝家の宝刀はここでも有効だった。

通されたのは明るくてモダンなインテリアの部屋だった。

荷物を運んできたベルボーイが丁寧に部屋の設備とアメニティーの説明を終えると、「Any

Questions?（何かご質問はありますか？）」と言って体の動きを止め、鈴木の顔をのぞき込んだ。鈴木はそれが何を意味しているのか一瞬分からず、戸惑ってしまった。そして次の瞬間、彼がチップを求めていることに気付き、慌てて出張経費の入った封筒から数枚の1ドル札を抜き出して渡した。鈴木は久しぶりのアメリカで、すっかりチップの習慣を忘れていたのだ。そして彼は、さっきのショーファーが去って行くときに急に不機嫌な顔をした理由がやっと分かった。

ベルボーイがドアを閉めた音を確認して、鈴木は天井から床まで1枚ガラスの窓に近づいて行った。眼下にはシカゴのダウンタウン、その先にはミシガン湖が見えていた。

鈴木はｉＰｈｏｎｅでその風景を撮影すると、ＳＮＳに書き込みを始めた。

「シカゴのホテルにチェックイン。部屋からの眺めです。飛行機の中で原稿を2本書き上げる予定だったのに、ＪＡＬのファーストクラスに新しく導入されたシートの寝心地があまりに良いので爆睡。だから、こんなお天気なのに、部屋にこもって原稿書きです。トホホ！」と打って、写真に添えてＰｏｓｔのボタンを押した。

午後7時の小川との合流までに原稿を2本完成させる時間はたっぷりある。ノートパソコンを取り出してモニターに向かったら（何でシカゴくんだりまで来て、真っ昼間から眺めのいいホテルの

スイートルームにこもって、フランスのスーパーブランドが先週東京で開いたパーティーと、西伊豆の老舗温泉旅館のリニューアルオープンを原稿にしなきゃいけないんだ）と割り切れない思いが鈴木の頭をよぎった。するともうキーボードを打つ指が止まってしまった。しかし、今、自分が置かれている状況がどうであれ、とにかく鈴木はこれらの原稿を仕上げて、明日の出発前に編集部に送らなければならないのだ。これが彼の矛盾に満ちた人生の実態だった。

時差のせいで発作の様に繰り返し襲ってくる強烈な睡魔と戦い、体の中のものを吐き出すような苦しみとともにやっと1本目の原稿を書き上げると、鈴木には2本目に手をつける気力はもう残っていなかった。そのままベッドに突っ伏して何時間も寝てしまった。

目を覚ますと日はかなり西に傾いていて、鈴木はまた空腹だった。こんな時間に食事をしたらいつまでも時差ボケを引きずってしまうと思いつつも、小川と予定している夕食まで待つのは無理な腹具合だった。ルームサービスのメニューからアメリカンブレックファーストを選んで注文することにした。ハウスフォン（内線電話）の受話器を取ってルームサービスのボタンを押すと「Good evening, Mr. Suzuki（こんばんは、鈴木様）」と相手がでた。

「I know what time it is, but can you still make some breakfast for me?」

「今が何時だか分かっているんですけど、こんな時間でも朝食を作ってくれるかな？」と聞いてみると、彼女は
「Oh! Sure! No problem! Good morning, Mr. Suzuki」

「あ、おはようございます、鈴木様。もちろん問題ありません」とジョークを交えて挨拶を言い直した。そして矢継ぎ早に、

「How would you like your eggs? Would you rather have bacon, sausages or ham? How would you like your potatoes? Would you rather have bread toast or a bagel or Danish? What kind of bread would you like for your toast? Coffee or tea? Would you rather have orange juice as well?」

「タマゴはどう料理いたしますか？　お肉はベーコン、ソーセージ、ハムのどちらにいたしますか？　ポテトはいかがにされますか？　トーストかベーグルかデニッシュのどちらがよろしいですか？　トーストのパンの種類は？　コーヒーかティーか？　オレンジジュースも飲まれますか？」

と質問してきた。鈴木はそれら一つ一つに答えながら、自分がアメリカに居ることを実感し始めて

いた。

　しばらくして部屋に届けられた夕方の朝食を彼はペロリとたいらげ、シャワーを浴びて身支度を整えた。部屋の外に目をやると、もうすぐ午後7時になろうとしているのに、初夏の太陽はまだ地平線よりかなり高い位置にとどまっていた。


　鈴木はロビーまで降りていき、ラウンジのイスに座って腕時計で時間を確かめると、約束の時間まであと数分あった。鈴木は小川が現れるであろうエレベーターホールの方をちらちら見ながら彼の登場を待った。

　定刻ちょっと前にエレベーターのドアが開き、長身の日本人らしき若者が降りてきた。彼はキョロキョロ周りを見回してテーブルに飾られた花をコンパクトカメラで撮したかと思うと、まっすぐ鈴木に向かって歩いて来た。鈴木はその若者を「いったい何者なんだろう？」と怪訝な顔で睨み付けていた。

　若者は鈴木のところまでやって来て、何も言わずにパシっと鈴木の写真を撮ったかと思うと、視線を合わせないまま「正太郎さんの代わりに来た、村上英一っす」と聞き取りにくい小さな声で言っ

た。

鈴木は「えっ、今、何て言った？　代わり？」と、あっけにとられて「えっ？　じゃあ、やっぱり正ちゃんドタキャンなの？」とうわずった大声を張り上げた。

若者が「正太郎さんは撮影で、タヒチに行ったたっす」と言うのを聞いて鈴木はカッと頭に血が上り、お互いの所在、時差のことも考えず、反射的にｉＰｈｏｎｅを取り出して小川に電話をかけ始めた。

国際電話の聞き慣れない呼び出し音が続いたあとに小川が電話に出た。

「正ちゃん一体どうなってるのよ？　これでドタキャン4回目だよ！」と怒った鈴木はまた大声を張り上げた。

「スーさんゴメン！　ゴメン！　出発直前になって飛び込んできた仕事なんだよ。この前離婚したばかりの『あの女優』の初ヌードをタヒチで撮影。このご時世に写真集がらみだからさ、マネージャーが受けちゃったのよ」と、鈴木の怒りに反して小川はとても軽い口調で答えた。

小川は続けて「スーさんが東京に戻ってきたら彼女と一席設けるからさ、勘弁してよ、お願い！」と鈴木を納得させるための交換条件を出してきた。それを聞いた鈴木の脳裏に一瞬、セクシーな『あ

の女優』の姿態がよぎった。しかし、今はそんなオファーで彼の腹の虫が治まるわけがなかった。

「そんなことより正ちゃんね、この子、写真撮れるの?」どんな交換条件を出されても、とにかく今は仕事優先である。

「その子は、俺が見込んで今年の春からウチのスタジオへ来てるんだけど、写真はバッチリだから!」その小川の言葉は増々鈴木を不安にした。「えっ? 雇ったばっかりヒヨっ子じゃないの!? そんな子じゃ正ちゃんの代役なんかにならないでしょ?」

「スーさん、そんなこと言わずに、うちの村上を使ってやってよ」

「使うも使わないも、明日の朝出発するんだよ。これから代役なんて見つけられっこないでしょっ。東京ならまだしも、ここはシカゴだよ」

小川にはめられたと分かっても、鈴木にはこのヒヨっ子カメラマンを受け入れるしか道はなかった。「しょうがないな、分かったよ」と言って電話を切ったものの、彼の腹の虫は治っていなかった。

鈴木が電話をしている間も村上は突っ立ったままで、イスに座った彼のことを見下ろしていた。それが気にいらなかった鈴木がイスから立ち上がったが、まだ見下ろされていた。鈴木はそれが癪に

障った。

（この子の写真は小川が言うように本当に大丈夫なのだろうか？）と、鈴木は疑いの目で村上をつま先からゆっくりなめるように眺めた。

NIKEの黒っぽいスニーカーを履いて、腰まで落ちたスリムなブルージーンズ、痩せた体型に薄いグリーンのTシャツ、見た目は今風の青年だった。

鈴木の視線と村上の視線が交わると、「あの、明日の出発は何時っすか？」と、遠慮の無い態度で質問してきた。鈴木はこの青年の口の利き方が気になったが、それ以上にやたらと周囲の写真を撮りまくるのを異様に感じていた。

鈴木は小川と夕食を取りながら明日からの打ち合わせをしようと思っていたので、「えっ！　これから打ち合わせだよ」と、既に今夜のスケジュールが決まっていたかのように返事をした。すると村上は、「俺、飛行機で眠れなかったので、もう部屋で寝たいっす」と、もう交渉の余地が残されていないような雰囲気を漂わせた。

（こいつ、折れない奴だな）と思った鈴木は、「じゃあ打ち合わせは明日の朝8時にそこのコーヒーショップで朝飯を食べながら」と不服そうに、ラウンジの隣にあるその店を指さした。村上は面倒

くさそうに一度目線をコーヒーショップに送って確認すると、「じゃっ、明日8時に！」と言いながらくるっと方向転換してあっけなく去っていった。

鈴木はその後ろ姿を眺めながら、（あいつはいったい何様だ？）と腹が立った。

（あんな若造と2週間も一緒に旅をしなければならなくなったのか）と、その受け入れがたい事実に背筋が冷たくなるのを感じていた。

出鼻をくじかれて不機嫌になった鈴木は気分を変えようと夜のダウンタウンを散策することにしてホテルから外に出た。すると、湿気を含んだ生暖かい空気がまとわりついてきて、冷房で冷え切った体をゆっくり解凍してくれた。

高層ビルが長い影を作っているが、辺りにはまだ明るさが残っており、行き交う人たちの表情はとてもリラックスしているように見えた。この辺りも暗くなれば、アメリカの大都市の共通する緊張感が張り詰めるのである。

高架の上を電車が走っている道を何ブロックか歩くと、先にカラフルな光を放つ「BUD LIGHT」のネオンサインが下がったガラスウインドウが見えてきた。

煉瓦造りのその建物に近づいていくと、入り口ドアの上に「Blue Chicago」とブルーのネオンサインがクールに光っていた。中からブルースバンドの演奏が聞こえてきて、鈴木は何かに導かれるようにその店に入っていった。

B.L.U.E.

何も知らずしてこの店に入ったが、壁に掛かった古いポスターなどから、どうやらここはシカゴでも由緒あるブルースクラブのようだった。ステージでは女性ボーカリストがスポットライトを浴びてブルース調にアレンジしたシカゴの「Take Me Back To Chicago」を歌っていた。そしてギターソロに登場したのは黒い「フェンダー・ストラトキャスター」を弾く日本人風の東洋人で、店に集まった客は彼にヤンヤの喝采を送っていた。

［Chicago　Take Me Back To Chicago（シカゴへ帰りたい）］

鈴木はバンドの演奏を横目でチラチラ見ながらステージの前を横切って、バーカウンターの空いているスツールに腰掛けた。彼はどうして東洋人がこんなところでギターを弾いているのか不思議だった。しかし、この店の客たちは、突然一人で入ってきた東洋人の方が異様だったようで、彼らの視線が自分に集まっているのを鈴木は感じていた。

そんな周りからの奇異な視線など気にならなくなってしまうほど、このギタリストが奏でる人生

の影と光を感じさせるギターフレーズが、親友に傷つけられた鈴木の心にスーッと入ってきた。

鈴木はｉＰｈｏｎｅを取り出してステージで演奏するバンドをビデオで撮影すると、それにコメントを添えてＳＮＳにＰｏｓｔした。

「シカゴのダウンタウンでふらっと入ったブルースクラブ「Blue Chicago」にて。黒いストラトキャスターのギタリストが奏でるフレーズが心にスーッとしみ込んできて、僕を癒してくれた。彼のギターサウンドは心の痛みを知った音だ！」

表情、一つ一つの動作がオーラに溢れ、奏でる音楽を媒体にして異文化に溶け込み、観衆から喝采を浴びている東洋人ギタリストを鈴木は羨ましく思った。

ｉＰｈｏｎｅのモニターをのぞき込んでＳＮＳの反応を確認していると、鈴木は後ろから肩を軽く叩かれるの感じた。振り向くと、バーカウンターの向こうからバーテンダーが何を飲むかと尋ねていた。

東京の行きつけのバーでいつも飲んでいる
「Moscow Mule, please」

「モスコミュールプリーズ」と注文すると、それを聞いたバーテンダーはポカンとした顔をしてい

る。発音が悪いのかと思い、もう一度少し大きめの声で言い直してみた。それでも彼の態度は変わらなかった。今度はできるだけはっきり発音してみると、バーテンダーは諦めたような顔で

「Sorry! We don't have that」

「すみません。それはうちにはありません」と素っ気なく答えてきた。気を取り直して

「How about Spumoni?」

「スプモーニは？」と、セカンドチョイスを試みたが、これにもバーテンダーの答えは

「Sorry! We don't have that either」

「すみません。それはうちにはありません」だった。

「How about China Blue?」

「チャイナ・ブルーは？」黙って首を横に振り、

「How about Shandy Gaff?」

「シャンディガフは？」

「Kamikaze?」

「カミカゼ？」にバーテンダーは黙って首を横に振った。こいつはわざと意地悪をしているのかと

勘ぐってみたが、彼の目を見る限りそうでもなさそうだった。

鈴木はこの攻防に疲れて

「OK! Give me a double Wild Turkey on the rocks!」

「ＯＫ！　ワイルドターキーのダブルをオンザロックで」と１００％置いていない訳がないバーボンを注文した。

それを聞いたバーテンダーに笑みが戻り、流れる様な無駄のない動きで素早く氷の入ったグラスにバーボンを注ぎ、紙ナプキンをコースターにしてカウンターに置くと、鈴木と目を合わせて動きが止まった。彼は何かを訴えているようだった。一瞬気まずい空白の時間が流れたかと思うと、彼はグラスを指さして「8 bucks（8ドル）」とだけ言った。

「Oh! I am sorry! I am so sorry!（あ！　ごめん！　ごめん！）」

鈴木はアメリカのバーのキャッシュ・オン・デリバリーのシステムのこともすっかり忘れていたのだ。

鈴木は出張経費の入った封筒から真っ新な10ドル札を1枚抜き出して「It's all yours（全部取っといて）」と言ってバーテンダーに渡した。そのピン札を受け取った彼は、鼻でもかむのかという勢

いで両手で揉むように一旦クシャクシャにしてからシワを伸ばしてレジに放り込んだ。鈴木はそれを見ながら、今自分がアメリカにいることを実感していた。

鈴木の隣に座っているおばさんの客が

「What is the purpose of your visit?」

「シカゴに来た目的は何ですか？」と聞いてきた。

「I'm going to get my kicks on Route 66! 50 years ago I have made a promise with my friend to make a trip on Route 66 from Chicago to LA. Finally our dream came true!」

「友達と半世紀前にした約束がやっと叶って、ルート66をロサンゼルスまで旅するためにここに来た！」と鈴木が答えると、それを聞いていた客全員の羨望の眼差しが彼に集まってきた。

同じおばさんが

「That's great! So where is your friend?」

「それはすばらしい！　ところで、あなたのお友達は何処なの？」と次の質問をしてきた。

ちょうど一杯目のバーボンを飲み干してウォームアップが済んだ鈴木は、空になったグラスを指さしてバーテンダーに2杯目をオーダーすると、待ってましたとばかり、関との出会いからここに

至るまでのロング・アンド・ワインディング・ストーリーを語り始めるのだった。

第五章　Ｄａｙ１　シカゴから

鈴木はホテルの部屋で目を覚ました。

昨夜のブルースクラブで、周りに座っていた連中が段々身を乗り出して彼の話に聞き入ってきたのはハッキリ覚えているが、あれからいったい何杯オーダーを繰り返したのか？　その後何を話して、どうやってホテルに帰ってきたのか、タクシーに乗ったような気がするが、すっかり記憶が薄れてしまっていた。昨夜、そんなになるまで飲んだってことは、その時間を十分楽しんだってことの証だった。頭はまだハッキリしてこなかったが、耳の奥にはあの東洋人のギタリストが奏でるブルースのフレーズが耳鳴りのように残っていた。

我に返ってベッドサイドの時計を見ると8時15分過ぎだった。すでに小川の代役の彼との約束には遅れているし、スポンサーの現地ディーラーが今回の旅に使う車を届けてくれるのは9時だった。慌ててベッドから起き上がると頭がズキンと痛んだが、そんなことにかまっている余裕はなく、鈴

木はとにかくシャワーを浴びるためバスルームに直行した。まだ残りの原稿は書けていなかった。

慌てて身支度をしてロビーに降りていくと、代役の彼はコーヒーショップの前で待っていた。彼は鈴木の二日酔いの顔をジロっと上目使いに眺めて、そのまま黙っていた。

鈴木は寝坊してしまった負い目を覆い隠すために「車が9時に届くから、ホテルの玄関で合流してちょうだい」とだけ一方的に言い放って、また部屋に戻ってきた。これでは彼との関係が一層まずくなりそうだと思ったが、立場上、最初から下手に出る訳にもいかなかった。

鈴木は荷物を大急ぎでまとめて、チェックアウトを済ませ、ホテル玄関まで行くと、新車のコンバーチブルが車寄せに止まっていた。パールホワイトの抑揚のきつい張りのあるボディーラインはとてもセクシーで、こんな一流ホテルの玄関先でアメリカやヨーロッパの高級車と並んでも全く見劣りしなかった。


車を届けてくれたディーラーの人に「Good morning（おはよう）」と挨拶をすると、彼が早速この車の様々な機能を説明し始めた。

その中でも最も印象的だったのがメタルトップの開閉動作だった。

閉じていると普通に金属製の屋根がついたクーペなのに、ダッシュボードのＯＰＥＮボタンを押すだけで屋根がトランクにたたみ込まれ、オープンカーに変身するのだ。サイドウィンドウ、トランクリッド、トップなど様々な部分が正確なタイミングでその動きをコーディネイトしながら屋根が開いていく。この一連の流れがドラマチックに演出されていているので『ＯＰＥＮ』と『ＣＬＯＳＥ』を繰り返したら周りの見物人から拍手が起こるほどだった。

「If you have any problems, please use this button, OK? It will connect you to the road service operator」

「何か問題があったらこのボタンを押して下さい。自動的にロードサイドサービスのオペレーターに繋がります」と、ディーラーの彼は緊急の際の連絡方法を教えると、

「All Historic Route 66’s routes are programmed in the navigation system. You will never get lost」

「ルート66のオールドルートは全てこのナビゲーションシステムにプログラムしてあります。だから道に迷うことは絶対ありません」とカーナビの画面を指さした。そして、最後に

「I assigned the best navigator for you, Mr. Suzuki!」

「ミスター鈴木のために最高のナビゲーターを準備しました」と言ってウィンクしながら意味深に微笑んだ。

鈴木は彼からキーを2本受け取り「Thank you!」と言って握手した。

鈴木が説明を受けている間、村上はまったく車には関心なさそうにボーっと突っ立っていた。それを見かねた鈴木が「ねえ君、ここもさらっと押さえておいてね」と声をかけると、彼は「えっ、どっ何処押さえるんすか？」とキョロキョロしだした。

鈴木はその仕草を見て（こいつは業界用語が通じないのか？　それとも日本語が通じないのか？一体どっちなんだ？）と、また腹を立てていた。

諦め顔で「もうここでの撮影はいいから、さっさと荷物を積み込んで、出発するよ！」と声をかけると、「あ～っ！」と、やっと分かったという顔をして軽く頷いた。（これじゃあ写真の腕以前の問題だぜ）と、鈴木は益々先が思いやられた。

鈴木たちが車に乗り込むと「Have a safe trip！（お気を付けて旅をお楽しみください）」の声が掛かり、ホテルのドアマンたちも手を振って見送ってくれた。

何はともあれ仕事と割り切って、鈴木はシカゴからロサンゼルスまでの二週間の旅をスタートさ

せた。

ホテルから大通りに出て、まずはルート66の出発点を目指した。

空は青く澄み、湿気を含んだ空気は所々に特大の綿雲を作っていた。気温は既にかなり上がっており、雲が作る日陰に入るとホッと一息つくことができた。

助手席には仏頂面をした代役の彼が黙ってまっすぐ前を向いて座っていた。

鈴木は会話を始める前に彼の名前を思い出そうとしたが、昨夜のどさくさで、それはどこかに吹っ飛んでいた。諦めた鈴木は、「君、名前をもう一度教えてくれる？」と会話の口火を切った。

彼は「村上英一っす」と、無表情に答えた。

「それで、先生は君のことなんて呼ぶの？」と、鈴木は、せめて呼び名だけでも彼の職場と同じにすれば、少しは打ち解けてくれるのではないかと思い、聞いてみた。

すると彼は怪訝そうな顔で「先生って誰すか？」と鈴木に尋ねた。

「小川正太郎先生だよ」と答えると「ああ、正太郎さん」と、小川のことを馴れ馴れしく呼んで、「助手君っす」とぶっきらぼうに言った。

「じゃあ、僕も助手君って呼ばせてもらうよ、いいかな？」と尋ねると、「はい」とだけ返事が返ってきた。

「ところで助手君、君は今回の仕事について先生からどういうふうに聞いている？」と、質問した。するど彼はジーッと考えてから「え〜っ、ルート66を車で走るって。あとはスーさんに聞けって」と答えた。

それを聞いた鈴木は（おいおい、ちょっと待ってくれよ、僕をスーさんと呼べるのは、業界でも一握りの人しかいないんだから、呼び方には気をつけてくれよな）と、言いかけたが、（最初からそんなことで文句を言うのもなんだな）と思い、グッと飲み込んでしまった。

小川は昔から行き当たりばったりの男だった。それでも写真の腕が抜群に良かったから写真家として成功したのだ。

「実は、今回の旅の目的は旅行記を書くことで、決まっているのは、ルート66を走って2週間後の22日にロサンゼルス空港でこの車を返すことだけなんだ。ただし、旅行記といっても記事広告だから、この車を買いたくなるような文章と写真が必要なのさ、分かる？　それからもう一つの目的は、この旅を出来るだけ多くの人とシェアすること。毎日、こまめにSNSにポストしたり日産自動車

のサイトにデイリーレポートをアップして、多くの人に僕たちと一緒に旅しているようなライブ感を味わってもらうのさ。分かる？　撮った写真はその日の内にセレクトして僕に渡してよ。ＯＫかな？」と、鈴木はまくしたてた。

そこまで話すと、今度は、どんな写真が求められているのか、そのクォリティー・レベルを村上が分かっているのかを確かめるため、「ところで、君は僕のメンズマガジンを読んだことあるかい？」と鈴木が聞いた。すると、また一拍あってから、村上は「はっはい、昨日成田で立ち読みしたっす」とぶっきらぼうに答えた。

「それで、感想は？」との問いにも「分かんねーっす、全然俺の趣味じゃないしーっ」と答えられてしまい、鈴木は不毛な質問をしたことを後悔した。

鈴木は気を取り直して「なにか僕に質問はあるかい？」と振ると、今度は即座に「はっはい、ルート66って一体何が特別なんすか？　ググったら廃線になった国道って書いてあったんすけど…。おれんちの爺さんに『ルート66行ってくる』って言ったら、『なんとかの葡萄』がどうのこうのって急にしゃべりだして、最後に『俺も行きてえなっ！』って興奮してたんすけど…」と質問が返ってきた。

それを聞いた鈴木は（なんだよこいつ、ルート66のこと何にも知らないのかよ?。そんな奴が道連れだなんて、なんとも皮肉だな）と苦笑いをした。そして（だったら、講釈をたれてやろうか）と思ったが、これから現物を見に行くのにガイドブックの受け売りをするのもバカらしいので、「2週間後、サンタモニカに着いたとき、君もルート66の何が特別かってことがきっと分かってると思うよ」と言って答えを濁した。

「はあ、そうすか!?」と気のない返事をした村上がｉＰｏｄのイヤフォンを耳に突っ込もうとしたので、「ところで助手君、君、運転出来るの？」と、鈴木が聞いた。車にも興味がなさそうなので、この子は免許を持っていないだろうと思ったのだ。

すると、「え～、正太郎さんが国際免許を持ってけって」と意外な返事がかえってきた。

鈴木が「へーっ、君、運転できるんだ。それで免許はいつ取ったの？」とちょっと驚きながら聞くと、「18になってすぐ」と、これも意外な返事だった。

「なんで？」と突っ込むと、村上は「グラッリにハまって」とだけ答えた。

鈴木はこの答えの意味が分からなかった。

「えっ、何の釣り？」

「釣りじゃっないっす。ゲームっすよ！」

「あっああ〜っ、あのレーシングゲームのこと」と、自分の理解に自信を持てないまま聞き返した。

そして村上が頷くのを見て「じゃあ、あのゲームにはまって、自分でも運転してみたくなったたってこと？」と質問を続けた。

「えっ、まっまあ」と、面倒くさそうに気のない返事をする村上の態度を見てカチンときた鈴木は、「ああそう、でも運転はゲームじゃないからね！　何かあって記事が吹っ飛んじまったら僕の責任問題になるんだよ。だから運転は全部僕がするからね！」と言い切った。そして、「でも念のためこのキーを無くさないように持っててくれるかな」とスペアキーを村上に渡した。

鈴木はこの何とも無愛想な若者と2週間も朝から晩まで行動を共にしなくてはならない現実を前にして、我慢がいつまで続くか心配だった。

村上がやっと（終わったぜ）と言わんばかりの顔でイヤフォンを耳に突っ込んだので、鈴木もカーステレオを『ON』にした。

鈴木は重い気分で「ルート66の出発点」とガイドブックに書いてあるシカゴ美術館前の交差点に向けて車を走らせた。

「You are arriving at the starting point of Route 66」

「まもなくルート66の出発点です」

とカーナビの声が聞こえてきたかと思うと、突然、助手席に車のボディーと同色のドレスを着たブロンドの美女が現れた。そして彼女は、ビックリして目を見張る鈴木に流し目をくれたかと思うと

「Hello Mr. Suzuki. I'm your navigator. How do you do?」

「こんにちは、ミスター鈴木。私はあなたのナビゲーターです。ご機嫌いかが？」とハスキーな声で言って品をつくって見せた。

幻を見ているのかと自分を疑った鈴木は、それを追い払うように一瞬目をつぶって激しく頭を左右に振ると、彼女の姿はもうそこに無かった。その代わりに、急に見つめられたので、怪訝そうな

顔で鈴木を見返している村上がそこに居た。

鈴木がいったい何が起こったのか理解出来ずに困惑している内に、ルート66の出発点に到着してしまった。

もちろんここで最初の写真撮影をするのだが、記念碑が建っているわけでもなく、スタート地点を連想させる物は高い位置にある小さなサインしかなかった。まして、車を止めて撮影をする場所もないのである。

旅をスタートするに当たって写真がなくては格好がつかないので、鈴木は周りを見回して暫し考えた。

「助手君、車を止める場所が無いんで、そこで君を降ろして、僕が向こうから走って来るからそれを流し撮りで写してくれよ。背景にあの黒くて背の高いシアーズ・タワーなんかも入れて、ここがシカゴのルート66の出発点だって分かる絵を作るんだよ。分かる？ まだお日様がそんなに高くないから、光の加減も考えて僕の顔もしっかり分かるように撮ってくれよ」と、細かい指示を出した。

すると、撮影用のカメラを準備しながら鈴木の指示を上の空で聞いていた村上が「あの〜っ、流し撮りってなんすか？」と、とぼけた質問を返した。

「動いている被写体をレンズで追いながら撮ることだよ。そんなこと写真学校で習ったでしょ?」と言い返す鈴木に、今度は「おっ俺、写真学校なんて行ってないっすよ」と、また鈴木を驚かすのに十分な答えを返した。

もうこうなると、今回の旅の写真は(絵作りなんて考えないで車がフレームに収まっていればOKするしかないな)と、鈴木は観念した。

そのガッカリ感を振り解くように一回深呼吸をした鈴木は、「僕がここに向かって来る時にこれで合図するからね」とトランシーバーを村上に渡した。

村上を車から降ろした鈴木は、1ブロックをぐるっと回って美術館に向かって車を走らせた。トランシーバーで「今から行くよ」と合図を送ると「はっはい」と村上から返事が返ってきた。

さっき村上をおろした場所を通り過ぎてルームミラーで確認すると、地面に腹ばいになっていた彼が起き上がるのが見えた。（注文された絵を作るのにあそこまでやらなくても良いのに）と思っていると、彼から

「もう一回っす」と連絡が入った。

「お〜い！　大丈夫かよ？　ちゃんと撮ってくれよ！」と返事した鈴木の声には、心配と不安が交じっていた。

同じブロックを回って来ると、村上は今度、地面に片膝付いて流し撮りをしていた。

レンズはちゃんとこの車を捕らえているように見えたので、「助手君どう？」と、首尾を確かめると、また「もう一回っす」という答えが返ってきた。（まだ、ちゃんと撮れないのかよ？）と文句も言いたいところだが、最初の撮影だから彼も慎重になっているのだろうと思い、鈴木は黙ってもう一度同じ様に車を走らせた。

すると、今度は車道ぎりぎりに寝転んでいる村上の姿が見えた。

通り過ぎた鈴木が「おいおい！　そんなに出てきたら他の車にひかれちゃうじゃなか？　危ないよ？」と注意すると、「ここの撮影はＯＫだと思うっす」とはっきりしない返事が彼から返ってきた。

「だと思うっすって、君、確信無いの？」と問い詰めると、今度は「じゃあＯＫっす！」と言い直した。

それが気に入らなかった鈴木が「じゃあＯＫってどういうことよ？」と、少し声を荒げると、その声の変化を感じ取った村上は「ＯＫってことっす！」と、少し興奮気味に突っかかってきた。

「しょうがないな、今からそっち行くから、そこで待ってるんだぞ！」と、鈴木は諦め声で言いながら、村上を回収に向かった。

彼が車に乗り込んでくるなり鈴木は

「助手君いいかい、旅はドンドン進んでいくんだから撮り直しはできないんだよ。君がちゃんと撮れたって確信持てないなら、何度でもやり直しするけど、ここで一日かけて撮影してたら１００年経ってもロサンゼルスに行き着かないんだぞ。分かる？　だから、君がＯＫだと思ったら、確信無くても自信を持って言ってくれよ。僕はそれが君の写せる最高の写真だと受け入れるしかないんだ

からさ。僕は君に実力以上の写真を撮ってくれって言っている訳じゃないんだよ！　分かる？」とまくし立てた。すると村上は
「はい。ここの撮影はＯＫっす」と、落ち着き払って言うのだった。

その開き直った様な村上の態度にまた『カチン』ときた鈴木は「本当かよ？　じゃあちょと見せてよ」と、彼からカメラをひったくると、今撮った写真を液晶モニタでチェックし始めた。

鈴木はこれまで何千人というプロカメラマンの写真を見てきた経験から、数枚の写真を見れば大体そのカメラマンの実力を見抜くことができた。

3インチ程度のモニターで全てを把握するのは難しいが、一枚一枚送っていくと（オッ！）と思うショットが何枚か出てきた。鈴木は無意識の内に段々顔が近づいていくほど、モニターに見入ってしまうのだった。

ハッと我に返った彼は（まさかこれがこいつの実力じゃないだろう。カメラも良くなっているから、たまにある初心者のまぐれ当たりだな！）と決めつけて、「使えそうなのが何枚かあるから、この撮影はもういいよ！」と、まだ怒っているかのように振る舞った。そして一拍置いてから口調を和らげて「じゃあこれからルート66の旅に出発することにしよう。宜しく頼むよ助手君！」と言っ

て右手を差し出した。村上はその手が何を意味しているのかが分からず、ただジッと見つめていた。溜まりかねた鈴木がその手を上下に振ると、村上もやっと握手を求められていることが分かったらしく、助手席から上半身をねじって右手を差し出した。

村上の握手はほとんど力が入っておらず、まるで女性に手を握られた様な感触だった。日本人は日常的に握手をしないから慣れていないのは仕方ないが、アメリカではことあるごとに握手を求められる。この国で握手は、意思疎通と態度表明に使う大事なコミュニケーション・ツールなのだ。鈴木はそれを知ってもらうために「握手ってのはもっと力と心を込めて男らしくするもんだぞ!」と言いながら、村上の目を見て手をギュッと握り返した。そして、(この旅が終わるまでに、こいつがこういう価値観が分かる男になってくれると良いのだが…)と、淡い期待をしていた。

鈴木はｉＰｈｏｎｅでダウンタウンの写真を撮ると、その写真に添えて「ルート66の出発点Ｎｏｗ! 50年近くに渡って、何度この日が来るのを夢見たことでしょうか。

今、正にその夢が現実になろうとしています。さあ、これから出発です!」とＳＮＳに書き込み、Ｐｏｓｔすると、ゆっくり車をスタートさせた。

[Rolling Stones　Start Me Up（スタート・ミー・アップ）]

この車にはサテライト・ラジオが装備されていた。衛星から電波が降ってくるサテライト・ラジオはどんな僻地でも電波が途切れることなく、チャンネルを選べば、好みのジャンルの音楽をコマーシャル無しに聴き続けることが出来るのだ。

いつどんな曲が飛び出してくるか分からないラジオだが、その時の周りの情景とムードにドンピシャにマッチした曲が流れてくることがある。だから鈴木はアメリカをドライブする時、いつもラジオをかけていた。

ダウンタウンを抜けてフリーウェイの入り口にさしかかると、段ボールの端切れに「ＬＡ」と書いたサインを持ったヒッチハイカーが鈴木の視界に飛び込んできた。近づいていくと、それは、昨晩あのブルース・クラブでギターを弾いていた例の東洋人ギタリストだというのが分かった。

NO
ESTRIANS
NIMALS
THIS POINT
THIS FREEWAY
WITH AUTHORITY
REEWAY
TRANCE
LA
STOP

鈴木は一瞬右足をフッとアクセルから離し、ブレーキを踏みかけたが、（いやっ、これ以上厄介者を背負い込む訳にはいかん！）と思いとどまり、もう一度アクセルを踏み込んだ。鈴木は彼をやり過ごした後も、今朝の彼はボーッとした雰囲気が漂っていて、昨夜のステージで発していたオーラが全く感じられなかったのが気になった。

するとそれまでぼんやり景色を眺めていた村上が、生まれて初めてヒッチハイカーを見たのか、イヤフォンを外すと「スっスーさん、今のあの人いったい何んすか？　ＬＡってなに？」と質問してきた。彼の方から口を開いたのはこれが初めてだった。どうやら、興味を惹かれた物にはちゃんと反応するようだった。

「あっ今の人？　あれはヒッチハイカーだよ。ＬＡはロサンゼルスの略で、彼の目的地がロサンゼルスで、そこまで乗せてくれないか？　って通る車のドライバーに訴えているんだよ」

「えっえーっ？　それってアメリカじゃＯＫなんすか？」

「アメリカだからＯＫとかいうことじゃなくて、親指をあげて行きたい方向に振るのは世界共通のヒッチハイクのサインだよ。近頃の日本じゃヒッチハイクなんか誰もしなくなっちゃったもんなあ。昔、貧乏学生はよくヒッチハイクで旅したもんさ」

「タダで乗せてもらうんすか？」

「お金があったらヒッチハイクなんかしないでしょうよ、危ないし」

「ロサンゼルスって、行き先、俺たち一緒じゃないっすか」

「そうだな」と答えて、鈴木は今やり過ごしたヒッチハイカーに対する無関心を装った。

するとと村上が「乗っけてやれば良かったじゃないすか？」と無責任なことを口にした。「助手君、僕たちは仕事でこの道を走ってるんだよ。分かる？」と、鈴木はこの旅が物見遊山ではないことを念押しした。それを聞いた村上は「はっはあ」とだけ言うと、もうイヤフォンを耳に突っ込んでいた。

鈴木は最初に現れたインターチェンジでカーナビの行き先を指示する英語が理解できず、どうやら間違ったフリーウェイに乗ってしまったようだった。突然、カーナビの彼女が
「Rerouting! Rerouting!（ルートを変更中！　ルートを変更中！）」
と騒がしくしゃべり始めたことで、それに気づいた。
彼女が英語で矢継ぎ早に繰り出す指示内容を一生懸命聞いて、理解して、その指示に従おうとす

るのだが、フリーウェイの流れに乗っていると、内容を理解して行動を起こそうと思った時は手遅れで、指示されたポイントは既に通過してしまっていた。一回それをやってしまうと、彼女はまた新しいルートを探し出して指示を出し直す、それをまたミスる。同じことを何回か繰り返している内に、鈴木はどんどん深みにはまり込んでしまうのだった。

彼はそんなに焦ってはいなかったが、彼女がズケズケと矢継ぎ早に繰り出す指示とその口調の冷たさのせいで、段々頭に血が上ってきていた。

すると突然、カーナビの彼女が助手席に現れ「なんで私の言うことが分からないのよ！」と言うような顔で鈴木を睨み付け、ツンとした顔をした。そして、膝の上に広げた地図にかじりついて

「Rerouting! Rerouting! Rerouting!（ルートを変更中！　ルートを変更中！　ルートを変更中！）」

と、イライラしながら言い放った。

また早口で次の指示を出し始めたので、鈴木はついに頭にきて「Please speak slowly!（もっとゆっくり話してくれよ！）」と半分怒鳴る感じで言い返した。すると、「はっ、何すか？」と助手席の村上が片耳からイヤフォンを外しながら、怪訝そうな顔で聞き返すのだった。

鈴木は「あっ！　いや別に」と、何事もなかったようにごまかしたが、頭に血が上った彼は段々訳が分からなくなってきていた。

とにかく彼女が次の出口でこのフリーウェイを降りて、もと来た方向に乗り直せと言っている様なので、鈴木はその指示に従った。

鈴木は一般道に出た瞬間、目に飛び込んできた光景に、ハッと息を呑んでしまった。そこは、グラフィティ（落書き）だらけの古いレンガの建物が建ち並ぶ荒廃しきったエリアだった。そこら中にゴミが散乱して、どの家も窓には泥棒避けの鉄格子がはめられていた。鈴木達はかなり治安の悪いシカゴのサウスサイドに迷い込んでしまったのだ。

昔は美しかったに違いないレンガ造りの建物が並ぶ商店街は、とにかく荒れている。窓にベニヤ板が打ち付けられた空き家や屋根が燃え落ちたままになっている建物もある。

住宅街に入ると、それぞれの家のポーチには手持ちぶさたな大人や子供が何をするでもなく座っていて、ここの風景に全くそぐわない鈴木たちの車に気怠い視線を送っていた。

交差点の赤信号で止まると、隣の車がフルボリュームでラップミュージックを流していた。サブウーハーからの重低音がボディーを共振させて不気味なビビリ音を発している。どんな人が乗って

いるのか恐る恐るのぞき込むと、大きな目玉と白い歯しか見えなかった。視線が合った彼が鈴木たちをあざけ笑って

「Hey man! What's wrong with you guys?」

「ヘイ、おっさん！　あんたら大丈夫かよ？」

と話しかけてきたが、その先は何を言っているのかカーステレオの音にかき消されて分からなかった。

鈴木は何も聞こえていないふりをしてパナマ帽を目深に被り、前だけ見て、信号が早く変わってくれることを願っていた。

以前、ロサンゼルスでも深夜にやはり治安の悪いエリアに迷い込んでしまい、怖い思いをしたことがあった。しかし、その時は屋根付きの車で窓も閉め切っていたから、鉄の鎧に守られているという安心感があった。しかし、今回は昼間といえどフルオープンである。ボタン一つ押せば、メタルトップを十数秒で閉じられることはさっきインストラクションを受けたばかりだから、鈴木も承知していた。しかし、今ここであのハデなアクションを起こすのは、怯えた精神状態を辺りにさらけ出すことになり、かえって彼らを刺激するのではないかと思い、彼はトップを閉めるのを躊躇し

ていた。

さっきから助手席で平然としていた村上も日本では到底お目にかかれない荒れ放題の町並みを見て、やっと異常事態が起きていることに気づいたようだった。そして、彼は鈴木の気持ちを逆撫でするかのように、大きくて高そうなレンズの付いたカメラで写真を撮り始めたのだ。鈴木は（おい、空気を読んでくれよ！　彼らを挑発するのは止めてくれよ）と言いかけたが、ちょっと病的なほど撮影に集中している村上の横顔を見て遠慮してしまうのだった。

信号が青に変わった時（ここから早く逃げ出したい）という心の焦りが鈴木にアクセルを強く踏ませた。それがホイールスピンのギャッーーーーというスキール音になり、交差点の周辺にいた人達の視線を一斉に吸い寄せてしまった。

彼らの眼差しに友好的なメッセージは含まれていないと感じた鈴木は、肉食魚の水槽に放たれた餌の金魚になったような心境に陥ってしまった。彼らが満腹だったら口先を泳いだって見向きもされないが、空腹だったら為す術もなくあっという間にパクリとやられてしまうのである。

鈴木は、それからというもの、どの車も自分たちを狙って追っかけてきているのではないかという妄想に取り付かれてしまうのだった。そして、顔を真っ直ぐ前に向けたまま、目だけをキョロキョ

ロ動かして運転を続けた。

カーナビの彼女は何とか自分が想定したルートに戻そうと指示を出し続けていたが、頭に血が上りきった鈴木の耳にその声は一切入ってこなかった。

彼は自分の勘だけを頼りに走り続けると、やっと前方にフリーウェイのエントランスサインが見えてきた。そのフリーウェイが自分たちを目的地から遠ざけるのか、近づけるのかそんなことはお構いなしに、とにかく鈴木はそこへ逃げ込んだ。

加速レーンから本線に合流すると、ため息を付きながら「いやーっ、カーナビのお姉さんがフリーウェイを降りろって言うから降りたんだけど、ビックリしちゃったぜ！」と鈴木が話すと、村上も「なんだか、凄っかったたっすね」と目を丸くしながら答えた。

周りを見回すと、フリーウェイを走るどの車のドライバーも鈴木たちが今見てきたスラム街で起きていることなど全く関係ないといった表情でピカピカの車を運転していた。鈴木はそのギャップの大きさが不思議でならなかった。

同じ大都市に暮らしていても、普通の人は滅多なことがない限りスラム街に足を踏み入れることなんかないのだろう。どんな治安の悪いエリアだってフリーウェイで通過する限りは、トンネルと

同じで、荒れきった町の景色など見ないで済むし、危険な目にも会う事もないのだ。これでは、アメリカのどの大都市も抱えている貧困と治安の問題を解決するのはとても難しいのだろうと、鈴木は思った。

そして「若い頃のオバマ大統領はシカゴで市民支援活動をしてたって聞いたけど、あんな所で頑張ってたんだろうなあ？」と、独り言のように言うと、村上が「はあ〜っ」と気のない返事をした。

フリーウェイに乗ってしばらくすると、新しいルートをカーナビの彼女が指示し始めた。その声はさっきより少しだけ優しく聞こえた。

やっと元の指定されたコースに戻り、シカゴのダウンタウンが遠のいてシートに体が馴染んできた頃、鈴木はフリーウェイの脇に茶色いのロードサインを見つけた。するとカーナビの彼女が

「Historic Route 66」

「You should get off the freeway at the next exit」

「次の出口で高速を降りてください」とフリーウェイから降りるように指示をだした。

一般道に出た鈴木が村上の方を向いて「助手君、助手君、これから本当のルート66が始まるよ」と話しかけると、村上は面倒くさそうにイヤフォンを外して「えっえ？　こんな下道を何千キロも走ってくんすか？」と驚いた。

「そうさ、ルート66は昔の国道だから、こんな道が小さな町や村を繋いでいたんだよ。君は、ディズニーアニメの『カーズ』って映画を見たかい？」

「はっはい」

「主人公のマックィーンが迷い込んだ『ラジエーター・スプリングス』って町が出てきたろう」

「はっはい」

「あれが昔はクルマがいっぱい通って栄えたのにインターステイトハイウェイが開通して車が通らなくなり寂れてしまったルート66沿いの小さな町をモデルにしているんだ。だから、この旧道沿線には今も古き良きアメリカが残っているはずなんだよ。それを探しに行くんだよ！」と話すと、村上は「はあ」と、また気のない返事をした。

その反応を見た鈴木は、若者にノスタルジーの話をしてもしょうがないことに気づいて話題を変えた。

「ところで助手君、君はアメリカが好きかい？」と、気を取り直して聞いてみた。

「分からないっす！　今まで全然興味なかったすから」という村上の返事を聞いて、また鈴木の表情が曇っていった。

村上は鈴木の話が一段落したと思ったのだろう、またイヤフォンを耳に突っ込んだので、鈴木もまたカーステレオのボリュームをあげた。するとニール・ヤングの「孤独の旅路」が流れてきた。

[Neil Young　Heart Of Gold（孤独の旅路）]

それからずいぶん長い間、鈴木はラジオから流れてくるクラシック・ロックの名曲を聞きながら、永遠に続いていそうなコーン畑の中を走り続けた。

夏の太陽は天上まで上り詰め、真っ白な光をこの大地めがけて照射していた。そのパワーを深緑のコーンの葉がドンドン吸い取り、ものすごいサイクルで光合成を繰り返しているのを鈴木は感じ

始めていた。そんな幻想を抱くということは、彼はかなり前から休憩が必要だったのかも知れない。

ゆっくりと車を路肩に止めてエンジンを切ると、今まで自分たちがさらされていたオープンカーが空気を突き破って行く音、エキゾーストノート、スピーカーからの音楽などの騒音が密集したコーンの狭間に吸い込まれてしまったかのように静寂が広がった。その静けさに合わせて耳の感度補正が済むと、今度は風に吹かれてぶつかり合うコーンの葉音が聞こえ始めた。それはまるで群衆のひそひそ話の様で、コーンが自分たちのことを噂しているかのように聞こえた。どうやら彼の脳みそは直射日光でオーバーヒートしたようだった。

鈴木はここで今日2回目の撮影をすることにした。「助手君、コーンの谷間を車が走って行く感じの写真がほしいのだけど…。あそこの小高くなっているところでカメラ構えて、このコーン畑が永遠に続いているような感じを出せるかな？　コーンの穂が黄金に光っているのを強調して撮るんだよ。そして、車のシルエットをはっきり際立たせてね。主役は車なんだから、分かった？」と矢継ぎ早に指示を出した。

村上はカメラの準備をしながら上の空で鈴木の指示を聞き、トランシーバーをジーンズのバックポケットに突っ込んで、鈴木が指さした方に走り出した。

鈴木は彼の後ろ姿を見ながら（あんなヒヨっ子カメラマンに、お日様が真上から照ってる時にドラマチックな写真を撮れっていうのは酷なリクエストだったな）と、ちょっと反省した。

今回の撮影でも鈴木は何回も同じ道を行ったり来たりさせられた。４回目には長身の村上が背伸びしながら両手でカメラを頭上に突き上げたハイアングルから車を狙っていた。それを（こいつ大丈夫だろうか？）と思って見ていると、その直後に彼の自信ありげな「オッＯＫっす」の声がトランシーバーから聞こえてきた。鈴木は（本当かよ？）と驚くと同時に、村上がどうして自信たっぷりなのか不思議だった。

村上を拾いに戻ると、彼は額から玉の汗を流していた。それを見て見ぬふりをして「写真は本当にＯＫなの？」と念をおすと、彼は「俺的にはオッＯＫっす」と答えた。

「俺的ってどういうことよ？」と聞くと、一瞬下を向いてから「俺には、今ここでこれ以上の写真は撮れないってことっす！」と、語気を強めて言った。

そんな態度じゃ、今さら四の五の言っても始まらないと思った鈴木は、写真をチェックする素振りも見せず、無言のまま手招きをして村上を車に乗せて走り出した。

時計を見るとお昼をとっくに過ぎていたので、彼らは次に現れた「ポンティアック」という町で

レストランを探してランチを食べることにした。

この町のタウンスクエアに建っているレンガ作りのタウンホールは、最近レストアされたと思われる立派な建物だった。そして、周りの商店も一度は荒れてしまった形跡があるものの、どれも手を入れてあって、コミュニティーを再生していこうという努力が感じられた。ほんの数時間走っただけなのに、ここにはシカゴのサウスサイドとは正反対の世界が広がっていた。

そんな良い雰囲気の町のアットホームなレストランに入っても、彼らの間に殆ど会話はなかった。

鈴木は町並みとテーブルに載った大きめのサンドイッチの写真2枚に添えて

「時計を見たらお昼をとっくに過ぎていたので、イリノイ州ポンティアックの町でランチＮｏｗ！この町は、僕が思い描いていたようなアメリカの田舎町そのもの。タウンスクエアにはタウンホールと教会が立ち、古いレンガ作りの商店には様々なサインアートが描かれている。ルート66沿いにはこんな町がいっぱい残こっているのかと思うと、これからが楽しみでワクワクしてくる！」と、書き込んでＳＮＳにＰｏｓｔした。すると、瞬く間に多くのリアクションが返ってきた。鈴木はそれをチェックしながら、そろそろ日本はみんなが起き出す時間だな、と思った。そして、原稿を書き上げないまま出発したことを思い出して、また気が重くなるのだった。

食事を済ませて走り出すと午後の日差しが眠気を誘い、それに時差ボケが追い打ちをかけてきた。瞼がゆっくりと降りてきてしまうので、首を左右に振ったり、太ももを抓ったりして眠気を追い払いつつ運転していたのだが、「スッスーさん！　スーさん！」と村上に激しく肩を揺すられて鈴木はハッと目を覚ました。

「うぉっと！　エッ！　僕、居眠りしてた？　急に意識がなくなって…　君が大きな声を出すからビックリしちゃったよ」と鈴木が言うと、「おっ驚いたのは俺の方っすよ！　反対車線の方に車がスーっと行っちゃったんすから」と村上は口を尖らせた。

「いやーーっ、今回は異常に時差ボケがきつくて…」と居眠り運転をしそうになった言い訳をしたものの、「ねえ！　助手君、運転変わってくれない？」と、鈴木は今朝の前言をいとも容易く翻してしまった。今の彼は、それに対する羞恥心も村上の運転の技量を確かめる余裕も無いほど眠かったのである。

路肩に止めた車から降りた彼は、2〜3度腰と膝のストレッチをしてから助手席に乗り込み「アメリカは右側通行だからね、センターラインが必ず君の左側に有るように走るんだよ、ナビのお姉

さんの言うことを聞いていれば道に迷うことはないから、いいね！」と言ったきり気を失った。

［Pink Floyd　Breathe（ブレス／生命の息吹）］

どこか遠くの方から「スーさん！　スーさん！」と呼ぶ声が聞こえ、鈴木はゆっくりと目を開いた。風景がうっすらと見え始めても寝ぼけていたので、自分が何処にいるのか、何が起こったのか、全く状況がつかめない状態だった。

そして今度は肩を揺すられ、目を開くと、村上が顔を近づけて「スーさん、俺、疲れたっす」と言っていた。

鈴木はまだ何を言われているのかも把握できない状況だった。

周囲をゆっくり見回すと、すでに日はかなり西に傾いており、自分たちの車がモーテルの駐車場に止まっていることが分かった。

「エッ？　ここはどこ？　僕はあれからどのくらい寝てたの？」と尋ねると、村上は

「ここはリンカーンって町っす。スーさんはあれから3時間以上は寝てたっす」とやけに自信たっぷり答えた。鈴木にはそれが、ここまで無事に運転してきたことを彼が自慢しているように聞こえた。

「ああそう、それはどうもありがとう！」と平静を装ったが、村上に少々負い目を感じていたのは確かだった。そして、日にさらされっぱなしだった腕が真っ赤になってヒリヒリしているのに気づいた。

大きなガラス窓から中をのぞくと、オフィスには誰もいなかった。ドアを開けて中に入り「Hello!（こんにちは）」と声をかけながらカウンターの上のベルを鳴らすと、気の抜けた「Yea~h!（は～い）」の返事が奥から聞こえた。それからしばらくあって、太ったおばさんがめんどくさそうに出てきた。

鈴木が

「Do you have two rooms available?」

「今夜、2部屋空室はありますか？」と言うと、彼女が

「Please fill out this form and pay in advance OK?」

「この書類に記入して、前払いよ！　ＯＫ？」と住所氏名を書き込むカードを差し出した。

彼はカードに住所などを書き込み始めると、傍らに立っている村上に「助手君、晩飯は何が食べたい？」と聞いた。鈴木にとってこの質問は誰にもする社交辞令の様なもので、相手のチョイスは参考にする程度だった。

村上は即座に「さっきマックがあったすよ」と、鈴木にとって全くあり得ない答えを返した。

（こいつは本気で僕が晩飯を食べにマクドナルドに行くとでも思って言ってるのだろうか？）と、鈴木は思わず「フッ！」と鼻で笑い（そう言えばこいつ、道沿いにマクドナルドが有ると必ず写真を撮っていたなあ）と、その光景を思い出して、「君はそんなにハンバーガーが好きなんだ？」と聞き返した。

村上が「いや、俺、マックが好きなんっす」と答えると、鈴木はその違いがどういうことなのか分からないまま「アッそう」と軽蔑したように気のない返事をしてしまった。

それを聞いた村上は急にムキになって、「スッスーさん、ビッ、ビッグマックはっすね、肉も野菜も炭水化物も一度にバランス良く食べられる完全食なんっすよ。あれ一個で一食ＯＫなんすよ！

知ってたっすか？」と、言い返した。

村上の過剰反応に呆気にとられた鈴木は、両手の手の平を彼に向けて「分かった、分かったよ！だけど今晩は勘弁してくれよ、たのむよ！」と、大げさに演技して許しを求めた。その驚きようを見て我に返った村上は、「はっはい」と、恥ずかしそうに目を伏せるのだった。

モーテルのおばさんは、鈴木たちのやりとり見て（いったい何が起こったんだろう？）と目を丸くして驚いていた。それを察した鈴木が（ファースト・フードを夕食に食べるなんてとんでもない）という気持ちで
「This boy wants a Big Mac for dinner, can you believe it?」

「この少年、晩ご飯にビッグマック食べたいって言ってるんですよ、信じられますか？」と彼女に同意を求めた。

するとおばさんは、

「Yeah! I love it too!」

「あら、私も大好きよ！」と明るく答えた。

鈴木は（これではお手上げだ）と、両腕の手のひらを肩の高さで上に向けて「Oh! No!（そんな

バカな！）」と、ジェスチャーを返した。

気を取り直した鈴木が「助手君、このおばさんもビッグマックが好きだってよ」と教えると、村上が彼女の方を見て白い歯を見せてニッコリほほえんだ。彼が笑顔を見せたのはこの時が初めてだった。それを見ながら鈴木は苦虫をかみつぶしたような顔をしていた。

あてがわれた部屋の前まで行き、ドアノブの中心にキーを差し込み右に回すと、安っぽいベニヤのドアは部屋の中に向かってスーっと軽く開いた。窓のカーテンが閉まっているので室内は薄暗かった。

毛足の詰まった硬いカーペットに一歩足を踏み入れると、昼間に溜まった熱気のせいで中はムッとした。そして「消毒しておきました！」と清潔感を誇示するかのように掃除に使う洗剤の刺激臭が漂ってきた。

部屋のレイアウトは、シングルベッドが二つ並び、テレビ台を兼ねたキャビネットがその反対側にあり、奥にクローゼット、その左手がバスルームになっている。ベッドサイドのデスクにはランプとアラームクロック、テレビのリモコンが置かれ、枕元の壁には安い油絵が飾ってある、アメリ

カのどこにもある典型的なモーテルの一室である。

これからこの旅の間は毎晩違うモーテルで同じような光景に出くわして、同じ匂いをかぐことになるのだ。

それを考えると、最初の晩だというに鈴木はかなり意気消沈してしまうのだった。

彼は荷物を持ったまま立ち止まり、どっちのベッドを使おうかと考え、奥の方が落ち着いて眠れそうなので、手前のベッドにスーツケースを置いた。そして、この蒸し暑さを何とかしようと、窓のところまで行ってクーラーのスイッチをオンにした。その途端、部屋一杯に広がった「グァーー」という法外に大きな騒音は、思わず（音だけじゃなくて冷気も出てくれるのだろうな？）とつぶやいてしまうほどだった。

ｉＰｈｏｎｅをチェックすると、午後車で寝ていた間に編集部から何度も連絡が入っていた。重い気持ちでメッセージを再生すると、やはり進行担当の青山からの嫌味たっぷりな原稿の催促だった。

鈴木はその内容を最後まで聞かない内に、いつものように反射的にリダイヤルボタンに触りかけた。ところが（どうせ今夜書くのだから、出来上がったときにかければいいか!?）と考え直し、折り返すのは止めてシャワーを浴びに向かった。

シャワールームから出てくると騒音をまき散らすクーラーのおかげで、部屋はブルブルっと身震いしてしまうほど冷えていた。

鈴木は、キャビネットの上からｉＰｈｏｎｅを取り上げると部屋の写真を写して、ＳＮＳに書き

込みを始めた。

「イリノイ州のリンカーンという町のモーテルにチェックイン。一日お日様に当たっていたので、腕が日焼でヒリヒリです。

今夜は、この町一番のイタリアンレストランでのディナーの予定。楽しみです。後ほど『ザ・マザーロード　レポートＤａｙ１』をアップします！」と、部屋の写真に添えてＰｏｓｔした。

何を着ていこうか迷って身繕いに時間がかかってしまい、鈴木が部屋を出たのは、約束の時間を15分もオーバーしてからだった。

車のところまで行くと、シャワーを浴びたのだろう、濡れた髪をなでつけて、さっぱりとした顔をした村上が待っていた。

鈴木は（モーテルのおばさんが教えてくれた、町で一番のイタリアンレストランってどんな店だろう？　飯倉片町の「キャンティー」のような店だったらいいなあ）と思いを巡らせながら、おばさんが「数ブロック先よ！」と指さした方に向けて車を走らせていた。

すると、赤、白、緑のベタな色使いで一目でイタリアンレストランだと分かる看板が見えてきた。

それには
「Tony's PIZZA The best in town（トニーズ・ピザ店　この町で一番美味しいお店）」と書いてあった。

それを見た鈴木は（そうか、確かにピザはイタリア料理だけど…!?）と、こんな田舎町のイタリアンレストランに期待した自分の愚かさに気づくのだった。

苦笑いを顔に残しながら駐車場に車を止めると、鈴木は覚悟を決めて腹ぺこ青年を携えその店に入っていった。


鈴木はモーテルの部屋でこみ上げてくるピザのゲップをこらえながら、ノートパソコンに向かっていた。

例の日本を発つときから引きずっている温泉旅館の記事のことも気に掛かっていたが、スポンサーの手前、今日から始まったルート66の旅のブログを優先しなければならなかった。

やっとブログを書こうと頭の切り替えが出来たとき、村上が「今日の写真っす」とドアをノック

した。そして写真の入ったUSBメモリースティックを鈴木に渡すと、「明日も8時すっね」と言い残してさっさと自分の部屋に帰っていった。鈴木は、そんな彼のよそよそしい態度は、自分の写真に自信がないことの表れだろうと思った。

早速USBメモリースティックから自分のノートパソコンに写真をコピーすると、指示したとおり撮影場所ごとにセレクションして、それぞれが10枚程度に絞ってあった。鈴木はそれらをモニターいっぱいに映し出して一枚一枚チェックを始めた。

朝の撮影現場で「オッ！」と思わせた一枚も含め、どれも、そこにあった風景がストレートに表現され、被写体がこちらに向かって「グッと」迫ってくるように感じられる自然なショットだった。鈴木はかけていたメガネを額の上に跳ね上げると、段々顔がモニターに近づいていった。

午後コーン畑で撮影した写真も、あの時の注文に沿った絵がちゃんとできあがっていた。

全部見終えた鈴木は、今日、村上が予想以上の写真が撮れたのは、自分のディレクションが適切だったのと、たまたま彼のビギナーズラックが重なったからで、すぐに馬脚をあらわすだろうと考えた。なぜなら、それぞれ一枚一枚が、流し撮りも知らない子が撮ったとは思えないインパクトをひめていたからだった。

最後の一枚が青空をバックにしたマクドナルドのサインだったのも引っかかった。

鈴木が書いた初日のレポートはこんなだった。

「Day 1　シカゴからリンカーンまでの320キロの行程」

ミシガン湖畔は夏でも涼しいのかと勝手に思い込んでいたが、メキシコ湾から大平原を渡って吹いてくる風は湿気を含んでいて、なんとも生ぬるかった。ルート66の起点、シカゴ美術館の前の交差点から、今回の長旅が始まった。未開の地を探検に行く訳ではないが、これからどんな冒険が僕を待っているか、それを考えただけで心がワクワクした。僕をそんな気持ちにさせてくれたのは、今回の冒険のパートナーに選んだ日産自動車がアメリカで展開するプレミアムブランド「インフィニティ」から販売されている「G35コンバーチブル」のせいかも知れない。

この抑揚のきついサーフェスがピンと張ったグラマラスなボディーは、まるで完熟寸前のフルーツのようである。こんなセクシーな車を日本のメーカーが世に出すようになったのだから、アメリカのビッグ3の立つ瀬が無くなりつつあるのも頷ける。この車はアメリカの大地を駆け抜けるのに必要なエンジンパワーも十分だし、何より排気音が良い。

ボタン一つで開閉可能なメタルトップは、この車にスタイリッシュなクーペと開放感たっぷりのコンバーチブルという2つの際立ったキャラクターを作り出してくれる最も魅力的な部分だ。

僕はこの旅の間、雨でも降らない限りオープンで走ろうと思っている。そうすることによって、周囲の状況を知るのに視覚だけでなく嗅覚も働かせることが出来るからだ。今日も沿道に咲く花の甘い香り、牧場からだだよってくる牛の臭い、むせ返るようなコーン畑の青臭さなど、様々な臭いに遭遇することが出来た。

ルート66を走っていると文明のサイクルの中で役目が終わって朽ちていかんとしているものが途切れなく視野に飛び込んでくる。それは、閉鎖されたガソリンスタンドだったり、レストランだったり、錆びた橋だったり、補修がおろそかになっている道自体だったり、そこに暮らす老人達だったりする。そんな気分を重くさせられがちな風景の中、季節のサイクルの中でピカピカの真新しい緑の葉をつけ、夏の太陽光を浴びて光合成を繰り返している植物の生命力に僕は元気づけられた。そのおかげで、途中時差ボケで何度かひどい睡魔に襲われたが、今日の行程を無事に走りきることができた。

そうそう、旅のパートナーと言えば、皆さんにお知らせしなければいけないことが起きた。今回

一緒に旅するはずだった写真家の小川正太郎さんが体調を崩して参加できなくなってしまったのだ。大変残念である。急遽代役として村上英一君という若手を起用した。巨匠ほどの写真は期待できないが、そこは僕の文章でカバーしてみようと思っている。

Day 2　リンカーンから

突然アラームクロックのラジオから流れだした賑やかなマリアッチ（メキシコ民謡）に鈴木は眠りを破られた。

寝ぼけた頭にその旋律は楽しげ過ぎて、拒否反応を起こした脳が反射的にベッドから手を伸ばしてアラームのスイッチを切らせた。

嫌々薄目を開けると、遮光カーテンの隙間から差し込む朝日が真っ白なストライプになって、部屋を横切っているのが見えた。どうやら今日も天気が良さそうだった。

ベッドから自分を追い立ててシャワーを浴びに行く勇気をくれそうなポジティブな情報がもう一つぐらいないかと、彼は枕元のリモコンでテレビをつけた。

朝のニュース番組が流すローカル天気予報を見ているうちに段々頭が冴えてきた。画面に映し出された地図を見ていて（自分は今、念願のルート66の旅の途中なんだ！）ということを鈴木は再認

識し始めた。（そうだ、まどろんでいる暇などないんだ！）と気分を高揚させると「よいしょっ！」とかけ声を積極的に発してベッドから立ち上がった。

2、3度ストレッチをしてバスルームに向かおうとしたとき、テーブルの上のノートパソコンが目に入った。鈴木は、昨夜、筆の重さと眠さに耐えかねてブログを書いただけで寝てしまったことを思い出して、また少し気分が重くなってしまうのだった。

そして、これから30分以内に、シャワーを浴びてヒゲを剃り、歯を磨いてうがいを済ませ、洋服を着てパッキングを完了しなければならない。そんな逃亡者の様な暮らしがこれから2週間続くこと考えると、鈴木の気分は更に重くなった。

パッキングを済ませ部屋を出る時、忘れ物が無いかドアの所で振り返えると、アラームクロックは8時25分を表示していた。今朝も鏡の前で夏のカジュアルを演出する洋服とアクセサリー選びに時間がかかってしまったのだ。

少し早足でモーテルのオフィスに向かって行くと、中から村上とあの太ったおばさんの笑い声が聞こえてきた。（あんな無表情な奴が声を上げて笑うなんて）と、鈴木は自分の耳を疑った。

「Good morning!（おはよう！）」と言いながら彼がオフィスに入っていくと、２人の笑い声がピタッと止まった。鈴木は自分の悪口でも話していたのではないかと、彼らを勘ぐった。もしそうだったら、村上はかなりの英語力が有るってことになる。まさかそんなことはないだろうから、鈴木はそれ以上気にかけないことにした。

すると、その場を取り繕おうとしたのか、おばさんが

「How was the Italian food last night?」

「昨夜のイタリア料理はどうでしたか？」と聞いてきた。

「Italian food??? Oh, it was great PIZZA! Thank you very much!」

「えっ、イタリア料理？？？　ああ、とても美味しいピザでした。どうもありがとう！」一応社交辞令としと返事をした鈴木だったが、実は昨夜からひどい胸焼けに悩まされていた。

チェックアウトを済ませ外に出ると、雲一つ無い青空が広がっていた。既に気温も上がり湿気を含んだ空気が雑草を刈った後の青臭い臭いを運んできていた。

車に荷物を積み込んで出発の準備が整うと、おばさんが村上にむかって

「Hey boy! Don't eat too much Big Mac OK?」

「少年！ ビッグマックを食べ過ぎちゃダメよ！ いいわね！」と言った。それを聞いて「スーさん、おばさん、ビッグマックを食べ過ぎるな！ って言ってるんすか？」と村上が確認してきた。「その通りだよ。よく分かったじゃないか」と鈴木が褒めると、村上はおばさんの方を向いて「Thank you!（ありがとう！）」と言ってニコッと笑顔を作った。

鈴木が車のイグニッションをオンにして車をスタートさせようと助手席に目をやると、そこにはカーナビの彼女が座っていた。

鈴木に向かって

「Good Morning Mr. Suzuki How are you this morning?」

「ミスター鈴木、おはようございます。今朝のご機嫌はいかがですか？」と色っぽく朝の挨拶をしてきた。今朝の彼女は鈴木のスタイルに合わせて、夏っぽいサンドレスにひさしの広い帽子を被って、大きなサングラスをかけていた。その絵になる姿に一瞬うっとりした鈴木は、

「I'm fine and you?（元気だよ！ あなたは？）」と助手席に向かって微笑んだ。

それに対して返ってきた「スーさん、どうしたんすか？」という村上の声を聞いて我に返った鈴

木は、一気に口角が下がってしまうのだった。

車がゆっくりと動き出すとモーテルのおばさんが笑顔で手を振りながら「Have a nice trip!」

「良い旅をね！」と見送ってくれた。2人もそれに答えて手を振った。（彼女はこれまでに自分たちの様にもう2度と会うことのない客を、何千人、いや何万人も見送ったに違いない。自分も旅に出たいとか、ここから逃げ出したいとか思ったことはないのだろうか？）と、鈴木は彼女の半生を勝手に想像していた。

鈴木はとりあえず村上に朝食を食べさせなければと思い、コーヒーショップかレストランがないか沿道を物色しているうちに町外れまで来てしまった。そこから先は、緩やかにうねる平地に見渡す限りコーン畑が続いているだけだった。後戻りするのも癪だったので「助手君、君、お腹すいてる？　僕は昨夜ピザを食べ過ぎて、まだゲップが出るんだよ」と、朝食を後回しにすることを彼にも同意させようとした。

ところが村上は「おっ俺すか？　さっきモーテルのおばさんがドーナツを二つくれて、コーヒー

も飲ませてくれたんすよ」と平気な顔をして答えた。「それって、君はもうお腹は空いていないってことね？」と鈴木が聞くと、「そっそうすけど、マックのブレックファーストなら、つきあいますよ？」と、まだマクドナルドに拘っていた。鈴木はは「あっそう」と言ったきり黙りこんでしまった。

村上がイヤフォンを耳に突っ込むのを見た鈴木は、思いっきりラジオのボリュームを上げた。するとラジオからボストンの「フォアプレイ・ロングタイム」が流れてきた。

[Boston　Foreplay / Long Time（ロング・タイム）]

朝一番からスペーシーなこの曲にガツンとやられてしまった鈴木は、次々にラジオから流れてくるクラシック・ロックの名曲に導かれて、あの時代をさまよい始めていた。そんな半トランス状態に入りかけた時、突然、彼のｉＰｈｏｎｅが鳴った。

かけてきたのは編集部の青山だった。「はい、鈴木です…。おーうっ！　青山君、どうしたの？

そっちは夜中じゃないの？　まだ仕事？　ご苦労様だね」と、鈴木は原稿の催促だということは出る前から百も承知していたので、相手の朗をねぎらって当たりを和らげてくれる事を期待した。

それにもかかわらず、青山は開口一番「鈴木さん、絶対今夜中に入稿してくれないとページ飛んじゃいますよ」と脅してきた。

青山が催促しているのは、リニューアルした西伊豆の老舗温泉旅館の記事である。鈴木はあの取材にガールフレンドを同伴して、部屋に付いてる檜の露天風呂に一緒に入ったり、美味い海の幸、山の幸をたらふくごちそうになったりで、あまりにいい思いをしてしまい、どんな切り口で書いたらいいか、それが見つからないのも原稿に手が着かない理由の一つだった。

観念した鈴木は「分かってるよ、夕方にはセントルイスに到着するからさ。今夜絶対やるから、ちょっと待っててよ」とトーンの下がった声で約束をした。編集長という立場とは関係なく、プロのライターとして、もうこれ以上空約束は出来なかった。

鈴木はこの東京からの電話で、さっき入りかけた心地よいトランス状態からすっかり現実に引き戻されてしまった。

そんな時、コーン畑の中に放置されたボロボロのガソリンスタンドが鈴木の視界に飛び込んでき

た。

それはまるで時の流れと共に朽ちていこうとしているルート66の現状を象徴するモニュメントのように見えた。

彼はスピードを落として、そのガソリンスタンドに車を乗り入れてエンジンを切った。目をつぶると、テレビのルート66で見た、主人公が2人がガソリンスタンドに車を乗り付けるシーンが蘇ってきた。

糊の効いたユニフォームを着たスタンドマンがサッと3〜4人駆け寄って来て、一人はガソリンの注文を聞き、一人はフロント・ウィンドーを拭き、一人はボンネットを開けエンジン・オイルをチェックする、そんな活気に満ちたシーンだった。

鈴木がゆっくり目を開けると（いったいどうしたのだろう？）という顔で村上が不思議そうに顔を覗き込んでいた。

「今日はまずここで撮影することにしたよ」と鈴木が言うと、彼は早速撮影の準備を始めた。

鈴木は「何とかして、このガソリンスタンドが賑わっていた頃のことをイメージ出来るような写真がほしいんだ」と村上に希望を伝えた。鈴木自身もそれをどうやって絵にしたらいいのか、その

アイディアはなかった。

２人は何かヒントが見つかるのではないかと、このガソリンスタンドの周りを歩き始めた。そして少し距離を取ってから振り返った時に、高いポールに大きな星条旗がはためいているのが見えた。ここにある建物もポンプもその役目を終えた死後の世界に存在しているのに、この星条旗だけが風によって命を吹き込まれているようだった。「これだよ助手君、車に乗った僕も入れて、あの星条旗の躍動感を写真に撮ってくれよ。ピカピカの新車とボロボロのガソリンスタンドの対比も強調するんだよ。分かった？」と指示すると、それを聞いた村上はカメラを取りに車に向かって走って行った。

車に乗り込んでポーズをつけた鈴木がトランシーバーで「準備ＯＫだよ」と言うと、道の反対側のかなり離れた所でカメラを構えた村上から「もう撮ってるっす！」と返事が返ってきた。その後すぐに「スーさん、カッコ付けて車から降りて」とポーズの注文をつけてきた。いきなりタメ口の注文が心外だった鈴木は（何だよ！　僕に注文付けるのかよ？）と思いながらも、車から降りてやった。すると「あ〜っ！　もっとカッコ付けてよ！」とダメを出されてしまった。鈴木はヒヨっ子カ

メラマンからモデル扱いされるのが癪だったが、この前のシカゴの空港でリムジンに乗り込んだ時の気分を思い出して、今度は思いっきりすかしてみた。すると村上から「あーっ！　今のカッコ良かったっす。もう一回！」の褒め言葉が返ってきて、一瞬にして鈴木は鼻の下を伸ばしていた。

今度は鈴木が「もっと他のアングルからも撮ってくれよ」と指示すると、村上からまたポーズに対して注文が出た。それからしばらくの間トランシーバーでの指示出し合戦が続いた。


撮影が終了して車に戻ってきた村上は汗だくだった。鈴木が「それで、いい写真は撮れたの？」と聞くと「スーさんが欲しい写真が撮れたかどうか？　だけど、スーさんはカッコ良く撮れたっす」と答えた。鈴木は「本当？」と嬉しそうにしながらも疑いの態度を隠さなかった。

車が走り出すと村上はいつものようにイヤホンを耳に突っ込んだ。何を聞いているのか、必ず口をモゴモゴ動かして一緒になって歌っている。鈴木は昨日それに気付いてから、村上のことを（気持ちの悪い奴だな）と思っていた。（やめてくれ！）とも言えないし、とにかく放って置くことにして、鈴木はラジオのボリュームを上げた。

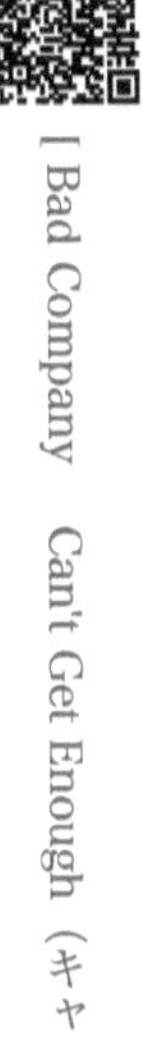

［Bad Company　Can't Get Enough（キャント・ゲット・イナフ）］

スプリングフィールドは鈴木が思っていたより大きな町だった。ここがイリノイ州の州都だということを鈴木は後に情報サイトで知った。

リンカーンのお墓は大きな墓地の一番奥にあって、石棺が収められたとても立派なものだった。

風景写真を村上に押さえてもらうだけでここでの取材を済ませた鈴木は、リンカーンのお墓の写真に添えてこんなことをＳＮＳにＰｏｓｔした。

「イリノイ州の州都スプリングフィールドＮｏｗ！

この街にはリンカーン大統領の立派なお墓がある。

奴隷制が争点になった大統領選挙にリンカーンが勝利したのが１８６０年で、彼が奴隷解放宣言をしたのは１８６２年である。それから１０１年が過ぎた１９６３年にキング牧師がワシントンＤＣのリンカーンメモリアルで

「I Have a Dream（私には夢がある）」の演説をした。

そして、この国に初の黒人大統領が誕生したのが2009年だから、奴隷解放から147年を要したことになる。建国から230年余りのこの国の歴史の中にあって、この147年が長かったのか短かったのかは判断は難しいところだ。

未だに人種差別やそれに根ざした貧困問題が残っているとはいえ、肌の色や性別に関係なく、実力が有って立派な人がリーダーに選ばれるアメリカはフェアな国だなあと、僕はリンカーンのお墓を眺めながら考えた」

車に戻ってダッシュボードの時計を見ると、もうとっくにお昼を過ぎていた。

鈴木が「腹減った〜！」と問いかける訳でもなく独り言のように言うと、村上が「はっはい」と即座に答えた。朝食を抜きにしたので2人とも腹ぺこだった。

イグニッションをONして燃料計を見ると、ガソリンの残りが4分の1を切っていた。鈴木は人間様よりまずは車を優先して、最初に現れたガソリンスタンドに立ち寄って給油することにした。

給油はこれが今回の旅で初めてである。鈴木はセルフサービスポンプの前に立ち、どう操作して良いのかまごついていた。説明書きを読み、他の車のドライバーがやっているのを見よう見まねで

何とか給油を始めると、村上も他の車の様子を見て、飛んできた虫がつぶれた跡がいっぱい付いたフロントウィンドーをスタンド備え付けのスクイージーで拭きだした。そんな彼を鈴木は（なかなか気が利くじゃないか）と見直していた。

鈴木がガソリンを入れながら辺りを見回していると、「プッシュー」っという派手なエアーブレーキの音と共にガソリンスタンドの前にコンボイ・トラックが止まった。そして助手席のドアが開き、そこからシカゴでヒッチハイクしていたあの東洋人ギタリストが降りてきた。

鈴木は昨日拾ってあげなかったことに何となく後ろめたさを感じていたので、彼に気づかれない内にここから立ち去りたかった。だから、満タンになってポンプが止まると、焦って給油ノズルをポンプに戻して車に乗り込んだ。

鈴木はすぐに出発したいのに、村上はカメラのレンズを拭くような丁寧さで、まだフロントガラスを磨いていた。鈴木はその様子を運転席から眺めながら（こいつは、なんて気の利かない奴なんだろう）とイライラ腹を立てていた。

痺れを切らした鈴木が「もういいから、出発するよ！」と言いかけたとき、耳元で「こんにちは！鈴木さんですよね？　あのテレビに出てる⁉　この前シカゴのクラブに居ませんでした？」と例の

ギタリストに話しかけられてしまった。

鈴木は、既に自分の素性がばれていたことに愕然とすると同時に、改めてテレビの怖さを知らされた。そして、急にテレビに出た時のキャラクターを演じて、「え～っ、あのクラブで僕に気づいてたんですか？　いやーっ、それにしても凄いギターでしたね、店中がヤンヤの喝采で」と、少しうわずった声でおべんちゃらを言った。

彼は「どうもありがとうございます」とちょっと恥ずかしそうにしているが、目がドロンとして、受け答えも緩慢だった。

鈴木は咄嗟に、編集長の自分なら彼をここに置き去りに出来るかも知れないが、タレントの自分にはそれが出来ないと考えた。変な評判を立てられるのを恐れたのだ。インターネットの世の中、誰もが放送局になれるのである。「ヒッチハイカーも乗せない、ケチなトレンド仕掛け人、鈴木哲也」なんて書き込みでもされたらたまったものでない。

観念した鈴木が「あのーっ…？　お昼ご飯食べました？　僕たち腹ぺこなんですよ、一緒に食べませんか？」と食事に彼を誘うと、彼は「あっ失礼しました。私は近藤といいます。いやーっ、朝飯抜きだったんで私もペコペコなんですよ」と誘いに乗ってきた。

「じゃあ、そこのレストランに行きましょう」と、成り行きでガソリンスタンドに隣接したレストランで一緒に食事をすることになってしまった。

この間も村上は、2人の話を聞いている風でもなく、無心に車のフロントガラスを磨いていた。

レストランに入っていくと、3人は窓際のブース席に案内された。

席に座ると、白髪頭を綺麗にセットしピンクのミニスカートのユニフォームを着たおばあちゃんウェートレスが現れて、シワだらけの顔に笑顔を作って

「Hi! How are you today?」

「こんにちは、ご機嫌いかが？」とフレンドリーに迎えてくれた。

おばあちゃんは一人一人に目配せをして

「Coffee?　Coffee?　Coffee?（コーヒー？　コーヒー？　コーヒー？）」と言いながら、それぞれが頷くのを確認してテーブルの上に逆さまに置いてあったマグをひっくり返し素早くポットからコーヒーを注ぐと

「Let me explain Today's Specials……（今日のスペシャルを説明するわね……）」とすごい早口で今日のスペシャルメニューを説明し始めた。

３人は彼女が何を言っているか殆ど聞き取れず、ただ彼女の顔をポカンと眺めているだけだった。説明が終わると

「Take your time. I will be back」

「ゆっくり考えて。戻ってくるわね」と言って、彼女はテーブルから離れて行った。

鈴木は「今の説明、ほとんど分からなかったよ。君たち分かった？」と言いながらメニューを開くと、近藤に村上を紹介していなかったことを思い出した。

「あっそうだ、近藤さん、紹介し忘れちゃったけど、カメラマンの村上君です」と、注意を村上の方に向けた。すると一心不乱にメニューを見ていた近藤が顔を上げて「近藤です、宜しく！」と言って会釈した。村上も「村上っす！」とペコリと頭を下げたが、２人はそれ以上の言葉をかわすこともなく、またすぐにメニューに目を落とした。どうやら２人とも相当お腹が空いている様だった。

さっきのおばあちゃんウェートレスがテーブルに戻ってきて

「Are you ready to order?」

「オーダーの準備はできましたか？」と、鈴木の目を覗き込みながらメモを構えていた。

「Yes! I would like to have the Meat Loaf Sandwich」

「はい、ミートローフ・サンドイッチを下さい」とオーダーすると、次に彼女は「What kind of bread? White, Wheat, Rye, or Sourdough?」「パンの種類は？ 食パン？ 全粒粉パン？ ライ麦パン？ それともサワードウ？」と質問を始めた。

「Wheat, please（全粒粉パンをください）」と答えると、今度は「Soup or salad?（スープかサラダのどちらにする?）」と聞いてきた。これはセットになっているからどちらか選ばなければならないのだ。「Salad, please（サラダをください）」と選ぶと、今度はどそれにかけるドレッシングだ。「What kind of dressing? Italian, Thousand Island, Ranch, or Blue Cheese?（ドレッシングはイタリアン？ ランチ？ ブルーチーズ?）」鈴木は「Uhhh? Ranch, please（ん〜？ ランチをください）」と一瞬考えてランチ・ドレッシング（サラダドレッシングの一種。マヨネーズ、サワークリーム、ヨーグルト、バターミルク、みじん切りにしたエシャロット、ガーリックパウダーその他の調味料や香辛料から作られる。ランチの語源は『牧場』）を選んだ。

そこでおばあちゃんウェートレスは一息ついてから

「What kind of side for the main dish? Baked potato, French fries, Mashed potato, Coleslaw,

Corn, or Fruit?（メイン・ディッシュの付け合わせは何にしますか？　ベイクドポテト、フライドポテト、マッシュポテト、コールスロー、コーン、またはフルーツから選べます）」と添え物を何にするか聞いてきた。

「Mashed potato, please（マッシュポテトをください）」と選ぶと、次は「Gravy on it?（グレービー？）」と、グレービー・ソースをかけるかどうかの質問だった。これにはもう「Yes please（はい、お願いします）」と答えるしかない。これでやっと質問攻めから解放されたのだ。

彼女は「Thank you!（ご注文ありがとう！）」と言って、鈴木ににニコッと微笑むと、次に村上の方を向いて「How about you?（あなたは？）」とオーダーを取ろうとした。

すると彼は恥ずかしそうに「Sa Same…（お、同じで…）」とだけ言った。それを聞いた鈴木は、彼女に

「No, No, please give him more time to think」

「彼に考える時間をあげて下さい」と、近藤のオーダーを先に取るように頼んだ。

彼女はそれに従って近藤の方に向き直り

「OK! How about you?（それでは、あなたは？）」とオーダーを聞き始めた。

鈴木は「助手君、『Same』ダメだよ。君は昨日の昼も『Same』と言って、僕と同じ物を食べたじゃないか？　レストランに入ったら自分で考えてオーダーしなきゃ。レストランでのオーダーはアメリカで生きてく上での基本中の基本だからね」と、メニューを自分で選ぶように促した。すると村上は「どうしてあんなに色々聞いてくるんすか？　いったい何のことを聞いているのかちっとも分からないし」と鈴木に文句を言った。「それはね、アメリカが個人主義の国で我が儘な人が多いからさ。同じ料理でも、一人一人の好みが違うから、それに対応できるようにしてあるんだよ」と鈴木が説明すると、村上は口を尖らせて「マックは簡単すよ！」言い返すのだった。

「マクドナルドだってセットに付く飲み物を選んだりするだろ、それと同じさ、だから、自分の好きなものを選んでみなよ、僕が助けてあげるから」と鈴木が助け船をだすと、彼は「はっはい、分かったっす！」少しふてくされ気味に頷いた。

何とか近藤のオーダーを取り終えたらしく、おばあちゃんウェートレスが

「Are you ready?」

「準備はいいですか？」と村上の方に体の向きを変えた。

彼は

「Ye Yes! This hamburger please（は、はい、このハンバーガーをください）」とメニューを指さしながらたどたどしい英語でオーダーした。すると彼女は

「How would you want it cooked?（焼き加減はどうしますか？）」と質問を初めた。

村上は早速「スーさん、どういうことすか？」と助けを求めてきた。

「それは肉の焼き方でね、よく焼く方からWell-done（ウェルダン）、Medium（ミディアム）、Rare（レア）の3段階になっていて、その中間も有るから正しくは5段階かな？」と説明すると、「よく分っからないけど、Medium Please（ミディアムをください）」とどうやら聞き覚えのある単語を選んだらしく次の質問に進んだ。

「What kind of cheese? American, Cheddar, or Swiss?（チーズはアメリカン、チェダー、スイスのどれにしますか？）」の問いにも「チっチーズか、アメリカンで」と、無難な答えでやり過ごした。

最後の「How about the side? Baked potato, French fries, Mashed potato, Coleslaw, Corn, or Fruit?（メイン・ディッシュの付け合わせは何にしますか？　ベイクドポテト、フライドポテト、

マッシュポテト、コールスロー、コーン、またはフルーツから選べます）」の質問にも「フライドポテト」と即座に答えた。

するとおばあちゃんウェイトレスは「Very good! Cute boy!（かわいい坊や、よくできました）」と言って、彼の肩に手を乗せてウィンクした。

鈴木が「ほら、また褒められたじゃないか」と言うと、村上は「ハンバーガーひとつオーダーするのも大変なんすね」とホッとした顔をした。

「そりゃあそうだよ、だってハンバーガーはアメリカを代表する料理だよ。ビッグマックだけじゃないんだよ。分かった？」と冗談半分にからかうと、彼は不服そうに「はっはい」と言って下を向いてしまった。

鈴木は「ところで近藤さんは何か理由があってヒッチハイク中なんですか？」と昨日鈴木達が停まらずに通過したことに近藤が気づいていないことに期待しつつ聞いてみた。

近藤はゆっくりとした口調で「それが大した理由じゃないんですよ、一昨日の夜、あのクラブでたまたま私のギターを聞いていた音楽プロデューサーが居ましてね、その彼からロサンゼルスで21日にオーディションがあるからおいでよって、誘われたんですよ。私は、いつまでに東京へ帰らな

くちゃならないっていう予定もないし、腕試しのつもりでそのオーディションに行ってみようかという気になって、アメリカも見られるし、ヒッチハイクで向かっているんです」と答えた。

すると、それまで黙って2人の会話を聞いていた村上が「21日ならロサンゼルスで車を返す日の1日前じゃないすか」と、鈴木が近藤にあまり知らせたくなかったスケジュールと目的地をいっぺんにバラしてしまった。

近藤はちょっと驚いた顔をして「へーっ、お2人もロサンゼルスまで行かれるんですか？　目的は何なんですか？」と聞いてきた。

「僕が編集長をしているメンズマガジンって雑誌に、あの車でルート66を全線走破して旅行記を書くんです。それの取材の途中です。途中というよりまだ始まったばかりだな」と答えると「取材ですか？　昨日、私の前を通り過ぎるのを見て、てっきり親子で旅行しているのかと思いましたよ」と言った。

鈴木は（ああ、やっぱり気づかれていたか…）とがっかりすると同時に

「親子？　とんでもない！」と叫ぶと、それを聞いた村上も嫌そうな顔をした。

鈴木は、同邦人で目的地まで同じなのに止まってくれなかったことを知った近藤が、自分の事を恨

んでいるのではないかと思った。そして「昨日、乗せないで通り過ぎたことを覚えているのは、僕をケチな野郎だと思ったから？」とストレートに尋ねた。すると彼は「いいえ、格好いいなと思ったからですよ。それにヒッチハイカーは、乗せてくれない人を一々恨んだりしませんよ。だって、乗せてくれる車が現れるまでものすごい数の車が通りすぎるんですよ、そのドライバーを一々恨んだりしてたら切りがありませんよ。乗せてくれた人にただ感謝するだけですよ」と話した。

それを聞いた鈴木は、昨日から引っかかっていた近藤に対する後ろめたさが消えたものの、変なことを発信されていないか「近藤さん、スマホとかパソコン持ってる？」と一応探りを入れた。近藤が「私、アナログ人間です」と答えると、鈴木は（ああ、やっぱり）と納得するのと同時にホッと安心するのだった。

しばらくすると、おばあちゃんウェートレスが料理を運んできて

「Here you are! Enjoy your lunch!」

「はいどうぞ、ランチを楽しんでね」と言いながら料理をテーブルに並べ、ウィンクをして去っていった。

村上は自分の目の前に置かれたハンバーガーを見て「昨夜のピザもでっかかったけど、これも半

端無いっすね」と、その大きさに目を丸くした。

鈴木は後でSNSに使うために自分のサンドウィッチと店の様子をiPhoneで写してから食事を始めた。

おばあちゃんウェートトレスがコーヒーを注ぎ足しにきて何か冗談を早口で言って、声を上げて笑った。3人は自分達を笑わせようとしているのが分かったので、それにつられて声を出して笑ったが、彼女が向こうを向いた途端に全員が真顔に戻っていた。

近藤から「鈴木さん、今の冗談どういうことだったんですか？」と聞かれた鈴木が「僕も分かんなかったよ」と答えて、今度は「助手君、ちょっとウケてたみたいだけど、分かってたの？」と村上に質問した。すると彼も「分かる訳無いっすよ」と答え、近藤が「なんだ、じゃあみんな分かってなかったんだ！」と笑い声を上げ、鈴木と村上もそれにつられて笑い、3人は食事を楽しんだ。

おばあちゃんウェートトレスから投げキスとウィンクをされながらレストランから出てきたところで、鈴木は意を決して「近藤さん、シートが空いてるから一緒に行きましょう！」と彼を誘った。近藤は「エッ、いいんですか？　仕事なんでしょ？」と、口では遠慮する素振りを見せたが、うれしそうな顔をしていた。

鈴木は、ヒッチハイカーにあんなに興味を示して質問までした村上が、近藤を受け入れるでも、拒否するでもなくただボーッと立っているのが、理解出来なかった。

今回の旅を仕事と割り切っているつもりだったが、村上と丸1日半過ごしただけで、このぎこちない関係が彼の気を重くしていた。だから、近藤が2人の間の潤滑油になってくれることを期待したのである。ロサンゼルスに向かって足が確保出来ればいい近藤にとって、2人の関係などどうでも良かった。それぞれの思いはバラバラのまま、ここから3人での旅が始まった。

町を抜けて、またコーン畑が始まった頃（オープンカーのリアシートは風が巻き込んで厳しいだろうが、彼にしてみれば炎天下で立ちんぼせずに目的地に向かう車が見つかったのだから、文句は言えないだろう）と、鈴木がそんなことを考えながらルームミラーを見ると、近藤はもう気持ちよさそうにお休みだった。村上は相変わらずイヤフォンで何か聞きながらブツブツ口を動かしている。（結局、近藤を乗せても状況は何も変わらなかったじゃないか！）と舌打ちした鈴木は、近藤に構わずラジオのボリュームを上げた。

［Fleetwood Mac　Go Your Own Way（オウン・ウェイ）］

太陽が西に傾いてきてもコーン畑はまだまだ続いていた。

イリノイ州のルート66は、何処までも続くコーン畑を切り裂いて小さな農村と農村を繋ぐ線の様である。村が近づいてくると、今まで65マイルだった制限速度が55マイルに下がる。村の入り口には、村の名前と人口が記された看板が立っていて、その人口が3桁しかない小さな村もある。そして、制限速度が45マイルになり25マイルになると、もう村の中心部に到達しているのだ。

たいていの村にはタウンスクエアの広場があり、それに面して教会とタウンホール、商店、レストランなどが並んでいる。どの村も家々の保存状態はとても良く、芝生は綺麗に刈ってある。そんな状況から、まだ昔ながらのコミュニティーが当時からの秩序を守って存在し続けていることを伺い知ることが出来る。それが崩壊してしまった大都会とは大違いなのだ。

かなりスピードダウンしてゆっくり村の様子を伺ったつもりでも、すぐに制限スピード45マイルのサインが現れ、集落は終わってしまう。そして、鈴木たちの乗った車はまたスピードを上げながらコーン畑に吸い込まれていくのである。

リアシートで近藤が動いた様な気配を感じて何気なくルームミラーを見ると、彼が「ジャックダニエル」のポケット瓶をバックパックから取り出してラッパ飲みするところだった。鈴木は一瞬ハッ

と驚いたが、見て見ぬふりをしながら観察を続けた。すると段々アルコールが血液に回った近藤はギロッと目を見開き、表情に生気が戻っていく。そしてリアシートから身を乗り出して鈴木の耳元で大きな声を出して質問を始めた。彼の吐く息はバーボン臭かった。

「鈴木さん、どうしてルート66の旅行記を書くことになったんですか？」と聞かれた鈴木は、即座に「近藤さんって何歳？」と聞き返した。

「45才です」

「じゃあ、ルート66のテレビドラマ知らないよね？」

「あー知ってますよ。ちゃんとテレビで見たことはないですけど、『ポパイ』かなんかの雑誌で読んだことがあります。2人の青年がシボレー・コルベットに乗って、ルート66を旅するストーリーなんですよね？」

「そう、そう、1960年代の初めに大人気だったドラマで、シカゴからロサンゼルスまでの町々でいろんなトラブルに巻き込まれて、それを解決してまた次の町に行くって単純なストーリーだったんだけど、主人公のトッドとバズ、それから他の登場人物のファッションがかっこよくてね、もう死語かも知れないけど、いわゆる当時のトレンディードラマだったのよ」

「はあ」

「僕はこれを見て、アメリカに憧れちゃってさ、僕がファッションに目覚めたのもこのドラマの影響なんだよ。今でもこんな仕事ができているのは、ルート66のお陰なんだよ」

「はあ、そうだったんですか」

鈴木が話している間にも近藤はまたポケット瓶のウイスキーを『グイッ』ともう一口飲むと、「鈴木さん、それじゃあ鈴木さんは全共闘世代ってことですか？」と急に話題を変えた。「ああ、大学時代には自分たちが革命を起こせると信じている奴らもいたよ。近藤さん、なんでそんなこと聞くの？」

「いや、ちょっと気になったものですから」と、近藤は話をはぐらかすと、おとなしくギターを弾き始めた。


しばらくして周りの景色がコーン畑からいつのまにか森に変わっていた。それに気付いたとき、鈴木たちはミシシッピ川にかかる「Chain of Rocks Bridge（ミシシッピ川を跨がる曲折したトラス橋）」の袂まで来ていた。

１９２９年に完成して１９６７年に閉鎖されたこの橋は、２００６年にアメリカの重要文化財に登録された。長さ約1.6キロもあり、今は徒歩か自転車でしか渡ることができない。

鈴木たち３人も駐車場に車を止めて、歩いてみることにした。

背の高い木がうっそうと茂った河岸の湿地帯を抜けると、パッとミシシッピ川の眺めが広がった。無限のパワーを秘めた薄茶色の流れは、巨大な帯になってゆっくり流れていた。その圧倒的な水量と対岸が霞んでいる程の川幅は、鈴木の『川・河』に対する常識を完全に超越していて、それは見ているだけで気持ちが豊かになる様なスケールの大きさだった。面倒くさそうについてきた村上と近藤だったが、この景色に圧倒されたのか、何も言わずに川面を眺めていた。

そんな３人を涼しい川風が包んでくれた。

車に戻った３人はインターステイトハイウェイ55号に乗り直し、ミシシッピ川を渡ってミズーリ州に入った。ここからは西部である。

川沿いを南下していくと、遠くにセントルイスのダウンタウンのビル群とゲートウェイ・アーチが見えてきた。すると村上はそれを指さして「あっあれっ、マックのロゴの半分みたいっすね！」と言ったが、鈴木は、彼の事を横目でチラッと見ただけで聞こえていないふりをした。

シカゴからルート66を西に向かっていくとセントルイスが最後の大都市で、こんなビルが建ち並ぶ風景を次に拝めるチャンスはロサンゼルスまで行かないとないのだ。

まだ太陽はかなり高い位置にあったが、今日は市内に適当なモーテルを見つけることにしてダウンタウンに向かった。鈴木は例の原稿を今夜絶対に書かなければならなかった。

すぐにダウンタウンで適当なモーテルが見つかり、駐車場に車を乗り入れて車から降りると、近藤が「今日はどうもありがとうございました。私はここで失礼します」と言って、鈴木に頭を下げた。

「近藤さん、今夜はどこか泊まるところ決まってるんですか？」と聞くと、彼は「私はユースホステルにでも泊まりますから」と答えた。

村上が近藤のことを引き留めて自分の部屋に泊めるだろうと鈴木は勝手に思っていた。ところが、彼はそんな素振りを全く見せず、二人の会話を聞いていたのかいなかったのか、周りをキョロキョロしながら写真を撮っていた。

鈴木は近藤を自分の部屋に泊めるのも嫌だし、だからといって村上に相部屋を強制する訳にもい

かないので、もう自然な流れに任せるしかなかった。

「近藤さん、僕たちは明日の朝8時にここを出発するので、また一緒に旅をする気になったら、その時間までに戻ってきてください」とだけ知らせておいた。

それを聞いてコックリと頷いた近藤は、半日彼らと過ごしただけで去って行った。ダッフルバッグとギターケースを背負い、小さなアンプを載せたキャリアを引いて行く後ろ姿は、彼のギターサウンドそのものだった。

モーテルのチェックインを済ませた鈴木は部屋のキーを村上に渡しながら「僕はあのボリュームたっぷりだったランチのせいでまだお腹すいてないんで、このまま部屋に籠って原稿書きをするから、夕食は勝手に一人で食べてくれるかな?」と今夜の自由行動を宣言した。

それからしばらくして村上はカメラを持って太陽がかなり西に傾いた街に出ていった。

その頃近藤は、ギターを弾いて幾ばくかのお金を稼ごうと、オールド・コートハウス前の公園で人通りの多い適当な場所をさがしていた。そして石段がステージのようになったおあつらえ向きな場所を見つけると紙袋でカモフラージュした「ジャックダニエル」のポケット瓶から、まずは一口

ラッパ飲みした。数秒待っていると血液に混じったアルコールが体を駆け巡って脳まで届き、近藤のギタリストとしてのスイッチがONになった。それを確認した近藤は、もう一口飲むと背筋をピンと伸ばして素早くギターのチューニングを済ませ、得意なブルースのフレーズを弾き始めた。そんな彼にはミュージシャンのオーラが段々戻ってくるのだった。

近藤は自分の感情を共有してもらうためにギターを弾き、それに感動してくれた人からその対価を投げ込んでもらうために、自分の前にギターケースを開いたままにして置いていた。彼の指のウォームアップが終わり調子が出てくると、夕方の公園を行き交う人たちが足を止めて彼の周りに集まり始めていた。

その頃村上は、日没間近のイーストダウンタウンを歩き回って、行き交う人や建物、車など気に入った風景をカメラに納めていた。ミシシッピ川の川岸まで来ると、ゲートウェーアーチが夕日を反射してオレンジ色に光り輝いていた。そして、大河のあふれんばかりの水量と川辺に建ち並ぶ古くて重々しいレンガや石造りのビルが彼の興味をひいた。しばらく写真を撮りまくって空腹を感じ始めた彼は、本能的な第六感を使ってマクドナルドを見つけ出し、そこに吸い込まれて行った。

最初は空だったギターケースに1ドル札やコインがそこそこたまり始めたころ、近藤を遠巻きにしている人垣からストリートギャング風の少年2人が彼に近づいてきた。一人は激しく太っており、もう一人は細くて背が高かった。

太った方の少年が

「What the hell are you doing here?」

「一体ここで何やってるんだ？」と近藤にすごむと、それに怯えた近藤はギターを弾く手を止めた。見物人たちは、この少年ギャングと関わりたくないのか、辺りから蜘蛛の子を散らすようにサッといなくなってしまった。

ノッポの少年が

「These are ours!」

「俺がもらっておくぜ！」といって、ギターケースに貯まったお金を拾い集め始めた。

近藤は顔面に冷や汗をかいて、何もできずオロオロ立ちすくんでいるだけだった。

少年ギャング2人がギターケースの中のお金を集めきって、その場所を立ち去ろうとしたとき、体

格のいい黒人女性が現れ、

「Hey! What the hell are YOU guys doing?」

「あんた達こそ一体ここで何やってるのよ？」と言いながら、しゃがんでギターケースのに貯まったお金をかき集めている少年ギャングの２人の襟首を引っ張り上げた。

デブの少年は
「Mom!」

「あっママ！」と驚いて首を引っ込めようとすると、彼女は
「This man is playing very good music, you don't wanna bother him」

「この人はみんなに良い音楽を聴かせてくれているんだから邪魔するんじゃないの！」２人を怒鳴りつけた。

その剣幕に負けた少年達は、一旦ポケットに押し込んだお金をギターケースに戻し、スゴスゴと立ち去っていった。

その後ろ姿を見送ると、彼女は今度は近藤に向かって
「I'm sorry! They are teenagers, they are out of my control!」

「ティーンエイジャーはまったく手が着けられなくて、ごめんなさいね」と謝まった。

近藤は顔から流れ落ちる汗を手の甲で拭ってから「Thank you!」と彼女の手を取って礼を言った。

「Hey, I wanna sing, can you play the guitar for me?」

「私に一曲歌わせてくれる？　あなたはギター弾いてね」と言って、彼女が手に持っていたラジカセのスイッチを入れた。すると、ディスコ全盛期のドナ・サマーの大ヒット曲、Last Dance のイントロが流れだした。

近藤は（えっ?·ディスコ）と一瞬戸惑ったものの、ラジカセから流れるカラオケに合わせてギターを弾き始めるのだった。

【Donna Summer　Last Dance（ラスト・ダンス）】

ゆっくりとしたイントロからアップテンポなディスコ調に移り変わっていくと、突然、２人は頭上からの強烈なスポットライトに照らされ、一旦姿が見えなくなった。すると、２人はその光の中からスパンコールがギンギラのパンタロンスーツのコスチューム姿で現れた。

公園の石段はステージに変わり、街灯がミラーボールになって回りだし、周囲はすっかりディスコに早変わりしてしまうのだった。

一度は姿を消した見物人が再び戻ってきて一斉に踊り出すと、みんなの着ている服が70年代のディスコ調のコスチュームに変わり、ＯＬ風の3人組がバックコーラスを歌い始める。

近藤は自分の目の前で始まった「Soul Train（ソウル・トレイン）」のような騒ぎに圧倒されて

キョロキョロしながらギターを弾き続けた。

【Hot Stuff / Bad Girls（ホット・スタッフ／華麗なる誘惑）】

ドナ・サマーのLast Dance, Hot Stuff, Bad Girlsの3曲のメドレーに踊る人たちの数がどんどん増え、通りかかった警察官や年寄りも一緒になって踊り始めてしまうほどの大騒ぎになっていった。

このメドレーは最後にもう一度Last Danceに戻り、目を閉じたままエンディングに合わせて弦をチョーキングしていた近藤がゆっくり目を開けると、周囲は元の公園に、みんなの着ているものも元の洋服に戻っていた。

ドーッと拍手と歓声が巻き起こり、ギターケースに1ドル札やコインがギターケースにドンドン投げ込まれるのだった。

近藤は歌い終わって一息ついた彼女から

「Hey, you're pretty good. I'm gonna sing at a club tonight, can you play the guitar for me?」「あんたいいノリしてるわね。私、今晩これからクラブで唄うのだけど、ギターを弾きに来てくれない？」と誘いを受けた。

近藤の好奇心が首を縦に振らせ、彼は早速店じまいをして彼女の後をついて行った。

その頃モーテルでは鈴木はどこにも行かず部屋に籠もって、やっとの思いで例の温泉旅館の原稿を書き上げると、東京の編集部に電話をかけた。

「青山君、今、原稿終わったよ、メールに添付して送るから、後は宜しくね！」「そっちは問題無いの？　みんな入稿大丈夫？」などと、編集の進み具合を聞いたり様々な指示を出している内に「小川の正ちゃんが代役に送り込んできた村上って言う名のヒヨっ子カメラマンなんだけどさあ〜」と、話題が無意識の内に村上のことになっていた。「僕がちゃんとディレクションしてるからだけど、まぐれ当たりしているんだよ」と話しながら、鈴木は村上が今日撮影した写真をノートパソコンのモニターでチェックしていた。

「本当ですか？　鈴木さんが若いカメラマンを褒めるのなんて初めて聞きましたよ」とベテラン編

集マンの青山は、いつも皮肉っぽい鈴木の言葉を信じなかった。

「僕は別に褒めたりなんかしてないよ。もうすぐボロを出すに決まってるからね」と話したところで、モニターに今朝の朽ちたガソリンスタンでの写真が現れた。すると鈴木は、そこに写っている自分の姿に驚いて次の言葉が出なくなってしまうのだった。

まだ青山が何か話したがっているようだったが「ああそう、ＯＫ、僕これからブログ書かなきゃならないからさ、じゃあね！　切るね」と半分上の空で電話を切って、再びモニターに集中した。

その一枚の写真がそこまで鈴木を引きつけた理由は、今まで見たことがないまるで別人の様な自分が写っていたからだった。（確かに写真は「写った真」なのだから、この一枚もこの瞬間の自分の真の姿なのだろう）と納得しようとした。しかし、その写真の鈴木哲也は、（他人としては格好良い）のだが、彼が理想として描いている鈴木哲也からズレているように見えたのである。カメラの前に立ち慣れた鈴木だったが、こんなことは今までに経験したことはなかったのだ。彼は、こんな写真を写す村上をどう評価して良いのか分からなくなってしまうのだった。

鈴木はこの一枚の写真がどうしても引っかかってなかなか頭の切り替えが出来ずにいた。それでも、なんとかブログを書いてサイトにアップした。

「Ｄａｙ２　リンカーンからセントルイスまでの約３００キロの行程」

昨日、何気なく宿泊地に選んだ街はリンカーンといって、その名のとおりリンカーン大統領縁の地だった。１８５０年代に若き弁護士だったリンカーンがこの町の市民憲章作成に参画したことから、彼の生前からリンカーンの名前が付いたんだそうだ。そこから約60キロ南西に走るとイリノイ州の州都スプリングフィールドに入る。この町にはリンカーンの住んだ家や彼の墓が残っている。山一つ見当たらないこの平坦な土地からアメリカ全土を見渡すことができたリンカーンは、ひょっとすると千里眼の持ち主だったのかも知れないと僕は思った。

スプリングフィールドからさらに南下するとミシシッピ川にぶつかる。この大河がイリノイ州とミズーリ州を分けている。そして、州だけでなく東部と西部の境目もこのミシシッピ川なのである。今回の旅の行程はまだ四分の一も進んでいないが、我々はついに西部に足を踏み入れたのだ。

ゲートウェーアーチで有名なセントルイスは大都市だし、なんと言ってもセントルイス・ブルースである。僕らの年代の人間だったら「ブブップブブーブブブブップブップー」と最初の何小節かは必ずスキャット出来るほど印象深い曲が生まれた町なのだ。そしてここは「King of Beer（ビール

の王様)」と親しまれている「Bud Weiser Beer(バドワイザービール)」発祥の地でもある。

これからの行程でメジャーリーグチームの本拠地があるセントルイス程の大都会はロサンゼルスまでお目にかかれないから、この先十日間程は都市文化ともお別れだ。この町にはきっと美味いレストランがいっぱいあるだろうに、僕は東京から引きずってきた原稿を今夜中に書かなければならず、モーテルの部屋から一歩も外へ出られない。今更、因果な商売を続けてきてしまったことを悔やんでも始まらない訳だが、どこからか僕を誘うセントルイス・ブルースが聞こえてくるようで、気持ちを原稿書きモードに切り替えるのに苦労した。

今日の最初の撮影場所は、このピカピカの新車と全く対照的な閉鎖されたガソリンスタンドを選んだ。と言うより、僕が誘い込まれてしまったのかも知れない。

ルート66を多くの車が行き交っていた頃、このガソリンスタンドだってお客の車がひっきりなしに出入りして、繁盛していただろう。

今は、そんな躍動感はすっかり消え失せ、生物の屍が土に帰っていくかのように、朽ちていくのを待っているだけの状態だ。そんな古ぼけたものが揃っている中に、傍らの高いポールに殆ど新品の星条旗が生き物の様にはためいているのが印象的だった。

このガソリンスタンドに車を停めて目を閉じた僕は、車を乗り入れるやいなや若いサービスマン達が駆け寄ってきて、ガソリンの注文を聞き、窓を拭き、ボンネットを開けてエンジンオイルをチェックしてくれた、このスタンドが繁盛していた頃にタイムスリップしてしまったのだった。

Day 3　セントルイスから

朝モーテルのチェックアウトを済ませ、車に荷物も積み終わり、出発準備完了となった時、鈴木は近藤の登場を期待してゆっくりと周りを眺め回した。しかし、彼が現れそうな気配はなかった。

村上はさっさと助手席に乗り込みシートベルトを締めて、近藤に対する思いは何も無いようだった。

鈴木が「じゃあ近藤さんも来ないようだから、助手君出発しようか」と言うと、彼はいつもの仏頂面のまま「はっはい」と答えるだけだった。鈴木は村上が何を考えているのか日を追って分からなくなってきていた。

その頃近藤は、まだベッドの中で気持ちよさそうに寝息をたてていた。そこは、昨夜の女性シンガーのベッドルームで、傍らにはネグリジェ姿の彼女が横たわっていた。

車に乗り込んだ鈴木はエンジンをかける前に、パスポートに挟んであったモノクロ写真を2枚取り出して村上に見せた。一枚は、ポスターにもなったルート66の主人公2人がコルベットに寄りかかっているフェリーボートの上で写された有名なカットで、もう一枚は、中学生の鈴木と関が横目4灯のセドリックに寄りかかって主人公2人のポーズを真似た写真だった。

この写真は写真部だった鈴木の兄が同じカメラアングルを苦心して見つけて撮したもので、鈴木がバス、関がトッドに成りきっていた。鈴木は、学校に着ていくレインコートの襟に偽の毛皮を自分で縫い付け、関も襟を立ててそれっぽく見せていた。

この写真には鈴木のルーツが詰まっていた。

だから鈴木はミシシッピ川を渡るGolden Eagle Ferryまでの道順を東京のオフィスでグーグル・マップをプリントアウトして準備していた。フェリーの上で同じポーズの写真を撮ることが、この旅の目的だったのだ。

エンジンをかけると同時に、

「Good Morning Mr. Suzuki How are you this morning?」

「おはようございます、ミスター鈴木。今朝のご機嫌はいかがですか？」と、今日は紺と白のボーダ柄のTシャツとそれにマッチさせた紺のパンツでカジュアルに登場してくれたカーナビの彼女だったが、セットされた行き先と違うので、「Rerouting! Rerouting! Rerouting!（ルートを変更中！ルートを変更中！　ルートを変更中！）」を連発させて怒らせる前に、丁寧に挨拶を返してスイッチをオフにした。

村上はその写真を無言で眺めていた。

鈴木は照れを隠すためにわざと怒ったように「今日はまず、これを撮りに行くから！」とぶっきらぼうに言った。そして、こんな意味不明な指示では何を撮るか分からないだろうから、村上が質問してくるのを待った。しかし、彼は「はっはい」と答えるだけで、それ以上の興味はなさそうだった。

村上はこれまで鈴木の指示にはいつも「はい、はい」と従うのだが、必ず不満そうな顔をしていた。だから鈴木は（撮影の際に一々細かいディレクションを付けられるのが気に入らないのだろう）とか（自分なりに撮りたい写真があって、それと相容れないことがあの態度になっているのだろう）

とか、イロイロその理由を考えた。

そして、一番鈴木の腑に落ちないのが、彼が撮った写真を見る限り、村上は自分が出したディレクションに同意しているとしか考えられないことだった。もし、そうでなかったとしたら、あんな指示どおりの写真は撮れるはずがないのである。

村上の写真と態度の間にある大きなギャップに、鈴木は困惑させられていたのだ。

鈴木は村上に対してもう一つ気に入らないことがあった。それは、道すがら（あっ綺麗だな）と思う景色や（面白いな）と、彼の興味を惹く物が現れると、指示もしていないのに、それを横から奪い取るように、村上がカメラのシャッターを切ることだった。自分の記憶に残るはずのイメージが彼のカメラに吸い取られてしまったようで、それが鈴木をいらつかせた。

そんなもやもやが晴れないまま運転をしている内にGolden Eagle Ferryの乗り場に到着していた。このフェリーは、日本を発つ前にインターネットで調べておいた、ミシシッピ川に今でも残っている数少ないフェリーボートの一つだった。

この船着き場周辺は、昨日橋で渡った部分より川幅が狭く水深がありそうで、流れはもっとゆっくりに見えた。

「どうするんすか？」の村上の一言でやっと我に返った鈴木は、さっきの写真をもう一度取り出すと、「ほら、この本物の写真をよく見ると、筏のようなフェリーボートの上で撮ってるだろ」といいながら、それを村上に見せた。

そして「だから、僕はここに来たのさ！」と言うと、もう一枚の自分が映っている方を見せながら「一緒に写ってる友達はもうあの世に行っちゃって居ないし、車もコルベットじゃないけど、ルート66を走るからには、どうしてもフェリーの上でもう一回このポーズ決めたかったんだよ。だから今朝は、僕のシャレに付き合ってくれよ。宜しく頼むよ助手君」と、今度は少し下手に出て照れを隠した。

彼はこの撮影のために、バズが着ているようなコスチュームをわざわざ持参したのだ。この撮影が今回の旅で唯一鈴木が日本を発つ前から準備していたことだった。

鈴木は村上がどんな反応をするか気になっていたが、彼はこれまでと変わらず「はっはい」と返事をしただけだった。

鈴木たちは次の便への乗船を待つ車の列に並んで順番を待った。しかしこの分では、操舵室の前

に車を止めることは出来そうになかったので、鈴木はここでも伝家の宝刀を抜いてみた。

「日本からの取材なんだけれど、撮影をしたいので操舵室の前に乗せてくれませんか？」と、誘導係のおじさんに交渉したが、ここではそれが全く通じなかった。誘導係のおじさんにとって、日本から来ていること、ましてはメディアなど全くどうでも良いのである。

「フェリーは来た順番に乗せるだけだ！」と取り付く島もなく断られてみて、鈴木は、こんな所で「メディアの取材だ」なんて高飛車な態度を取った自分の恥ずかしさに気がついた。そして、たった2日間アメリカを旅しただけなのに、自分の価値観が周りと摩擦を起こしている様な、今まで感じたことがなかった妙な抵抗感を感じ始めていた。

ただ、いくら酔狂といえど、ここで引き下がっては関に顔が立たないと思った鈴木は、列の先頭に並んでいるトラックドライバーの所まで行って2人の写真を見せながら事情を懇切丁寧に説明した。最初は事情が理解出来ず怪訝そうな顔をしていた彼だったが、

「That's interesting! No Problem! Go ahead!」

「それはおもしれえじゃないか！　問題ない！　先に行け！」と快く受け入れてくれたのだ。

鈴木はこの一件で（やはり人にものを頼むときは気持ちが大事なんだな！）と、人間として当た

り前のことを再認識させられてしまうのだった。

乗船が始まると、さっきのトラックドライバーがタトゥーの入った太い腕を窓から突き出し、手首から先をクルクル回して「先に行け」とサインを送ってくれた。これで、鈴木は思い通りの操舵室の前に車を止めることが出来た。

鈴木がコスチュームを着込んで車のボンネットに片尻を載せてそれっぽいポーズを作ると、ポスターの写真と見比べながら村上が細かい指示を出してきた。「カメラ目線じゃなく、遠く見る感じで！」と村上が言うので視線を遠くに送ると、それをきっかけに鈴木は兄がカメラを構えて2人にポーズを付けた、あの日にフラッシュバックしていった。そして頭の中に、あの日からのロング・アンド・ワインディング・ストーリーが超ハイスピードでプレイバックされるのだった。

しかし、鈴木は関と一緒に送った青春の感傷にゆっくり浸っている間もなく、「スーさん、スーさん、もうＯＫっす！」の村上の声で我に引き戻されてしまった。撮影は呆気なく終わっていた。

カメラのモニターで出来具合を確認した鈴木は、自分の外見と車のデザインの変化、デジタル写真の鮮明さに、時間の経過を痛感して、（やっぱり、いくら格好付けてもパロディにしかならないか!?）と苦笑いをしながらつぶやいた。ただ彼は、背景に映ったミシシッピ川周辺の自然がオリジ

ナルの撮影当時と全く変わっていないことに気づいて、なんとなく救われた思いを感じていた。

鈴木にとって今回の旅で最大のイベントだったフェリーでの写真撮影も済んでしまい、まだ行程は3分の1も来ていないのに、彼は既に消化試合の気分だった。村上とも殆ど会話がないまま（早くサンタモニカに着かないかなあ！）と願いながら運転を続けた。

今日もクラシックロックがラジオから切れ目無く流れ、鼓膜を振動させていたが、それは心まで到達せず、彼の沈んだ気持ちを高揚させてくれなかった。

鈴木の感情は超低空飛行を続け、天候が下り坂なのもそれに追い打ちをかけていた。

鈴木は夕暮れが迫ってきたので、レバノンという田舎町のモーテルにチェックインした。迫っていたのは夕暮れだけでなく、雨雲もだった。

「Ｄａｙ３　セントルイスからレバノンまでの３２０キロの行程」

今日は橋を渡って一旦イリノイ州に戻り、ミシシッピ川をフェリーボートに乗って渡ってみた。わざわざそんな面倒なことをした理由は、フェリーの上で写真を写すのが目的だった。

50年ほど前にルート66のテレビドラマにはまっていた僕と友人が写った一枚の写真が有る。それは、当時我が家に納車されたヘッドライトが横目四灯の車を見た友人の「これってコルベットに似てないか？」の一言から始まった企画だった。

それぞれがルート66の主人公になりきってポーズを作り、写真に凝っていた兄貴に頼み込んで撮影してもらったのである。

今で言うならばコスプレ写真だが、僕はこうしてルート66に登場する彼らのファッションを真似ることで「男が格好を付けること」のイロハを学んでいったのだ。だから、この写真は僕のルーツと言っても過言ではない一枚なのである。

そして、今回の旅のきっかけを作ってくれたのも、このトッドに成りきった彼だった。

この春に思いがけず彼の弔辞を読むことになり、それきっかけにタンスの隅にしまい込んだまま忘れていたルート66への憧れが僕の中に蘇ってきたのである。だから、ミシシッピ川を渡るなら、フェリーボートに乗り、そこでもう一度この写真に挑戦しなければならなかったのだ。

今日写した写真を見ると、ほぼ半世紀前の真剣さが感じられず、パロディにしかなっていないのが悲しいところではあるが、自分としては、これはこれで、原点に戻ってきたような満足感を味わ

うことが出来る一枚である。ただ、トッドの彼が居ないのがとても残念でしょうがない。

僕はミシシッピ川をゆっくりフェリーボートで渡り終えて、東部と西部の境目を実感することが出来た。これまで走って来た道のりを物差しにしてもう一度アメリカ大陸のスケールを想像すると、前より鮮明にその巨大さが把握できた。そして、僕はゴールの遠さに愕然としてしまった。

Day 4　レバノンから

目を覚ますと雨音が聞こえていた。夜半から降り出した雨は、朝になっても止まなかった。鈴木はベッドの中で、これまでの3日間を振り返っていた。そして、走った距離 ÷ 今日に至るまでの様々な出来事 × それによるストレスという式で、ゴールまでの行程を想像した。ただ、まだ寝ぼけている頭の回転は鈍かった。

頭の中の霧が少しずつ晴れていくにつれて出てきた答えは、思わず身震いしてしまうほど悲惨だった。それに今日はこの雨だ。（ここで全てを投げ出して東京に帰ることが出来たらどんなに楽か？）そんな思いが頭をよぎった。

（でも、長年の夢をここで放棄するのは、これまでの人生を否定してしまうことではないか！）と思い直して、「よいしょっ！」のかけ声をかけてベッドから起き上がるとシャワーを浴びにバスルームに向かった。

4日目ともなると出発までにやらなくてはならないことが習慣化してくる。荷物をパッキングし、部屋を出てチェックアウトを済ませ、荷物を車に積み込めば準備完了だ。

それでも鈴木はまだ約束の時間を守れないでいた。

モーテルのオフィスで鈴木のことを待っていた村上は、いつものように無表情で「お早うっす」と挨拶をした。今朝は鈴木も浮かない顔で「雨だね」とだけ答えた。

今日はトップを開けることが出来ないので、車内は鈴木と村上が作り出す、同極同士の磁石が反発し合う様な居心地の悪さが渦巻いていた。

エンジンをかけると

「Good Morning Mr. Suzuki How are you this morning?」

「おはようございます、ミスター鈴木。今朝のご機嫌はいかがですか？」と、薄手のサーモンピンクのフーディーのフードをかぶり白い七分丈のパンツをまとったカーナビの彼女が現れたが、居心地の悪さを感じたのか、彼女もどこかしら憂鬱そうだった。

鈴木は黙って車を西に向けてスタートさせた。

朝の内の雨足は、雨粒が静かにミズーリの大地に吸い込まれて行くような優しさだった。

いつものように車内にはラジオから切れ目無くクラシックロックの名曲が流れていたが、意気消沈した鈴木には聞こえていなかった。

ところがドアーズの「Riders on the storm」のイントロが始まると、まるでラジオのチューニングがピタッと合ったかのように、鈴木はこの曲の世界に引き込まれていくのだった。そして、段々雨足はその勢いを増していた。

【Doors　Riders On The Storm（ライダーズ・オン・ザ・ストーム）】

それからというもの、頭の中で「Riders on the storm」の旋律が繰り返し繰り返しリフレインし続けた。そして鈴木自身が狂気の「Driver on the storm」となって、ただ無感情のまま前だけを見据えて何時間も運転を続けた。

鈴木は（そろそろ気分を変えてくれる何かが起こってくれないかなあ？）と考え始めていた。それ

は何でも良かった。ラジオから気持ちを高揚させてくれるロックンロールが流れてくるのでも、おいしい食事ができそうなレストランの出現でも良かった。しかし、気分が落ち込んでいくのに反比例するように雨脚はいよいよ強くなってきた。大きさを増した雨粒がバチバチ激しい音を立ててフロントウインドウに体当たりしていた。町など現れる気配はなく、低く垂れ込めた雨雲が昼間だというのに辺りを薄暗くしていた。

そんな時、前方で特大の稲光が閃光になって走った。

暗闇でストロボを焚いた様に、今まで見えていなかった景色を鮮明に浮き出させると、それから一瞬あって、鈴木たちの車は強烈な衝撃音に飲み込まれた。

鈴木はまったく動じなかったが、それまで黙り込んでいた村上が

「うっウワーッ！　こっこんなすっすっ凄い雷、うっ生まれて初めて見たっす！」とすっとんきょうな大声を上げると、両手で頭を抱え込んだ。

その声が、鈴木の頭の中からジム・モリソンを追い出して、奈落の底から救い出してくれた。そして、彼の口を突いて出た言葉は「助手君、腹減ったね」だった。

時計を見ると、もうお昼を過ぎていた。鈴木が今朝も朝食を抜いたのは、それを忘れたのではな

く、それについて考えたくなかったからだった。

それから立て続けに何本もの雷が空に光った。そのたび村上はおびえた声を上げた。鈴木がニヤニヤしながら

「雷は車に落ちても、ボディーの表面を通ってそのまま地面に伝わるから！　大丈夫だよ！」と教えてやると、村上は「この雷スゴ過ぎッす」と、自分の弱みを見せてしまったことを恥じている様だった。

確かに鈴木の目にも中西部の雷は、東京で見るそれと比べると、その稲光の強さからしてヘビー級ボクサーのパンチの様に映った。この迫力は、科学の先生が図解を交えて説明してくれた『車に乗っていれば雷が落ちても大丈夫！』という道理を信じている自分の方がどうかしていると思わせる程だった。

そんな時、また巨大な稲妻が走ったかと思った瞬間、車が激しい衝撃音に襲われた。

驚いた2人は思わず「オーーッ！」っと声を合わせてしまうのだった。

鈴木たちはそれから最初に現れたレストランに避難と食事のために飛び込んだ。

雨脚は弱まる気配もなく強い風を伴って激しく降り続けていた。

鈴木は食事のオーダーを終え、激しく降る雨と雷の動画をｉＰｈｏｎｅで撮影して「Middle of nowhere NOW!　外は激しいどしゃ降りに加え雷がスゴイ！　竜巻でも起こらなければよいのだが…。こんな嵐の中でもルート66の旅は続いていきます！」と添えてＰｏｓｔした。

即座に「鈴木さんがんばって！」などのコメントがドンドン返ってくるのを見て、鈴木は孤独感から少しずつ解放されていくのだった。

そして、ｉＰｈｏｎｅのモニターから顔を上げると、目の前で無表情な村上が無言で食事をしていた。

食事を終えた2人はレストランから雨の中に勢いよく走り出し、車に飛び乗った。

鈴木がイグニッションをＯＮにすると、ガソリンの残量が4分の1を切っているのが目に入った。雨が降り続ける中、車をスタートさせた鈴木は、町外れのガソリンスタンドで、まずは給油を済ませることにした。お腹が満たされたおかげで鈴木の気分も少し持ち直し、こんな天気でも何かブログに載せる写真が必要で、それを村上に撮影させなければならないことにまでやっと頭が回るようになった。

「助手君、雷が怖いのは分かってるけど、僕は写真を撮ってもらわないと困るんだよ。このガソリンスタンドの軒下から、前の直線道路を車で走り抜けるところを撮ってくれよ。ここなら雨にも当たらないし避雷針があるから絶対君に雷が落ちることはないからさ！　ＯＫ？」と、この天候の中、鈴木としては最大の譲歩案を出したつもりだった。

それを聞いた村上は観念したように「じゃあ、一発で決めるっす！」と言って撮影の準備を始めた。

給油を済ませた鈴木は村上をガソリンスタンドに残して、今来た道を少し戻って車をＵターンさせた。トランシーバーで「今から行くよ！　スピードを出して通り過ぎるから、車の後ろに立ち上がる水しぶきをしっかり撮るんだよ！　分かった？」と指示を出すと「はっはい」といつもの素っ気ない返事が返ってきた。

鈴木は車をスタートさせスピードを上げてガソリンスタンドの前を通り過ぎた。バックミラーで後ろを確認すると、真っ白で何も見えなくなるほど水しぶきが上がっていた。一旦道ばたに車を止めて「ＯＫかい？」と聞いてみると「もっもう一回っす」と返事が返ってきた。幸いなことに村上が車を降りてから雷は一度も光っていなかった。「大丈夫なの？」と様子を伺うと「はっはい」とだ

け返事をした。

　またさっきの場所まで戻って「行くよ！」と声をかけたら、雑音混じりの声で「はっはい」と返事が返ってきた。

前回と同じようにスピードを上げてガソリンスタンドの前を通過しかけたその時、強烈な真っ白な光で一瞬目が眩んだ。そして襲ってきたもの凄い衝撃で、車が半車線ぐらい飛ばされてしまい、鈴木は急ブレーキを踏んだ。雷が至近距離に落ちたのだ。彼は大慌てで車をUターンさせると、フルスロットルでガソリンスタンドに戻った。

さっきの軒下に村上の姿が見あたらないので、雷の直撃を食らって消滅してしまったのではないかと不安になった鈴木は、「助手くーん、助手くーん」と大声でわめきながら車を飛びだした。するとすこし離れたところから、力なく「スーさーん」と呼ぶ、村上の声が聞こえてきた。そこには、土砂降りの中、血の気が引いて真っ青な顔をした村上が地面に尻餅をついていた。

鈴木はその姿を見て、最悪の事態は避けられたと、ホッと胸をなで下ろすと、村上の腕を引いて抱き起こした。

村上は怯えた顔で唇を振るわせていた。

「助手君どうしちゃったの大丈夫？」

「カメラ構えてたら、目の前が真っ白になって突然ドッカーンって。一体何が起こったんすか？　なんだか体がビリビリしてるんすけど…」

「きっと、このガソリンスタンドの避雷針に雷が落ちたんだよ」

「マジすか？　だから、やだったんすよ」

髪の毛や洋服から滴がしたたり落ちるほどビショ濡れになった2人は、そんなことを気にする余裕もないまま車に乗り込んだ。

村上はまだショックが残っているのか、体の震えが止まらなかった。

ドアを閉めると、車内には鈴木にとって前より居心地の悪い空気が充満していた。

鈴木は「助手君、動いても良いかな？」と聞いてから、ゆっくりと車をスタートさせると、また「Driver on the Storm」に戻っていった。


それからどれだけ時間が過ぎたのだろう、鈴木がそろそろ今夜泊まるモーテルを探そうと頭を切り換え初めた頃には雨も止み、髪の毛や洋服も完全に乾いていた。

彼はレストランが併設されたモーテルを見つけ、そこに車を乗り入れた。

鈴木は、夕食でも2人の間に会話がないのなら、別々に食べた方がマシだと考えていた。何とか村上との関係を改善しなければならないことは分かっているのだが、雨の中、一日中運転を続けた

彼には、もうその気力は残っていなかった。

「助手君、カゼひかなかったかい？」と一応声をかけると、村上は何もその根拠を探ることもしないで、ただ反射的に「大丈夫っす」と答えた。

鈴木が「僕はとっても疲れたんで、そこのレストランで適当に食べるから、君もそうしてくれるかな？」と暗に別々に食事をしたいということを一方的に伝えると、村上は「はっはい」とだけ答えた。

食事を済ませ、部屋に戻ってしばらくすると、村上がドアをノックして今日の写真を届けに来た。いつものように殆ど会話はなく「じゃあ、明日！」の言葉を残して自分の部屋に帰っていった。

(彼は晩ご飯を食べたのだろうか？　一緒に楽しく食べれば、こんな心配をする必要もないのだが)と考えながら、それを望まなかった自分がこんな心配をしなければならないことに鈴木は腹を立てていた。

村上との関係の悪さが、鈴木に二重の苦痛を味わせていた。

しかし彼は、この状況を招いているのを、旅のストレスで引き起こされた「意地の張り合い」と

いうような、成田離婚に有り勝ちな理由で片付けたくなかった。それはもっと自分の心の深いところに潜んでいることは薄々分かっていたが、それがなんだか見つけられないで苦しんでいた。

そんな重い気持ちのまま、渡されたＵＳＢスティックメモリーをノートパソコンに差し込むと、現れたのは２ショットだけだった。

一枚目は、いつの間に撮ったのか、鬼神の面持ちで前を見据えて運転をする鈴木の横顔だった。その、まるでバッドトリップしているような表情に、あの時の心の中が現れていた。

２枚目は、例の雷が落ちたのとシャッターを切ったのが同時だったのだろう、青白い稲光の中を白いブーケを引きずるように水しぶきを巻き上げて走る車を捕らえた、幻想的な一枚だった。

鈴木は（なんだ、たった２枚か⁉）と思ったが、もう一度ゆっくり見直すと、この２枚に、今日一日を語れてしまう要素が全て含まれていることに気がついた。今日は正にこんな日だったのだ。

これまで鈴木は、村上の写真の出来は自分のディレクションの的確さと、たまたま彼のビギナーズラックが重なった結果だろうと軽く考えて、公正に評価してこなかった。

しかし、それが単なるビギナーズラックだったとしても、これだけヒットを連発できるのなら、それも実力と評価すべきではないかと思い始めていた。

しかし、鈴木には（どうしてなのか？）自分でも解明できない、村上を認めようとしない力が働いた。それが何なのかを見つけたくて彼はもがいていた。

小川の代役で現れた若造のせいで、こんなにも自分自身と向き合わなくてはならなくなったことに彼は腹が立った。

そんな心持ちでこの2枚の写真を見ていたら、また頭の中で「Riders on the Storm」が回り出した。

「Day 4 レバノンからジョップリンまでの250キロの行程」

このルート66の旅を計画したときから、旅の間に雨が降るなんてことは全く考えてもみなかった。ところが、今日は、ほぼ丸一日、雨に降られ続けた。

一時は景色もよく見えないような激しい降りだった。ひょっとしたら僕たちは、嵐と一緒に移動していたのかも知れない。

午前中にラジオから流れてきたドアーズのRiders on the Stormが、今日の天気、景色、僕の心持ちにあまりにぴったりとはまってしまい、僕は一日中底なしのバッド・トリップの様な世界から抜

け出せないまま運転を続けた。

そんな状況の中でもG37コンバーチブルは何事もないように走り続けてくれた。今日のような激しい雨は、コンバーチブルの車が最も嫌う天気である。これが若い頃に乗っていたトライアンフだったりしたら、ソフトトップの隙間からしたたり落ちる水滴を拭き取るタオルを一時も手放せなかっただろう。技術の進歩は本当に有り難いものだ。

金属製のリトラクタブルトップから雨が漏るなんてことは全く心配しないで済んだし、トップを閉めたときの室内の快適さは、まるでフィックスド・ヘッドのクーペに乗り換えたかのようだった。

今日は予期せぬ激しい雨のせいで、とにかく西に向かって車を進めるだけの一日になってしまった。

ベッドに入ってもなかなか寝付けずうとうとしていると（村上の何が自分を不愉快にしているのか？）と、望んでもいない原因究明が、鈴木の頭の中で始まってしまった。

絡まった糸をほぐすように、その原因と思える因子を一つ一つ分析すると、箸の上げ下げなど些細なことがいくつも浮かんできた。それらを横によけて整理していくと、何が核心なのかが段々見

えてきた。

そして行き当たったのは、村上個人の問題ではなかった。

それは、誇れる経歴や実績が何も無い若造の作品を高く評価してしまうことによって起こる業界の「権威の崩壊」に対する恐れだった。

「もう大御所写真家なんて必要ない」という宣言は、自分を含め、ベテランやレジェンドと言われる人達のプレステージをご破算にしてしまうことに繋がるのである。

となると、村上に対する不快感は、権威の一翼を担っている自分の保身から生まれているという答えに、鈴木は行き着いてしまったのだ。

「権威をぶっ潰す」というのが、若かりし頃の自分のテーマだったではないか？

自分の中で起こっている矛盾にどうやって折り合いをつければいいやら、逃げ場のない袋小路に追い込まれてしまった鈴木は、ゆっくりと眠りに落ちていった。

Day 5　ジョプリンから

目を覚ましたとき、鈴木は今日こそは村上との関係を改善しようと考えた。しかし、どうしたらいいのか、その決定的な方法は考えつかなかった。他力本願ではダメなのは分かっているのだが、頭の端で近藤の代わりになるような誰かが登場してくれることまで望んでいた。

雨は昨夜の内に止んでいた。それだけでも今の鈴木にとっては朗報だった。

いつもの様に約束の8時から少し遅れてモーテルのオフィスに行くと、村上が既に待っていた。

「おはよう」と声をかけると、無表情のまま「お早うっす」と返事を返してきた。

チェックアウトを済ませてから、なにか関係改善のきっかけでも掴めるのではないかと思い「朝飯をそこで食べようか」と隣りのレストランに誘ってみると、村上は「もう食べちゃったっす」と悪びれる様子もなく答えた。

確かに昨夜、夕食を一人ずつ食べようと提案したのは鈴木の方だった。また出鼻をくじかれた彼はいつものように「アッそう」と言ったきり、無言で荷物を車に積み始めた。

エンジンをかけると

「Good morning Mr. Suzuki How are you this morning?」

「おはようございます、ミスター鈴木。今朝のご機嫌はいかがですか？」と、カーナビの彼女が現れた。今日のスタイルはミントブルーの麻のシャツに白いホットパンツで、鈴木は挨拶を返すでもなく白く伸びた長い足に見取れてしまうのだが、瞬きした途端にそれは村上の薄汚れたジーンズに変わっていた。

ジョプリンの中心部には5〜6階建てのビルが建っていて、交通量もそれなりに多く、活気が感じられる。そんな町を抜けると、また一直線のカントリーロードが始まった。そして、程なくして彼らはカンザス州に入った。

すると『Welcome Route 66 Cruisers!（ルート66の旅人歓迎）』のサインをだしている昔ながら

のマーケットが現れた。

ルート66はカンザス州の東南の角を数十マイル通過しているだけである。だからこの店は、カンザス州で唯一ガイドブックに載っているヒストリカルスポットだった。

鈴木はこの店を取り仕切っているルート66と同じような年齢のお爺さんにサンドイッチを作ってもらい、それを朝食代わりに食べた。別に何の変哲もないBLTサンドイッチだったが、鈴木は彼に勇気づけられたかのように、旅を続ける元気が湧いてきた。

MARKET
66
FOOD
MARKETS

これまでどれだけ多くの旅人がこのお爺さんに元気づけられたのだろうかと、鈴木はこの店の長い歴史を想像してみた。そして、鈴木はその一人に仲間入り出来たことをとても光栄に感じていた。

ここに来るまでの沿道には閉鎖されたレストランやモーテル、ガソリンスタンドが何軒も放置されていた。だから、彼はこの店に後継者がいるのかどうか心配だった。とにかく、このお爺さんが一日も長く現役で仕事が続けられることを願いながら、2人はこのマーケットを後にした。

これまで鈴木が抱いていたカンザス州のイメージは、1978年に「カンサス」というグループがヒットさせた「Dust In The Wind（すべては風の中に）」と言う曲から想像したものだった。

今、彼が見ている景色は、何となく寂しさが漂っていて、あの曲の物悲しいメロディーとピッタリとマッチしていた。

［Kansas　Dust In The Wind（すべては風の中に）］

カンザス州をあっという間に通り抜けてオクラホマ州に入ると、ルート66の威光を観光誘致に利用としているのか、「66」の道路番号が復活した。広大な牧草地を「66」が貫いている。

鈴木たちは、カトゥーサの町のそばを流れるバーディグリス川にかかる「Bird Creek Bridge（バード・クリーク橋）」と、そのすぐそばの沼に浮かぶ「青いクジラ」の所で撮影をした。

この「青いクジラ」は、必ずガイドブックに登場するルート66の代表的なアイコンで、小動物を集めたロードサイド・アトラクションへの客寄せのため1970年代初めに作られた。しかし、交通量の減少でビジネスが立ち行かなくなり、動物園は閉鎖されてしまい、今はクジラだけが残っている。

バード・クリーク橋での撮影は、走ってくる車を遠目に狙ったショットだったたし、クジラは観光スポットとして一応写真に納めただけだから、どちらもそんなに時間はかからなかった。

トゥルサの町を過ぎると旧道とインターステイトハイウェイ44号が併走しているので、鈴木はインターステイトを走っていた。

すると助手席の村上が突然「あっ近藤さんだ！　近藤さんがヒッチハイクしてた！」と、大声を上げた。

自分には見えていなかったし、そんなことはあり得ないと思っている鈴木は、そのままのスピードで運転を続けながら「何処で？」と気のない質問をした。

村上は「今、近藤さんが横の道に立ってたっす」と真剣な顔で答えた。

「そんな訳ないでしょ」と取り合わない鈴木に向かって「今のは絶対近藤さんだったっすよ！」と言い張って聞かなかった。

「あれから丸2日も走ってきたんだよ。近藤さんが僕たちに追いつく訳ないでしょ。君、どうかしちゃったんじゃないの？」と言っても、「俺の目に間違いはないっすよ！」と自信たっぷりに言い返した。

「助手君、マジでそんなこと言ってるの？」と全く信用していない口ぶりで言うと、「俺がウソついてるって言うんすか？」執拗に食い下がってきた。

これが2人にとって久しぶりの会話だった。

鈴木は別に急ぐ旅でもないし、村上の見間違いだったこと証明してからそれを逆手に取って、優位な立場で彼との関係改善が図れるのではないかと、虫の良い事を考えていた。それと同時に（近藤の登場が事実であってほしい）という一抹の期待感も湧いていた。

それにしても、セントルイスで近藤が去って行くときにも殆ど関心を示さなかった村上が、どうしてこんな執拗にこだわるのかが不思議だった。

「分かったよ、じゃあ戻ってみて、君が間違ってたら、そのふてくされた態度をなんとかしてくれよな？」と鈴木が取引を始めると、村上は「俺、別にふてくされてないっすよ…」とふてくされてしまうのだった。

次の出口でインターステイトから出て、側道を走って近藤が立っていたという所に近づいて行くと、そこにはシカゴで見たときと同じ段ボールに書いた「ＬＡ」のサインを持った近藤の後ろ姿が見えてきた。

村上は「ほら、俺の言った通りじゃないすか」勝ち誇ったように言い、鈴木は「ああ、本当だ

ね！」とだけ静かに答えた。

鈴木は一旦近藤を通り過ぎてから派手にタイヤを鳴かせてUターンをした。近藤はそれに驚いて体を後ろにのけぞらせた。

彼のすぐ横に車を止めると、鈴木はシートに座ったまま「近藤さん、なんでこんな所でヒッチハイクしているのよ？　こんな所じゃ誰も止まってくれないでしょっ？」と言った。

すると、近藤は顔を輝かせて「いやーっ、鈴木さんと村上君、また会えましたね。うれしいな〜っ。もうズーッと先に行っちゃったんじゃないかと思ってましたよ。ここに居る理由はですね、今朝、オクラホマシティーまで行くっていうカップルの車に乗せてもらったら、途中で夫婦げんかが始まっちゃって。奥さんが私に同意を求めるんで意味も分からずに頷いたら、私が奥さんの肩を持ったとダンナが急に怒り出して、ここで降ろされちゃったんですよ。そのおかげでまたお2人に会えました！」と、ことの経緯を少し興奮しながら話した。

鈴木が「それは災難だったね」と言いかけると、村上が「さっきチラッと近藤さんっぽい人が見えて、それ、鈴木さんに言ったら…」と途中まで話したところで、今度は鈴木が「えっ？　助手君、さっき自信なかったの？」と、村上を問いただした。

「まあ。でも初日に『確証がなくても自分がそうだと思ったら自信たっぷりに言え』って、スーさんが言ったじゃないすか」と村上が答えるので、「あれとこれは違うでしょっ」と、頭に血が上ってきた鈴木が語気を強めてしまった。

すると「じゃあ、どう違うんすか？　教えて欲しいっす！」と、今度は村上が突っかかってきた。

鈴木が何かを答えようとしたその一瞬の間に、「なあんだ、夫婦げんかから逃げ出したと思ったら、またケンカですか？　こうして再会できたのだから、私に免じて仲直りして下さいよ」と近藤が仲裁に入った。

しかし、鈴木は近藤を無視して「いや、僕はこのことだけじゃなくて、君に言っておきたいことがあるんだ」と言葉を続けた。

「あのね、僕はね、君が生まれるズーッと前からルート66を旅するのが夢だったのよ。分かる？ズーッと前だよ。それがやっと叶って、こうしてルート66を走ってるんだよ。分かる？　だからさあ、楽しく旅したいんだよ。だから、頼むから君のそのふてくされた態度を何とかしてくれよ！　僕の旅を台無しにしないでくれよ！」

「俺、別にふてくされてなんかいないっすよ」

「じゃあ、君のその態度はいったい何なのよ？　何が不満なんだよ言ってみろよ！　だいたいな、僕をスーさんって呼ぶなんて20年早いんだよ」と段々エスカレートして、溜まっていたことを吐き出してしまった。

今まで人生で他人からこんな口調でものを言われことがなかった村上は、一瞬ビックリしたような顔した後にちょっと萎縮して「だって、これが俺なんっすよ、俺は俺っすから」と言ったきり下を向いてしまうのだった。

そんな気まずい沈黙を破って近藤が「私が言うのも何ですが、すぐには決着がつきそうにないんで…　ここで立ち話もなんですから、どうでしょう、続きは車の中でってことで？」と結論を先送りしようとした。

それを聞いた鈴木は、矛先を近藤に向けて「近藤さん、僕はあなたを乗せて行くなんて一言も言ってないよ！」と、冷たく言い放った。

今度は近藤が顔を引きつらせて凍り付いてしまい、村上はマユをつり上げて鈴木を睨み付けた。

2人が自分の言葉に予想以上のリアクションをしたので、形勢不利を感じた鈴木は、急に態度を変えて「あっ近藤さん！　真に受けちゃった？　ごめんごめん！」と、わざとらしい笑顔と一緒に

安っぽい台詞を吐いてしまった。

すると、その態度の変化に今度は村上が「いったいどっちが本心なんすか？」と鈴木を問いただし、またしばし沈黙が続いた。

これ以上言い合っても埒が開かないなと思った鈴木は、立ちすくんでいる近藤を無言のまま手招きをして車に呼び込んだ。それを見た村上はサッと車から降りると、近藤が荷物を積み込むのを手伝った。ばつの悪そうな顔をした近藤がリアシートに乗り込んで、また3人の旅が始まった。

言い合いに決着をつけないまま鈴木が車を先に進めようとしたのには、これでは埒が開かないと思った以外にもうひとつ理由があった。彼はずいぶん前からトイレに行きたいのを我慢していたのである。

鈴木は無言で車を走らせ、村上たちも黙り込んでいた。

彼はとにかく最初に現れたトイレを使える場所に飛び込むつもりだった。それはガソリンスタンドでもレストランでも何でも良かった。

鈴木は我慢の限界が近づいて、ついに（トイレ、トイレ）と小声でつぶやいた。

すると最初に彼の目に飛び込んできたのは、高いポールの上に載る黄色い「M」のマクドナルド

のサインだったのだ。

意地を通せるのならば、いくらこの状況でも絶対に避けたい場所だったが、既に生理現象は意地より優勢で、もう、そっちにハンドルを切らずにいられない状況に陥っていた。

車がマクドナルドのパーキングに入っていくのに気付いた村上は、鈴木の顔をのぞき込んで（どうして？）と不思議そうな顔をした。

鈴木は（ひょっとしたら、仲直りのためにマクドナルドに連れてきたと村上が勘違いしたかも知れない）と思ったが、それならそれでもかまわなかった。とにかく彼はもう限界だった。

車からサッと降りた鈴木は、第三者に焦りを悟られないぎりぎりのスピードでトイレを目指した。

鈴木が用を足してトイレから出てくると、既に村上がカウンター前の列に並んでいた。彼はここでランチを食べるつもりは更々なかったものの、腕時計で時間を確かめると、もうお昼も近かかった。やはり「ここでは食べないから先に行こう」と言って、ことを荒立てるのも大人げないので、観念した鈴木は村上の後ろに並んだ。彼の後ろにはゆっくりとトイレから出てきた近藤も並んでいた。

村上の順番が回ってきて、店員が

「Hi ! May I help you?（こんにちは！　何にしますか？）」

と挨拶すると、彼は

「Hi! Value Meal #3 please（こんにちは！　＃3のバリューメニューをください）」と、とても慣れた感じで、

「What would you like to drink?（ドリンクは何にしますか？）」

の質問にも「Coke please（コークをください）」と、普通のレストランでオーダーする時の様にどぎまぎしたところがなく、アッと言う間にオーダーが済んでしまった。

店員が

「OK! Next（オーケー、次の方どうぞ）」といって、鈴木にオーダーを聞いてきた。

まだ準備が出来ていなかった彼は、人差し指を上向きに突き出して『ちょっと待って』のサインを店員に送りながらカウンター越しに、壁に張られた写真入りのメニューを眺めていた。何度目線を上下左右に行ったり来たりさせてもセットのメニューの違いが理解できず、思わず「Same（同じで）」の言葉が口を突いて出てしまった。

それを鈴木のすぐ横にいた村上は聞き逃さなかった。すかさず「Ｎｏ！　Ｎｏ！」と割って入ってきて、店員に

「Please wait one moment（ちょっと待ってください）」と言って、今のオーダーを取り消してもらった。そして鈴木に向かって「Same（同じで）はダメっすよ、メニューはちゃんと自分で選ばないと。マックでのオーダーは生きてく上での基本中の基本すっから」と、真顔で注意したのだ。

鈴木は（こいつ！　僕に意見するのか？）と、カチンときた様子だったが、それを後ろで聞いていた近藤が思わず吹き出して大笑いを始めた。あのレストランの一件を覚えていたのだ。

村上に1本取られたことに気づいた鈴木は、苦笑から段々声を上げて笑い出してしまった。２人が大笑いしているのを見て最初は不服そうな顔をしていた村上も、一瞬遅れて笑いに加わった。

３人がなんで大笑いしているのかその理由が分からない店員は

「What's so funny?」

「何がそんなにおかしいの？」と怪訝な顔で3人の顔をのぞき込んでいた。

ひとしきり笑い終わると、村上がボードを指さしながら鈴木にセットメニューの内容を一つ一つ丁寧に解説し始めた。それは宣伝文句の受け売りではなく、歴とした彼のマクドナルド研究レポート

だった。その説明を聞いてメニューとチョイスの豊富さに感心した鈴木は、なおさら何をオーダーしたらいいのか分からなくなってしまうのだった。

それぞれのランチが載ったトレイを持った3人がテーブルに揃うと、鈴木は「何年ぶりかなマクドナルドのハンバーガーを食べるのなんて、随分久しぶりだなあ」「そういえば日本の一号店がオープンしたのは、僕は大学生だった頃だよ。それで、よく銀座まで食べに行ったたっけなあ。銀座通りの歩行者天国が始まって、ＩＶＹルックでめいっぱいオシャレしてガールハントしに来てる連中がいっぱい居たっけなあ」と、日本マクドナルド昔ばなしを始めた。そしてビッグマックを一口食べて「おっ！　結構いけるじゃないか？　やっぱり腹減ってるときは何でも美味いな」と照れ隠し気味に言うと、間髪入れず真面目な顔で「いつでも美味いッすよ」と村上に怒られてしまうのだった。

「君は幸せ者だな。一番の好物が世界中何処でも食べられるんだから」と鈴木が言うと、「何語の国に行っても、マックだったらオーダーできますよ」と村上は自信ありげに答えた。

「そうか、マクドナルドは世界標準化の最先端だな」と鈴木が関心していると、近藤が「平和は本当に有り難いですね」と言ってほほえんだ。

鈴木は村上と近藤の笑顔を見て、ついさっきまで3人の間に有ったわだかまりがいつの間にか消

え去っていることに気づいた。そして（いい大人が3人、ハンバーガーとフレンチフライをぱくついて、コーラをすすっている内に仲直りしてしまうなんて、これじゃあ下手なマクドナルドのテレビコマーシャルにもならないじゃないか！）と苦笑いをした。この和んだ雰囲気がマクドナルド効果なのか、近藤のお陰なのか、今の鈴木にはどっちでも良かった。

元の3人に戻っても、鈴木が運転を続け、助手席でやたら写真を撮りまくりイヤフォンをしてブツブツ言いってる村上、すぐに寝てしまう近藤と、車内の状況は変わらなかった。それでもこの2人が鈴木のかけがえのない道連れになりつつあった。

今夜の宿泊地にしようと思っていたオクラホマシティーにもうすぐというところまで近づいてきたとき、鈴木はふっとｉＰｈｏｎｅのことが気になった。いつも何気なく置いてたコンソールの上にも見当たらないし、ズボンのポケットを探ってみてもその気配がない。シャツの胸ポケットを触ってみたりコンソールボックスの中を確認したりして、心当たりの何処にもないのが分かると、「ねえ、助手君、僕のｉＰｈｏｎｅ知らない？」と村上に聞いてみた。

すると彼は、「さっき、クジラのところで撮影の時に使ってたじゃないすか、あそこで日本から電

話かかって…」と、最後に使ったのを見ていたようだが、その先のことはもちろん知らなかった。

それを聞いて鈴木は、あの時の状況を思い出してみた。東京の娘から小遣いを無心する電話がかかってきて、それを切った後、何処にしまったか記憶がまったく定かではない。

鈴木はついに車を道ばたに止めて、iPhoneを入れそうなポケット全部、グラブボックス、パスポートなどが入ったポーチやバッグの中、シートの下などを全て探したが、何処にも見つからなかった。そして段々顔色が青ざめて半パニック状態に陥っていった。

困り果てた鈴木が「どうしよう、何処にもないよ！」と力なく言うと、村上は「ちゃんと探したんすか？」と、真面目に取り合っていなかった。

鈴木は、ことの重大さを理解して一緒に慌ててくれない2人に、腹を立て始めていた。

そして「当たり前だろ！　君たちは、僕に連絡が付かなくなるってことがどんな大事件だか分かるか？　うわあ〜、来月号が出なくなっちゃうよ…。どうしたらいいんだ？　それにSNSのアップデイトがなかったら僕が事故にでも遭ったんじゃないかって、フォロワーたちが心配しちゃうだろう？　…どうしたらいいんだ？」と、言いながら頭を抱えてしまうのだった。

村上と近藤は取り乱した鈴木をポカンと口を開けて眺めていた。

鈴木は深呼吸をしてちょっと心を落ち着かせると、最後に使ったときの情景をもう一度反芻した。あの時彼は、車に寄りかかって娘と話をしていた。「今、アメリカに来てるから、小遣いはママに頼みなさい」って言ったら、「ママに断られたから、パパに電話したのよ。アメリカに居るんだったら、ヴィトンのニューモデルのバッグ買ってきて！」って、それで、「今回は田舎ばかりだから、そんなの売ってる店なんか無いよ」ってごまかした。そして、歯切れの悪い会話を終えて、その後…。

一瞬あってから鈴木は「アッ思い出した！　やっぱり、さっき撮影をした『青いクジラ』の所に落としたんだ」と叫んだ。電話を切ってから無意識に車のトランクの上にiPhoneを置いた感触が手に戻ってきたのだった。

鈴木は何も言わずに車を急発信させると乱暴にUターンして「青いクジラまで戻るんだ！」と叫ぶと、今走ってきた道を東に向かってアクセル全開で加速した。

リアシートから体を乗り出してきた近藤が、村上の耳元で「それって私を拾ってくれたどのぐらい前？」と浮かない声で聞くと、「2時間以上は走ったっすよ？」と、鈴木に聞こえないように手で

口をふさぎながら彼が答えた。
　カーナビの彼女が
「Mr. Suzuki What happened? Where are you going? You are driving toward to EAST」
「ミスター鈴木、どうしちゃったの？　何処行くんですか？　東に向かって走ってますよ！」と言いながら現れると、鈴木は
「Leave me alone!」
「ほうっておいてくれ！」と怒ったように言って、カーナビのスイッチを切ってしまった。それを見ていた村上と近藤が（この人、大丈夫だろうか？）と鈴木の顔を心配そうにのぞき込んだ。
「青いクジラ」への行程を3分の2以上は戻って、もうそろそろかと思い始めたとき、後ろからけたたましいサイレンを鳴らしてパトカーが迫ってきた。そして
「Pull over!」
「路肩に停止しなさい！」とスピーカーからの声が聞こえてきた。
鈴木は、速度制限などお構いなしで飛ばしていたのだ。

観念して車を道ばたに止めると、「レイバン」のアビエーターをかけた厳ついシェリフ（群の保安官）がパトカーから腰のピストルに手をかけてゆっくりと近づいてきた。
ドアの横に立った彼が
「Show me your driver's license」
「免許証を見せて下さい」と丁寧に免許証の提示を求めてきた。
鈴木はショルダーバックからパスポートと免許証が入った小さなポーチを取り出して、それから国際免許証を抜き出して渡した。
彼は物珍しそうに国際免許証を見て、写真と本人の顔を見比べながら
「Are you from Japan? Do you know the speed limit here?」
「あなたは日本から来たのですか？　ここの制限速度を知っていますか？」と聞いてきた。
鈴木が
「Yes, It is 65 miles」
「はい。65マイルです」と答えると
「No, No, It's 45 here and you were driving 75」

「いいえ、ここは45マイルで、あなたは75マイルも出してました」とスピード違反を認めさせようとした。そして、

「Why are you in such a hurry?」

「何でそんなに急いでいるんですか？」と質問した。

鈴木は（その質問を待ってました！）と言わんかばかりに、

「I lost the most important thing in my life」

「私の人生で一番大事なモノをなくしたんです」と感情をさらけ出して答えた。すると、今まで強面で怖そうだったシェリフがサングラスを外して申し訳なさそうな顔で

「Oh! I'm sorry to hear that. Did you lose your wife or mother or child ?」

「それはお気の毒に、どなたかご家族の方を亡くされたんですか？」と同情してくれた。ところが、今度は鈴木が

「No! No! I lost my iPhone! I'm on my way where I lost it」

「いいえ、私のｉＰｈｏｎｅを無くしてしまったんです。今、それを落としたところに向かっているところなんです」と真顔で当たり前のように答えるのだった。

それを聞いたシェリフは『信じられない！』という顔になって

「Oh my god! An iPhone? An iPhone?」

「何だって！　ｉＰｈｏｎｅ？　ｉＰｈｏｎｅだって？」と言って空を仰いだ。そして

「Forget it!（お話にならない！）」という顔で鈴木に免許証を投げ返し、シッシッと手の甲を上下に振ってさっさと行けと促すのだった。

最後に彼は

「Drive slowly OK!（ゆっくり運転するんだぞ！）」と言って、鈴木の目を睨み付けた。

「Yes sir!（はい、分かりました！）」と最敬礼してそれに応えた鈴木は、彼に投げつけられた国際免許証を小さなポーチに戻し、それを無造作に車のコンソールボックスに放り込んで、車をゆっくり発進させた。

それからしばらくの間、鈴木たちの車の後ろにはぴったりパトカーがついてきていた。

鈴木はその様子をバックミラーでチラチラうかがいながら、制限速度を守って運転を続けた。そして、パトカーがＵターンして戻っていくのが見えた瞬間、フルスロットルでまた飛ばし始めた。

近藤が「違反キップ切られなくてラッキーでしたね」と言ったが、鈴木は（罰金を払ってでも今

ここにｉＰｈｏｎｅが戻ってくるのなら）そっち方が有り難かった。

それから先も鈴木は飛ばしに飛ばした。ルート66には鈴木の暴走を邪魔する程の車は走っていなかった。

鈴木は「青いクジラ」の駐車場に勢いよく車を乗り入れ、急ブレーキをかけた。舞い上がった土埃の中から彼が飛び出してきて、猟犬のように辺りを探し始めた。

村上と近藤はゆっくり車から降りてくると、お付き合い程度に辺りをキョロキョロ見回していた。

そして少しすると、「あっ、あったー！」と村上が叫んで車道の方を指さした。

その指がさしている先の車道に落ちているのは、間違いなく鈴木のｉＰｈｏｎｅだった。運良くの轍の真ん中に落ちていたので、まだ車に踏まれず無事のようだった。

鈴木は、「ウォ〜〜ッ！」と歓喜の声を上げると、それを拾おうと脇目もふらず車道に駆け出した。すると、そこへ「ヴォーッ！　ヴォーッ！」とホーンを鳴らしながら18輪のコンボイ・トラックが迫って来た。

トラックは急ハンドルを切り、鈴木も寸でのところで飛び退けたので衝突は避けられたが、彼はそのまま地面に倒れ込んでしまった。その目の前で彼のｉＰｈｏｎｅはトラックのタイヤにひかれ

てペシャンコになり、巻き上げられてバラバラになっていった。

鈴木は地面に横たわったまま「ギャーーーッ！」と悲鳴を上げてもだえた。

彼にとってiPhoneは、仕事でもプライベートでも、重要なコミュニケーションツールなのはもちろんだが、いつも連れ歩くペットの様な愛玩の対象でもあった。そして、能動的にも受動的にも、いつでも誰かと繋がっているという安心を与えてくれる精神安定剤でもあったのだ。

それが目の前でバラバラになったのだから、これは一瞬にして全ての友と絶交し、ペットが死んで、精神安定剤まで失った程の大ショックで、特大のディープインパクトだった。

彼はバラバラに破壊されてしまったiPhoneの破片を一つ一つ拾い集めながら、感極まって声を上げて泣きだしてしまうのだった。

その鈴木の取り乱しようは、村上と近藤の目からするとかなりのオーバーリアクションに見えた。鈴木は旅が始まって以来のストレスも相まって感情をコントロールする理性を失っていたのだ。

最初は鈴木の行動を呆気にとられて傍観しているだけの2人だったが、彼のあまりの落胆ぶりを見て、近藤が近づいて行き「鈴木さん、大丈夫ですか？　どうしちゃったんですか？　その程度の

ことで？」と声をかけた。

するとと鈴木は、「近藤さん、『その程度』はないでしょっ⁉　iPhoneは僕と世界を結ぶ生命線だったんですよ。分かりますか？」と、近藤をにらみ返すのだった。

今度は「そんなの。公衆電話からでも、モーテルからでも、電話ぐらいかけられるじゃないっすか」と村上が口を挟んだ。

それに鈴木は、「そりゃあそうなんだけど、問題は僕がその電話番号を覚えていないんだよ。番号の記録は全部このiPhoneの中にあっただけ。ダイヤルなんかしないでSiri任せだろ今時は、だから、何千回も電話している編集部の番号だっておぼえちゃいないよ。まるで突然、記憶喪失になったみたいな気分だよ。わかる？」と、鈴木は自分の精神状況を説明することで、自分の中に一層不安が込み上げてくるのだった。

どうしようもない沈黙の後に、村上が「モーテルでインターネットに繋げばメールで連絡が取れるじゃないっすか」と言い、近藤も「昔は携帯電話もインターネットも無かったんですから、何とかなりますって」と無責任なことを言って、鈴木を慰めたつもりだった。

「そうっすよ。俺が運転するから、鈴木さんは助手席で休んでていいっすよ」と、村上がiPho

ｎｅのことはもう諦めて先へ進もうと鈴木を促した。

もう既に日は西に傾いて、オレンジ色の光が複雑なトラス構造の「Bird Creek Bridge」の影を長く変形させていた。

助手席に座った鈴木は「一番近いモーテルまで行って」と力なく言うと、拾い集めた破片を両手に乗せ、まだ諦めきれずに、それをじっと眺め続けているのだった。

いつの間にか寝てしまったのだろう、鈴木が目を覚ますと車には彼しか乗っていなかった。そして車はモーテルらしきの建物の前に停まっていた。もう薄暗くなっているからよく見えないが、そのモーテルは何年も前に廃業してしまったのではないかと思えるほど荒れていた。その不気味さは、ヒッチコックの映画「サイコ」に出てきた「ベイツモーテル」を思い出してしまうほどだった。

［Psycho Movie Trailer（サイコ）］

それでも、道端のサインには「Vacancy（空室あり）」のネオンが点いているから営業中のようだ。村上は鈴木の言葉を真に受けて、最初に現れたモーテルに彼を連れてきたのだった。

程なくして2人が部屋の鍵を持って車に戻ってきた。

村上が「一部屋39ドルで、払いは明日の朝チェックアウトの時でいいそうっす」と言いながら部屋の鍵を鈴木に渡した。近藤が一緒にいたからだろうが、鈴木は彼の積極的な行動にちょっと驚いた。昨日までだったら「モーテルについたっす」と鈴木を起こしたろう。

そして村上は昼前に鈴木から説教された後から、鈴木のことをスーさんではなく「鈴木さん」と呼ぶようになっていた。鈴木は、彼の中で何かが変わろうとしているのかも知れないと思った。

それにしてもこの破格な宿代はショッキングだった。39ドルだなんてまるで大昔のままではないか。部屋は本当に大丈夫なんだろうか？　外見は薄気味悪いし、鈴木は少々二の足を踏んでいた。しかし、村上の努力を無駄にしたくなかったのと、とにかく今は横になれるベッドが有りさえすれば良かったので、彼は文句を言わずにこのモーテルに泊まることにした。

荷物を部屋に運びながら近藤も「なんだか薄気味悪いですね」と言ったが、鈴木は「今日はもう疲れて寝るだけだから、もうどうでもいいよ」と、気にしていない素振りを見せた。

部屋の前まで来ると「僕はもう寝るから、後は君たち好きにやって」と言い放って、鈴木は意気消沈したままドアを開けて部屋に入った。

やはり部屋の中も暗くて薄気味悪かった。そして、電話もエアコンも部屋に付いていなかった。ドアを閉め切ると暑いので、彼は少しドアを開けたままにして、一旦ベッドの上で横になった。部屋の反対側には白黒ではないかと思う程の古いテレビが置いてあって、リモコンを使ってスイッチを入れたら、60年代のテレビドラマ「じゃじゃ馬億万長者」が流れだした。それを見ながら鈴木は「本当に60年代にタイムスリップしちゃったようだぜ」とつぶやいた。

［Beverly Hillbillies TV Series（じゃじゃ馬億万長者）］

そして、今回の旅の間、これまで泊まったモーテルは何処も無料ＷｉＦｉが完備されていたが（こ

いない不安を克服した訳ではなく、ただあきらめの境地に入ろうとしていた。

数分後にドアをノックして村上と近藤が「私たち、歩いてちょっとレストランまでご飯を食べに行くんですけど、一緒に行きませんか？」との鈴木の様子を伺いに現れた。その誘いを鈴木は「ありがとう、でも今日はもう寝ちゃうから気にしないで」と力なく断わった。

「じゃあっ！」と村上がドアを閉めて出て行こうとしたので、その後ろから鈴木が「暑いから、そのままにしておいて」と声をかけた。

鈴木は荷解きもせずに薄暗い部屋のベッドの上でしばしボンヤリとしていた。そして、ゆっくりと立ち上がると洋服を無造作に脱ぎ捨てながらシャワーを浴びるためバスルームに歩いていった。

シャワーは彼の予想に反して快適だった。この手のボロモーテルだと、お湯が出ないか、出てもチョロチョロか、温度調節が不調で冷たかったり熱かったりか、それとも排水の流れが悪いとか、必ずと言っていいほどどれか一つの問題はついて回るはずのところ、ここはどれも引っかかってこな

かった。

ゆっくり熱めのシャワーを浴びながら、電話からもインターネットからも孤立したって（自分は自分であって何も変わらないじゃないか！）となんとなく気持ちが上向いてきた鈴木は「ケ・セラ・セラ」を鼻歌で歌い始める。

［Doris Day　Que Sera Sera（ケ・セラ・セラ）］

ところが、シャワーを終えて、バスタオルを腰に巻いてバスルームから出てきた鈴木の目に飛び込んできた光景は、そんな気分を地獄の底までたたき落としてしまうほどのインパクトがあった。部屋から彼の持ち物全てが綺麗さっぱり無くなっていたのだ。バスルームに入る寸前に脱ぎ捨てた下着のパンツまで見当たらないのである。

彼はシャワーから出たままの姿で呆然と立ち尽くすしか出来なかった。

どれだけの間凍り付いていたのか、腰に巻いたバスタオルがハラリと落ちかけ、それを反射的に

押さえようとしたのがきっかけで、やっと我に返ることができた。

「鈴木さん、どっどうしたんすか?」と村上と近藤がモーテルのオフィスに駆け込んできたのと、パトカーで駆けつけたシェリフが鈴木の顔を見て

「Oh! You again」

「また、あんたか」

「What did you lose this time?」

「今度は何を失くしたんだい?」とニヤニヤしながら聞いてきたのがほぼ同時だった。

2人が驚くのも無理はない、自分たちの泊まっているモーテルにサイレンを鳴らしてパトカーが走って行ったかと思ったら、腰にバスタオルを巻いただけの鈴木が彼に尋問されていたのだ。そのシェリフは午後に鈴木をスピード違反で捕まえた彼だった。

鈴木は

「Everything」

「全部」と消えかかりそうな声で答えると、彼は

「Oh no! I'm very sorry to hear that」

「それは、大変でしたね」イヤミっぽく大げさ言うのだった。そして、

「So, what happened?」

「一体何が起こったんだい？」と本題に入った。

　鈴木が
「While I was taking a shower, a burglar came into my room and took all my belongings」

「シャワーを浴びてる間にドロボウが入って、持ち物全てを盗まれてしまった」と説明すると、

「Did you lock the door?」

「ドアに鍵はかけたのか？」と質問してきた。

「NO, I kept the door open 」

「いいえ、ドアは開けっ放しでした」と言うと
「I don't know how much safe in your country but That is the same thing as saying『Please take my stuff away』in this country!」

「あんたの国がどれだけ安全か知らないが、この国じゃ、どうぞドロボウして下さいって言ってい

るようなものだぞ！」と、鈴木の不注意を指摘した。

「But no one was around.」

「でも、周りには誰もいませんでしたから」と言うと、シェリフはモーテルのオヤジの方を向いて
「Did you hear anything?」

「何か物音は聞いたか？」と質問した。

このモーテルのオヤジと鈴木は、「ポリスを呼んでください！」と頼みにきた時に初めて顔を合わせた。オヤジのガイコツ面とやせ細った体は、このモーテルにぴったりのキャラクターだった。

そのオヤジがちょっと焦ったように
「No, sir!」

「まったく聞きませんでした」と答えた。

「Any other guests?」

「他にお客は？」と彼が聞くと、オヤジはまた
「No, sir!」

「まったくいない」と答えるのだった。

「OK, I will make a police report. Please show me your ID」

「ポリスレポートを書くので、身分証明書を見せろ」と言ったが、鈴木は

「I told you, I lost everything」

「全て失ったって言ったでしょ」と力なく答えるのが精一杯だった。

「You showed me your driver's license today」

「今日、俺に免許証を見せたじゃないか」としつこいので、鈴木は

「That is gone too!」

「それも盗られてしまいました」と少し語気を強めて言い返した。

鈴木は、現金とクレジットカードが入ったサイフ、洋服から身の回りの物、ノートパソコン、パスポートと国際免許証まで、今回この旅に持ってきた物を全て失ったのである。

（身分を証明する物がなかったら、僕はいったい何処の誰だということになるのだろう？）と不安になった鈴木は、自分の身元が写真が貼られた紙切れで守られていたこと自体が信じられなくなってきていた。

サイフに入っていた現金とクレジットカードは、これからも旅を続けるのに絶対必要だったし、こ

こに泊まるのにだってお金が必要なのである。車のキーだって無くなってしまった。ノートパソコンには膨大な情報が入っていたのだ。特に住所録は痛い。鈴木がこれまで仕事上、プライベートで関わった全ての人達にリーチする手段を失ったも同然だった。iPhoneのコンタクトリストもこれで完全に修復不可能になったし、少なくない投資をして集めた歴代ガールフレンド達の電話番号、メールアドレスも一緒になくなってしまった。それに、スポンサーに約束した毎日のブログもSNSもこれでパーになってしまう。いくら非常事態といえ、これは社会的に許されないだろう。

また、鈴木が「鈴木哲也」を演じるために身に付けていた洋服や小物である。

それらは彼にとって単なる洋服やアクセサリーではなく、自分のアイデンティティーやステイタスを誇示する武器であり、外敵から守ってくれる鎧だったのだ。

今の鈴木はもうバスタオルしか巻いていない、まさに丸腰状態だった。（アメリカ大陸のほぼ真ん中の『Middle of nowhere（人里離れた場所）』で、自分はいったいどうすればメンズマガジン編集長 鈴木哲也だってことを第三者に分かってもらえるんだ？）と何度自問しても気が動転しているせいか答えを見つけることができず、今の彼にできるのは、ただうつろな目をして立ち尽くすだけだった。

シェリフが「You have no ID?（何も身分を証明する物がないんだな?）」としつこく念を押した。

すると心配そうにそばで見ていた村上が「鈴木さん、昼間スピード違反で止められた後、免許証とパスポートの入ったポーチを車のコンソールボックスに入れたじゃないすか」と言い出したのだ。

鈴木はあの時も今も気が動転していて、それをすっかり忘れていた。

「エッ! そうだっけ?」と一瞬光明が差したが、「助手君、車のキーも盗られちゃったんだよ」と、それを取り出すのに必要なキーが無いことに気付いた。

すると村上は「シカゴで俺にスペアキーを渡したのも忘れちゃったんすか?」と笑いながら言うと、「俺、取って来るっす」と言ってオフィスから出て行った。

シェリフが（何を話しているのだろう?）と2人の会話を疑った顔で見ているのを近藤が気遣って
「Please... wait... one... moment」

「ち、ちょっと…待って下さい」とたどたどしい英語で場を取り繕った。

村上が身分証明書を持ってくるのを待っている間、シェリフは面倒くさそうな顔をして、ポリス

レポートの用紙を挟んだクリップボードのクリップを親指ではじいてバチバチ音をさせていた。

モーテルのオヤジが「Put these on!（これを着ろ！）」と言ってバスローブとサンダルを貸してくれたが、鈴木のみすぼらしさに変わりはなかった。

そうこうしていると、村上がオフィスに鈴木のポーチをもって走り込んできた。

鈴木は「ありがとう」も言わずそれを奪い取るようにして、中からパスポートを取りだした。これで「日本人の鈴木哲也」が身分回復できたのである。しかし、それで全てが元に戻った訳ではなかった。

シェリフはパスポートの写真と鈴木を交互に見ながら質問を始めた。

ポリスレポートは旅行中の盗難保険の支払い請求にも使うので、住所、氏名など一般事項の他に盗まれた時の状況、無くなった物の品目、ブランド名、購入時期、価格を一つ一つ記録しなければならないのである。

これがものすごく難儀だった。

まずはブランド名が英語、イタリア語、フランス語だったりするので、日頃使っているカタカナ読みの発音と英語読みの発音が違っていて全く通じないのだ。スペルもおぼろげだった。これは何

とか乗り越えられても、それらの購入価格を言う度、彼は鈴木の顔をのぞき込んで（ウソだろう?）と疑った。彼の金銭感覚ではブランド品の値段を理解できないのは仕方がないとしても、彼は鈴木が保険金を水増し請求する魂胆だと疑っていたのだ。4万8千円で買ったジーンズをちょっと遠慮して４００ドルと言ったのに

「$400! Four hundled dollars for one pair of jeans?」

「ジーンズ1本に４００ドル？」と大声をあげたのである。

鈴木が

「These are Italian-made」

「イタリア製ですから」と説明すると、

「Italian? Why Italian? Do they know how to make jeans?」

「イタリア製？　何でイタリア製なんだ？　イタ公にジーンズの作り方がわかるのか？」と、納得がいかないようだった。

それに対して鈴木が

「It's a fashion!」

「それはファッションですから」答えると、

「Fashion? Jeans are workwear in OKLAHOMA!」

「ファッションだって？　オクラホマじゃジーンズは仕事着なんだよ！」と、少し怒ったように言い返した。

腕時計にいたっては

「Are you putting a house on your wrist?」

「お前は腕に家をはめてるのか？」と、どうやらこの辺では一軒家が買える値段だったようだった。

彼は最後に

「What's the benefit to wear such expensive things?」

「そんなに高い物ばかり身につけていると何か得することがあるのかい？」と鈴木に聞いた。その瞬間に（あれもこれも、あの人と会えたのも…）と、いくつもの答えが鈴木の頭をよぎったが（彼に説明しても分からないだろう）と思ったので、あえて口答えはしなかった。すると彼は

「It'll only attract robbers who steal everything from you」

「君から全てを奪っていくハゲタカたちを呼び寄せただけじゃないのかい？」と言い捨て、カーボ

ンコピーの一枚をビリビリと破って鈴木にもったいい付けて渡し、不機嫌そうに帰って行った。彼は犯人を捜す素振りは全く見せなかった。

鈴木がもぬけの空になった部屋に戻ると、程なくして村上と近藤がドアをノックした。

「鈴木さん、これをどうすか？」と言って、村上はオレンジ色のTシャツを、近藤は七部丈のカーキ色のカーゴパンツを鈴木に差し出した。

いつもの鈴木だったらた有無も言わせず「こんな物着れるか」と断るところだが、それは今着ているバスローブよりはましだった。

鈴木は「ありがとう」と言ってバスルームでそれを着てみたが、鏡に映ったピチピチでへそが見えてしまうTシャツと中途半端な丈のズボン姿の自分には、やはり違和感があった。バスルームから出てきた彼を見た2人も「プッ」と吹き出しそうなるのを必死にこらえていた。

「明日からどうしようか？」と鈴木が力なく言うと、近藤が「車もあるし、当座のお金も私たちの手持ちの現金で大丈夫でしょう」と元気づけた。しかし、鈴木は「どうもありがとう、僕はもう寝るよ」と言うのが精一杯だったのだ。

鈴木はブログのことが気になったが、今の彼は手も足も出なかった。

夜中に鈴木はトイレに行きたくなって目を覚ました。彼はベッドから出て暗い部屋の中をバスルームに向かって歩いている途中、さっきの泥棒騒ぎが夢であってくれと願いつつ、洋服が掛っているはずのクローゼットをソーッと開けてみた。中はやはり空っぽだった。彼は軽いため息を漏らしただけで、もう落胆もしなかった。

壁のスイッチをONにしてバスルーム内が一瞬明るくなった途端、電球が「バッシュッ」という音と共に切れてしまった。すると、暗くなったバスルームのシャワーカーテンに鎌を持って襲ってこようとする男の影が浮かび上がったのだ。

それを見た鈴木は自分のコントロールを失ってしまい「ギャーーーーーー！」と悲鳴を上げながら部屋から飛び出した。そして向かった先はモーテルのオフィスだった。

オフィスは電気が消え、ドアは内側から鍵がかかっていた。鈴木は「Help! Help!（ヘルプ！　ヘルプ！）」と大声を出してガラスのドアを手のひらでバンバン叩いて誰か出てきてくれないか、中の様子を覗っていた。

すると

「What happened?」

「どうしたんだ？」とオヤジの低い声が聞こえ、奥から彼が出てきた。その顔にデスクランプの光が下から当たって、ただでも不気味なオヤジがこのときはモンスターのように見えた。鈴木がまた「ギャーーー」っと悲鳴を上げたのと同時にオフィスの明かりがつき、この怪物がただの不気味なオヤジに戻った。

鈴木はホッとして溜めていた息を「ハーッ」とはき出したその瞬間、両肩を後ろからギュッとつかまれ、また「ギャーーー」と悲鳴を上げて今度は気を失った。

鈴木がハッと我に返ると、彼はオフィスのカウチに寝かされ、傍らに村上と近藤、オヤジが心配そうに立っていた。オヤジが「Drink this（これを飲みなさい）」と言って、飲みかけのバーボンの瓶を鈴木に渡した。キャップを取ってラッパ飲みした彼は、一瞬咳き込んでしまったが、熱い液体が食道から胃に流れていくのを感じるのと同時に頭がハッキリしてきた様だった。

「Thank you（ありがとう）」と言って瓶を返そうとすると「One more（もう一口）」とオヤジに

押しもどされ、鈴木はもう一口バーボンをラッパ飲みした。そして「Please call the police（警察を呼んでくれ）」と頼んだ。

「What happened?（何があったんだ？）」

とオヤジに聞かれると、鈴木の頭の中にあの鎌を持った男の恐ろしい姿が蘇ってきて「Someone tried to kill me! Someone tried to kill me! So please call the police!」

「誰かが僕を殺そうとしたんだ！　警察を読んでくれ！」と、彼はまた取り乱してしまうのだった。

村上が「本当っすか鈴木さん？　頭大丈夫すか？　さっき肩に手をかけただけで気絶しちゃったし…？」と顔をのぞき込んできた。

オヤジは

「Are you sure?」

「本当か？」と鈴木のことを疑っていた。

鈴木は

「Yes! I'm sure! Please call the police!!」

「そうです、警察を呼んでくれ〜!!」と叫んだ。

しばらくすると遠くからパトカーのサイレンが聞こえてきた。

モーテルの前にパトカーが乗り付けられると、降りてきたのはまたあのシェリフだった。押っ取り刀でオフィスに入ってきた彼は鈴木の格好を見て、プッと吹き出した。そして

「Oh! You again. What is your problem this time?」

「またお前か、今度は何の問題だ？」と、不機嫌そうに鈴木に聞いてきた。

鈴木が

「A man holding a big sickle was standing in the bathroom」

「バスルームに鎌を持った男が立っていたんだ」

「And tried to kill me」

「そして、僕を殺そうとしていたんだ」と説明すると、彼の顔が真剣になった。

「How long ago did it happen?」

「それはどのぐらい前の話なんだ？」

「About 15 minutes ago」

「15分ぐらいだと思う」とオヤジが言うと、

「Let me check it out」

「じゃあ、俺がチェックしてくる」と言って、腰のホルスターからピストルを抜き出し、左手にフラッシュライトを持って鈴木の部屋の方へ歩いて行った。

数分後に
「Seems like this guy is the suspect」
「どうやらこいつが犯人のようだ！」と彼の背丈ほど有るカカシを抱えて戻ってきた。そして
「You saw his shadow made of moonlight through the window」
「月明かりでこいつの影がシャワーカーテンに映ったんだよ」と、含み笑いしながら鈴木に言った。
鈴木はそれを見て
「A scarecrow?」
「カカシだったんですか？」
「I thought someone tried to kill me」

「てっきり僕を殺そうとしていると思ったんです」と小声で言うとまた落ち込んでしまうのだった。

「If you bother me one more time I will put you in jail, you hear me?」

「もう1回でも俺に面倒かけたら今度はブタ箱にぶち込むぞ、分かったか？」と、シェリフは捨て台詞を吐いてパトカーに乗って去っていった。

近藤は「カカシは脅かすために立っているのだからしょうがないですよね」と鈴木を慰めたが、その傍らで村上はニヤニヤしながら立っていた。

オヤジが

「You should take this for your nightcap」

「ナイトキャップにこれでも飲め」とさっきのバーボンの瓶を鈴木に渡した。

鈴木は「Thank you（ありがとう）」と消えそうな声で弱々しく感謝するのが精一杯だった。

3人がモーテルのオフィスから出てくると、月明かりが周辺の景色をクッキリ浮き立たせるほど明るかった。3人ともこんな明るい月夜は生まれて初めての経験だった。

鈴木がまん丸の月を見上げると、それにつられて2人も空を見た。

村上が「月ってこんなに明るかったんすか？」と言って、3人で暫しの間月を眺めていた。する

と、鈴木の頭の中に「Stand by Me」が流れだした。

[Ben E. King　Stand By Me（スタンド・バイ・ミー）]

近藤が「朝まで寝直しますか？」と言うので、鈴木はさっきのバーボンをもう一口ラッパ飲みしてとなりの彼に渡した。

それを受け取った近藤はゴクリと飲んで村上に渡すと、彼はそれを一度受け取って飲まずにそのまま近藤に返した。

近藤はもう一度ゴクゴクっと勢い良く飲むと、彼の目が月明かりに照らされてギロっと光った。殆ど空になった瓶を受け取った鈴木はアルコールが回ってくるに従って、今日あったことなどもうどうでも良いと思えるようになっていた。

Day 6　カトゥーサから

鈴木は、目を覚ました時、昨日起こったことを全てはっきり覚えていた。だが、目覚めはなぜかとても気分が良かった。

昨夜までの後ろ向きな考えは消え失せ、この旅を続けるにはどうすればいいかという、前向きな思いを巡らせていた。まずは『どうしたらクレジットカードを再発行してもらえるか、その方法と場所を確認することが優先順位一番だ』と思った。それが、分かったら、その場所まで行く間『連れの2人に借金が出来るか？　彼らはそれが出来るだけの十分な現金を持っているのだろうか？　近藤さんならクレジットカードの一枚や二枚持っているだろう？』などと、人のふところ勘定を2番目にしていた。

2人とも鈴木には何も残っていないことを十分理解しているのだから、協力してくれると、勝手に決めつけていた。

昨日の昼前までは、一緒に旅することさえ鬱陶しいと思っていた相手の所持金を当てにしているなんて、自分はなんて浅ましい人間なんだと思ったが、なにせ緊急事態なのだから仕方がない。

鈴木はベッドから抜けだして、石けんで顔だけ洗って部屋を出た。毎朝の洋服選びもパッキングもしなくて良いのは身軽で爽快だった。

モーテルのオフィスへ行くと、オヤジが愛想笑いをしながら

「Good Morning. How are you? 」

「おはようございます。気分はどうだい？」と鈴木のご機嫌伺いをしてきた。そして鈴木からどんな言葉が飛び出すか、上目遣い反応を待った。

「I'm very happy this morning」

「僕はとてもハッピーです」と機嫌良く鈴木が答えると、それが予想に反していたので、彼は怪訝そうな表情になった。

鈴木はそれ以上の会話はせずに

「Can I make a few phone calls?」

「何本か電話をかけていいですか？」とオヤジに言って、電話をかけ始めた。

まず最初に番号案内に電話をして、クレジットカード会社のカスタマーサービスセンターの電話番号を教えてもらった。そして、そこに電話をかけて、盗まれたカードの失効と再発行の手続きを済ませ、これから通過するどの町でそのカードを受け取れるか確かめた。パスポートが残っていたおかげで本人確認が出来たから再発行の手続きはスムーズにいった。

しかし、そのカード会社の一番近いオフィスはニューメキシコ州のアルバカーキだった。アルバカーキまではここから丸2日の距離である。この2日間を村上と近藤の所持金で凌げれば、旅をサンタモニカのゴールまで続けられるのだ。

電話を切って振り返ると村上と近藤がオフィスのカウチに座っていた。

鈴木はしおらしく品を作って「アルバカーキまで行けば再発行したクレジットカードを受け取れるって分かったんだけど…。それで、これからそこに着くまで2人の所持金に頼らなくちゃならないんだけど、お願いできるかな？」と話しかけた。村上も近藤も「もちろんですよ」と答えたが、なんだか心配そうな顔をしている。

近藤が「鈴木さん、それでそのアルバカーキって街までは、ここから何時間ぐらいかかるんです

か？　昨夜、あれから私たちがそれぞれ持っているお金を確認したんですけど、それがあんまり多くないんですよ」と言い出した。村上も「俺、ニューヨークの空港でちょっと高い買い物をしちゃったんすよ」と歯切れが悪かった。

鈴木は「ああそうなんだ」不安げに答えながらも「でも近藤さん、クレジットカード持ってるでしょ？　だってね、アルバカーキまでって、何時間じゃなくて、最低でも丸2日はかかるんだよ」と近藤のクレジットカードを望みの綱にしていた。

近藤は「え～っ2日もかかるんですか～？」と驚くと、「すみません、ちょっと事情がありまして、今はいつもニコニコ現金払いなんです。でも安心して下さい。途中の町でギター弾けば少しはお金稼げますから」と無理やり明るく答えた。

それを聞いた鈴木は「じゃあ、アルバカーキまでの会計係は近藤さんにお願いするよ。何とか行き着けるように、頼むよ」と、お金の問題は彼に下駄を預けてしまうのだった。

近藤は「はい、ケチは任せて下さい。でも、まずは鈴木さんの着るものを買いに行かなくちゃ、そのカッコじゃねえ～」と、鈴木の格好を気遣った。「今、オヤジに聞いたんだけど、この町のスリフトショップに行けば、古着を売ってるんだそうだよ」と鈴木が言うと、「鈴木さん、本当に古着でい

いんですか？」と近藤が笑い始めた。

「こんな田舎町じゃ新品だってたかが知れてるだろ。どうせクレジットカードを取り戻すまでの2日間だけなんだから…」と鈴木は自分で自分を慰めた。

「NO! NO!」という近藤の声が聞こえたので鈴木がそちら見ると、近藤とモーテルのオヤジが何かもめていた。宿代のことで何か誤解でもあったのかと思って近づいて行くと、「宿代を払おうとしたのに受け取ってくれないんですよ」と、その訳を教えてくれた。

鈴木は即、これは昨夜の泥棒騒ぎを穏便に済ませたいオヤジの姑息な手段だと思った。そして、最初から（このオヤジが怪しい）と思った直感がやっぱり正しかったと確信した。

ところが、オヤジは
「I can't take your money because you guys are the last guests of my motel」

「あなた達がこのモーテルの最後の客だから、宿代は受け取れないんだよ」とその理由を話し始めた。

「After my wife passed away, I was looking for a chance to close this motel. The last night's

thief incident was the first problem after the 54 years. I was shocked. But it made me decide to close today. If I had made this decision much earlier, you didn't have to go through all that. I'm sorry about that.」

「ワイフがあの世に行ってからここ数年、いつ廃業しようかと、私はいつもそのチャンスを探していたんだよ。昨日の泥棒騒ぎは私がこのモーテルを営業してきた54年間で初めて起こった事件だったんだ。私もショックを受けているんだ。だからこのモーテルを今日廃業することに決めた。私がもっと早く決心していればあんたも泥棒にあわずに済んだのに。申し訳なかった」と鈴木に謝った。

鈴木はここに来るまでの間にルート66の栄華盛衰の歴史と共にあったモーテルやレストラン、ガソリンスタンドなどの屍を数多く見てきたが、まさかその終焉の瞬間に立ち会うことになるとは思ってもいなかった。

このオヤジの話を聞いて、鈴木はこのモーテルのことを記事に書きたくなったので、「助手君、このモーテルとオヤジの写真を押さえておいてくれる？」と指示を出した。すると村上は「もう撮ったっす」と即座に答えた。

オヤジは古いアルバムを持ってきて各ページに貼られた写真を見せながら、このモーテルと彼の

家族について話してくれた。それで記事を書くには十分だった。鈴木はもっとルート66と一緒に生きた彼の人生やこのモーテルで起こった様々なエピソードについて聞きたかったが、そこまでしたら記事ではなくて本を書かなくてはならなくなってしまうと思い、それ以上は諦めることにした。

車に乗り込んでエンジンをかけると

「Good Morning Mr. Suzuki How are you this morning?」

「おはようございます、ミスター鈴木。今朝のご機嫌はいかが？」と、いつもの様にカーナビの彼女が現れたかと思うと鈴木の格好を見て目を丸くして驚くと、手で口を塞いで笑った。今日の彼女のスタイルは、白いタンクトップにスリムなジーンズだった。

別れ際に

「I kept the door open. That was my fault. I let the burglar in. Please keep your motel in business」

「僕の不注意でドアを開けっ放しにしていたのが悪いので、泥棒を呼び寄せたのは僕の責任だから、モーテルの営業をもっと続けて下さい」と鈴木はオヤジに言ってみたが、彼は決心を変える気はな

さそうだった。

昨晩のような事件にあった場所だから本来ならさっさと立ち去りたいところだが、鈴木はこのモーテルに後ろ髪を引かれる思いがあった。そして、このオヤジが泥棒の犯人ではないかと疑った自分を恥じていた。

鈴木は最初で最後の握手をこのオヤジとして、モーテルを後にした。

オヤジが最後に「Good luck guys!（あなたたちに幸運を！）」と言って手を振ってくれた。それに応えるように、鈴木はルームミラーに映る彼が見えなくなるまで、右手を空高く上げていた。


最初に彼らが向かった先は町の日用品店だった。ここで鈴木はＨａｎｅｓのＴシャツとパンツの3枚組セット、ノートとボールペン、歯磨き粉と歯ブラシ、クシを近藤に買ってもらった。

そして、次に向かったのが「Thrift Shop（スリフト・ショップ：中古屋）である。ここは古着を中心に様々な中古品が売られている店で、鈴木はここで中古のジーンズを試着して、ピッタリの一本を見つけた。それとコンバースのスニーカーがあったので、ゴム草履の代わりにこれも買ってもらった。

白いTシャツ、ブルージーンズ、コンバースのスニーカーは、彼が19才の夏にしていたスタイルと全く同じだった。鏡に映った自分の姿を見て、鈴木はあの頃に戻ったような身軽さを感じていた。鈴木がその姿で2人の前に現れると、村上に「鈴木さん、いいっすよ、それ！」と言われ、写真をパシッと撮られた。

鈴木は「こんな格好すると、君の年頃だった頃を思い出すよ」と言って照れたが（何だよ、昨日まであんなにオシャレをしてたのに、一言も褒めたりしてくれなかったじゃないか）と思った。近藤にも「鈴木さん、何だか板に付いてますね」と言われて、この2人は（僕のオシャレが理解できなかったんだな）と思った。

いずれにせよ、後で必ず返すのだが、身銭を切って助けてくれている2人に鈴木は頭が上がらなくなってしまった。

そして急に貧乏な旅人になった3人は、運命共同体的な一体感を感じ始めていた。

オクラホマ州はルート66を保護する目的で、旧道に66の番号をそのまま使っている。深い緑の森の中をまっすぐ貫いていくカントリーロードは、百メートルぐらい毎に高低差20メートル程の大き

なうねりが続いていた。そこを70マイルぐらいのスピードでクルーズしていると、ゆっくり上下に快適な縦Gがかかって、まるで波長の長い電波に乗って飛んでいくような気分だった。

リアシートで暇をもてあました近藤は、さっきから思いつくままいろんな曲をギターで弾いていた。彼がビートルズの「I want to hold your hand」を弾き始めると、思わず歌詞が鈴木の口を突いて出てきた。気がつくと、近藤が乗り出してきてコーラスを付けていた。

【The Beatles　I Want To Hold Your Hand（抱きしめたい）】

近藤と鈴木がこの曲で盛り上がるのを（この人達はどうしちゃったんだろう？）という顔で見ていた村上が、「何すか、その歌は？」と2人に聞いてきた。近藤が「ビートルズだよ。知らないの？」と聞き返すと「あ〜！　ビートルズすか」と、村上もビートルズは知っていた。

そして、「ビートルズだったら中学校の音楽の時間に『イエスタデイ』を合唱したっすよ」と言いだした。

それを聞いた鈴木が、「えっ、学校の音楽の時間に『イエスタデイ』かよ！　僕らが中学生の頃は、ビートルズ聴いていたら不良呼ばわりされてさ！　武道館の来日コンサート行ったのが学校にばれ

て停学になった高校生だっていたんだぞ」と言った。

村上が「それってどういうことすか?」と言って、まったく理解不能のような顔をするので、近藤が「それはね、君たちが良い時代に生まれ育ったってことなんだよ!」と説明した。それでも村上は「そうすかねえ?」と言って首をひねるのだった。

それからしばらくの間は近藤が弾くポピュラーソングメドレーで、車内はカラオケボックス状態が続いた。その間も村上は相変わらずヘッドフォンを耳に突っ込んで、ブツブツ念仏を唱えていた。

遠くにオクラホマシティーのダウンタウンに建つ数本の高層ビルが見えてくると、会計係になった近藤が「今日のランチはファーストフードで安く済ませましょう」と提案した。今の鈴木にはそれを拒否する威厳も権限も残っていなかった。そして、それを不満に思うより、今はとにかく旅を続けることが大事だと考えていた。

鈴木はオクラホマシティーと聞いて思い出すのが1995年4月に起こった連邦ビル爆破事件だった。オクラホマシティーを訪れるチャンスなど滅多に無いので、彼はダウンタウンの連邦ビル跡を見に行ってみた。爆破現場は、この事件で命を落とした168人の慰霊碑として残されており、

今も多くの人が訪れて花やメッセージが供えている。

彼は今回ここに来るまで、オクラホマシティーがこんなのんびりとした街だとは思っていなかった。それを知ってしまうと、どうして、あんな衝撃的なテロ事件がここで起きたのか不思議でならなかった。そして、この穏やかな町で起きた事件だからこそ、アメリカ人の心に深い傷を残したことが理解できた。

彼らは早々にオクラホマシティーを後にして西に向かった。

ノートパソコンが無くなってブログは中断しなくてはならなくなったが、誌面で使う写真撮影は続けなければならない。今日の撮影はカントリーロードの走行シーンとクリントンの町にあるルート66ミュージアムだけだったので難なく終了した。

日がだいぶ西に傾いてきた頃「Elk City『The Best in the West!』（エルクシティー『西部で最高！』）」と大きく書かれた看板が鈴木の目に飛び込んできた。また、この看板には、モーテルが925軒、ガソリンスタンドが20軒、レストランが25軒も有ると表示されていた。頃合いも丁度良

いし、彼らはこの町で今夜のモーテルを物色することにした。

町の通りのいたる所に「サマーフェスティバル」のサインが飾られ、タウンスクエアには「サマーフェスティバル、スペシャルゲスト『モック・ツェッペリン（Mock Zeppelin）コンサート』」の横断幕がかかっていた。日付と説明を読むと、どうやら明日の晩に、この町のロデオスタジアムでレッド・ツェッペリンのトリビュートバンド（そっくりさんバンド）のコンサートが開かれるようだった。

それを見つけた近藤が「ツェッペリンか！」とつぶやいた。


本当にモーテルが925軒も有るのか確かめる訳ではないが、鈴木は一旦町外れまで行って沿道の様子を覗った。確かにたくさんモーテルが有るのは本当だったが、どう見ても925軒は眉唾だった。彼はモーテルだけでなくライブミュージックをやっていそうな酒場がないかチェックしていた。そして、その一軒に目星を付けて、そこまで歩いて行ける距離のモーテルを今夜の宿に選んだ。

今夜のモーテル代も近藤に現金で払ってもらう訳だが、鈴木は今日の午後ずっと、どうしたらこれからの2日間、飲み食いのクオリティーを下げないで済むか、その方策を練っていた。

そのプランを彼は、キーを受け取って部屋まで向かう途中に「今、ここのオヤジに確かめたんだけどさ、この数軒先のラウンジバーにはライブミュージシャンが毎晩出るんだって。そこ行って、僕が近藤さんを日本のトップギタリストだって触れ込みで出演交渉するからさ、それで今夜の飲み食い代分ぐらい稼ごうよ」と提案した。それを聞いた近藤が「私はいいですけど、大丈夫ですかね」と何となく弱腰だったので、鈴木は「ノープロブレムでしょっ、ネゴは任せて」と既にマネージャー気取りで横から彼の肩を抱いた。

シャワーを浴びてから集合することにして、一旦解散することになったが、鈴木の所持品はコンビニ袋に入った歯磨きセットと下着とノートのみ。昨日までとは大違いだった。

辺りはまだかなり明るい中、西日を背中に受けた3人はモーテルからバーに向かって歩きだした。交渉相手に近藤を日本のトップギタリストだと信じ込ませるために、鈴木がギターケースを持って歩いた。その後を自信なさそうに近藤が付いて行った。

村上はこれから起きようとしていることに興味を惹かれているのか、表情は明るかった。鈴木は村上の仏頂面の割合が段々減ってきているような気がしていた。

「Empty Pockets Saloon」と書かれたバーの看板が見えてくると、その店の駐車場にタクシーが入って来た。そのタクシーにギターケースを抱えた長髪の男が乗り込もうとすると、もう一人のやはり長髪の男が彼の手をつかんで引き留めようとしている。しかし、ギターの彼は、それを振り切ってタクシーに乗り込みドアをバタンと閉めてしまった。すると、別の長髪の男が走り出すタクシーに向かって

「You Suck! Go to hell!」

「へたくそ野郎！　地獄に墜ちろ！」と罵声を浴びせ、地面を蹴り上げた。

鈴木たちが見たのは、４人のロックミュージシャンの内輪もめだった。

そして、出て行ったタクシーと入れ替えに、チョッパーに乗った柄の悪い中年モータサイクルギャング風の男達10人ほどが爆音を立てながら駐車場に入ってきた。彼らは柄に似合わずバイクを入り口の前に一台一台綺麗に並べて停めた。すると、彼らの登場を待っていたかのように、このラウンジバーの窓にかかった「ＯＰＥＮ」のネオンサインが点灯され、今夜の営業が始まった。

EMPTY POCKETS
SALOON
PACKAGED LIQUOR
Empty Pockets
SALOON
INDI

バイカーの後について薄暗い店内に入るとアメリカの酒場特有の甘ったるい臭いが鼻を突いた。バーカウンターを上から照らすランプの光の中をたばこの煙が漂っているのが見えた。

鈴木はバーカウンターに座わるとビールをオーダーして、店の中の様子を覗っていた。瞬く間にこの店は、バイカーカウンターや農民風の男達、化粧の濃い金髪女や田舎臭い太った女達で賑わい始めた。集まっている連中はみんな顔見知りのようで、ファーストネームを呼び合いながらグラスを合わせたり、ハグし合ったりしていた。

店の中をもっと注意して見回すと、バーカウンターの向こうにはプールテーブルがあり、その奥のステージにはバンドの機材が設置されたままになっていた。そして、鈴木は誰がこの店の責任者なのか目星を付けるために、人間一人一人に注意を払った。

約一分間観察していたら、黒いタンクトップを着たロック少女がそのまま歳を取った様な女性がこの店を取り仕切っていることが分かった。彼女の筋肉質の腕には幾何学模様のようなレッド・ツェッペリンメンバーそれぞれのシンボルマークのタトゥーがはいっていた。

鈴木は近藤の出演交渉をするため、このオーナーらしき女性のところに近づいて行った。

思いっきり笑顔を作って

「Hi ! My name is Suzuki. We are from Japan」

「私は鈴木といって、日本から来ました」と挨拶すると
「I'm Sylvia What do you want？」

「私の名前はシルビアだけど、あんた、何の用よ？」と酒とたばこでつぶれたハスキーな声の返事が返ってきた。

　交渉はいとも簡単に成立した。

「Our first performer we booked tonight starts at 9PM, so you can try to earn tips 'til then. But, if the crowd starts booing, I'll kick you guys out, understand?」

「今夜ブッキングしてあるパフォーマーの最初のステージは9時からだから、それまでの間だったらステージでチップをもらうのをトライしても良いけど、客からブーイングが出たらすぐにつまみ出すわよ！」と念を押された。それを聞いた鈴木は、遠くの方から心配そうに見ている近藤達に指でＯＫマークを作って見せた。

　鈴木はビール一杯ではまだ飲み足りなさそうな近藤の背中を押して、彼をステージに送り出した。

背中を丸め恐る恐るステージに上がった近藤が、ギターのコードをアンプに繋ぐと「ボン」と大きな音が飛び出し、その瞬間に店にいた客全員が彼に注目した。近藤はそのあまり好意的でなさそうな視線を浴びて、一瞬立ちすくんでしまうのだった。

バイカーのボスとおぼしきヒゲもじゃの男から

「Yellow guy go back to Sushi Bar!」

「イエローガイは寿司でも握ってろ!」とヤジが飛び出し、それを聞いた他の連中が大笑いしながら「Yah! Yah!（そうだ！　そうだ！）」と相づちを打っている。近藤は益々萎縮して一瞬で体が一回り小さくなったように見えた。それでも彼は気を取り直して一回深呼吸をしてから、静かなブルースを弾き始めた。緊張のせいか思うように指が動かず、ミスをして、また客からヤジられると一旦演奏を止め、おもむろにジーンズのバックポケットに入れてあったジャックダニエルのポケット瓶を出して、それを勢いよくラッパ飲みした。彼はアルコールが血液に混じっていくのを感じたかのように息を吐き出しながら顔を上げると、大きい目がギロッと光り、背筋をピンと伸ばして自信ありげに演奏を始めた。ピッキングする指に生気が戻っていた。

シカゴで聞いたのと同じ近藤の哀愁を秘めたギターサウンドが店の隅々まで響き渡り、ヤジって

いた連中も静かに近藤の演奏に聴き入ってしまうのだった。
しかしそれが続いたのもしばしの間だった。ギターサウンドの物悲しさに段々いらだってきたのか、バイカーの一人が近藤に向かって
「Hey! I wanna hear some Rock'n 'roll!」
「俺はロックンロールが聞きたいんだ！」と騒ぎだした。他の客達もそれに同調して
「Rock'n' roll! Rock'n' roll! Rock'n 'roll!」
「ロックンロール！　ロックンロール！　ロックンロール！」と、店内に連呼が始まってしまった。
その声に困惑した近藤はまた一旦演奏を止め店の中を見回したかと思うと、アンプの上に置いてあったポケット瓶を取り上げてもう一口胃に流し込んだ。そして、おもむろにアンプのボリュームをハウリングが起こる寸前までいっぱいに上げると、レッド・ツッペリンの「Whole Lotta Love（胸いっぱいの愛を）」のイントロをかき鳴らし始めた。

［Led Zeppelin　Whole Lotta Love（胸いっぱいの愛を）］

鈴木はこれを聴いて、ロックの時代に渋谷のＹＡＭＡＨＡやお茶の水の楽器屋でエレキギターを試し弾きする客が、このイントロで自分のテクニックを誇示していたのを思いだした。そして近藤の自信たっぷりに力のこもったピッキングからも、彼もツェッペリンのコピーにかなり入れ込んだことが覗えた。

すると突然、ステージサイドから長髪の男達がステージに駆け上がってきた。いったい何が起きるのかと近藤が驚くと、まずマイクを掴んだ男がボーカルを入れ始めた。それに続いてベースギターの音が聞こえたかと思ったら、ド、ドドスコ、ドとドラムスも加わり、あっという間に完全なレッド・ツェッペリンの演奏が始まったのだ。近藤は最初はビックリしてキョロキョロしていたが、そのまま気持ちよさそうな表情でギターを弾き続けた。

突然の本格的なバンドの演奏に店内の客全員が大喜びして盛り上がり、「Whole Lotta Love」の演奏が終わると、すかさずボーカルが明日のコンサートの案内をアナウンスし始めた。

「We are『Mock Zeppelin!』We will have a Led Zeppelin tribute concert tomorrow night at

the Rodeo Stadium. Please come see us!」

「我々はモック・ツエッペリンです。明日の夜、ロデオスタジアムでレッド・ツエッペリンのトリビュートコンサートをやりますので、皆さん見に来て下さい！」

よく見るとこのバンドのメンバーは、さっき駐車場で内輪もめしていた連中だった。彼らはステージの上で近藤に熱烈に握手をして盛んに何かを伝えようとしているが、近藤は英語が分からず困った顔で鈴木に助けを求めていた。すると今度は、近藤が鈴木を指さして「彼と話してくれ」と言ったのか、突然3人の視線が鈴木に集まった。そして、バンドメンバーが先を争って彼に向かって突進して行った。

その勢いに驚いて、ちょっと腰が引け気味に身構えていた鈴木に、3人の長髪男の中からバンドリーダーらしきドラムを叩いていた男が

「Are you his manager?」

「お前が彼のマネージャーか？」と言いながら握手を求めてきた。鈴木が差し出した右手を両手で掴んだその態度から、彼らが何か頼みにきたことが手に取るように分かった。そしてスラング混じりの英語で何か話し始めた。

鈴木はさっき駐車場の一件を一部始終目撃していたので、早口でまくし立てられても彼の話の大体が理解できた。

彼の話を要約すると、彼らはレッド・ツェッペリンのトリビュートバンドのモック・ツェッペリンで、ツアー（ドサ回り）の途中で、このエルクシティーにやって来た。しかし、今年の夏のツアーのために新しく雇ったギタリストとボーカルの折り合いが悪くて、ついに今日のリハーサルでケンカになってギタリストが怒って帰ってしまった。なんとか明日のコンサートまでに代役を見つけなくちゃと頭を抱えていたところに、偶然近藤がツェッペリンの曲を弾き始めたのだ。だから、「どうか、明日のコンサートで近藤にギターを弾いてもらえないだろうか」との出演依頼だったのだ。いや、それは単なる出演依頼と言うより懇願だった。

事情を把握しきれていない間は硬い顔をしていた鈴木だったが、バンドの困った状況が分かってくるにしたがって、どう考えてもこれは自分側にアドバンテージがあるので、段々表情は緩み、胸を張って態度が大きくなっていた。

そして鈴木は単刀直入に

「OK! I understand your situation. So, how much can you pay us?」

「あんたの事情は理解したけど、いったい我々にいくら払えるんだい？」と、ギャラのネゴを始めた。ひょっとしたら、いやひょっとしなくても、クレジットカードを取り戻すまでの2日間、飲み食いを元のレベルに戻して、モーテル代とガソリン代をカバーするぐらいのギャラが稼げるのは確実だと思った。

彼の答えは「＄３００」だった。それではちょっと足りないかなと思ったので

「We are sorry. We are on our way to LA」

「それは呑めないね、我々はＬＡまでの旅の途中なんだよ」と鈴木は即座に答えた。すると彼は

「How about $400」

「＄４００だったらどうだい？」と言うので、鈴木は

「$500. Plus our drink charge for tonight」

「＄５００プラス今夜の飲み代」とすかさず数字を引っ張り上げた。彼は泣き面をつくって

「No, that's too much!」

「そんなに払えません」と弱気に答えた。彼もなかなかの演技派である。しかし、交渉は鈴木の方が上手だった。彼の目をのぞき込みむと悲しげな顔を作って

「Oh! I feel very sorry for those who can't see the show tomorrow」

「明日のショーを見られない人達がとっても可哀想ですね」と彼のパフォーマーとしての責任感を揺さぶった。

するとは、天井を見上げて苦しそうな表情をしてから

「OK, OK. Deal!」

「分かったよ、取引成立だ！」と右手を差し出した。鈴木はニッコリ満足そうな顔をしてその手を握った。鈴木は近藤の意向やレパートリーなど全く無視して、明日の晩のコンサートで、彼にジミー・ペイジに扮してもらうことを決めてしまったのだ。

バンドリーダーは

「See you guys at the Rodeo Stadium at 4PM OK?」

「午後4時にロデオスタジアムで待ってるよ！」と言い残して楽器や機材を片付けるためステージに戻って行った。

ちょっと離れたところから心配そうに眺めていた近藤が「一体どういうことなんですか？　鈴木

さん」と事の次第を聞いてきた。「ほら、僕たちがこの店の駐車場まで来たときにタクシーに乗って行った長髪の男がいたの覚えてる？」

「はい。ギター持ってましたよね」

「そうそう、彼が明日レッド・ツェッペリンのコンサートをするバンドのギタリストだったんだよ。だけど、この店でリハーサルしているときにボーカルとケンカして帰っちゃったのよ。それで途方に暮れているところに、突然近藤さんが登場したって訳さ」

「エッ？　じゃあ私がジミー・ペイジやるんですか？」

「そう！　＄５００と今夜の飲み代じゃ安いかと思ったけど、あんまりあいつらの足下見ても可哀想だしね。これで僕たちの懐も暖まるし…。問題無いでしょ？　近ちゃん！」と鈴木は突然エンタメ業界人になったかのように、近藤のことを「ちゃん」づけで呼び始めた。

「そりゃあ、高校生の時はジミーになれたら死んでもいいと思っていたくらいですから」と近藤が目を輝かせると、そばで聞いていた村上も「なんだか面白くなってきたっすね」と興奮しているようだった。

鈴木が「よし！　明日は移動無しだから、今夜は飲もうぜ！」と言ってグラスをかざすと、近藤

はバーボンの入ったグラスを村上はコーラの入ったグラスをそれに打ち付けてきた。

ここはいったい何処か？　と聞かれても説明に困る様なこの町で、たまたま拾ったヒッチハイカーを出汁にして、旅を続ける資金を稼いでいるなんていう状況は、鈴木には全く想定外のシナリオだった。ただ彼は、このストーリーがどう進んでいくかが楽しみになってきた。

あれからどんなに時間が過ぎたのだろう。まだ鈴木たちは客の数が減った同じバーで立ち飲みのテーブルを囲んで飲んでいた。

かなり酔っぱらって目の据わった近藤が突然、「鈴木さん、部下をクビにしたことありますか？」と聞いてきた。

「近ちゃん、なんだよ藪から棒に？」

「鈴木さん、この前、大学生の時は自分たちが革命を起こせるって信じてたって言いましたよね？」

「ああ、僕も若かったから確かにそう信じていたけど…　でも僕はバリバリの全共闘のメンバーじゃなかったんだよ、どっちかと言えばノンポリ」と、鈴木はこの話をいなしてしまおうとした。

すると「なんであんた達の世代の人は、学生時代はそうやって『革命だ！』なんて騒いで反体制

派だったくせに、社会に出たら体制派一直線に変われたんですか？　私はそれがどうも解せなくて、あんたらを信用できないんですよ。それって、若い時に暴走族だった奴が大人になったら警察官になっちゃったみたいじゃないですか」と更に絡んできた。

「近ちゃん、それって、僕らの世代の生き方が間違っているから、自己批判しろってことかい？」と鈴木も酔っ払っているから、近藤がケンカを売ろうとしているのかと思って身構えた。

「いいえ、私を罠にはめた部長が、学生運動の武勇伝を自慢するくせに上司にはペコペコする、そんな奴だったんですよ」と、近藤は個人的な憎しみがこみ上げてきているのだった。そして「自分の失敗を私に押しつけて、なんで私が犠牲にされなくちゃいけないいんだ…。あんな奴の保身のために、クビにされるなんてあまりにひどいじゃないですか？」と、目に涙を浮かべて話した。

鈴木は「近ちゃんの身に起こったことはお気の毒だけど、その部長と僕を一緒にしないでくれよ。一人一人それぞれに事情があるんだからさ」と、近藤を諭すように話すと、学生運動にどっぷり傾倒していた関のことを思い出してしまい、彼の心の中でも古傷がうずき始めていた。

「あのね近ちゃん、僕たちが大学生だった頃は、若者が必ず一度はかかるハシカがちょうど『学生運動』だったんだよ」と鈴木が説明を始めると、「えっ？　ハシカですか？」と近藤がクビをひねっ

た。

鈴木は更に続けた「近ちゃん『イチゴ白書』って映画は知ってる?」

[The Strawberry Statement Movie Trailer(イチゴ白書)]

「えっ、その『イチゴ白書』って、『授業を抜け出して二人で出かけた〜』あの映画ですか?」

「そうだよ近ちゃん、当時の僕らの心にもグサッと刺さった映画さ、あの映画はコロンビア大学の学生運動がベースになっていて、僕はそれに憧れたんだな。当時の日本の若者は今みたいにエンターテインメントが無いからさ、『日比谷野音で集会』なんていうとみんな集まったんだよ。『集会』は今で言ったらアジ演説を聞く『ラップ・コンサート』だからね。それで盛り上がってから街に繰り出して、シュプレヒコールで声合わせて叫びながらジグザグ行進して、機動隊と戦ってたんだよ。別にイデオロギーがどうのなんてでどうでもよかったのよ」と、そこまで鈴木が話すと「その機動隊ってなんすか?『攻殻機動隊』すか?」と、村上が口を挟んだ。

鈴木は「違うよ、警察だよ、警察！」と答えながら、（こいつバカにしているの？）かと思ったが、彼は身を乗り出して話を聞いていた。

そして、「え〜っ？　鈴木さんが大学生の頃って、学生が街で警察と戦ってたんすか？」と聞いてきた。「そうだよ！　国家権力と戦ってたんだよ」と答えながら鈴木は胸を張った。

「それで、武器は何だったすか？」

「ゲバ棒って呼んでたけど、単なる角材と火炎瓶。それからコンクリートの敷石を砕いたりした投石用の石だよ」と鈴木は答えながら、目を丸くして驚いている村上の顔を見て、（こいつアニメとかゲームの世界と混同しているんじゃないか？）と思った。

「学生運動のクライマックスは、東大の講堂に４００人ぐらいの学生が立てこもっての機動隊との大勝負だったのよ。一部始終がテレビで実況放送されたぐらいだがね。催涙弾はバンバン撃ち込まれるし、1月の一番寒い時期だったのに放水は続けられるしで、学生はあれでよく丸2日近く持ちこたえたよ」

「あれから、学生運動はいろいろな大学に飛び火したけど、結局お国には勝てないってのを目の当たりにして、段々そのトレンドが去っちゃったんだよ、まるでハシカが突然治って熱がさめたようにね」

「そんな現実を見ちゃった若者たちが社会に出てた後にどんな道を歩んだか、自ずと見えてくるでしょう。近ちゃんの会社の部長さんも長年かけて手に入れた地位をそう簡単に手放せなかったのさ」

と、鈴木はいつの間にか近藤の元上司を弁護していた。

すると近藤は「革命を目指した学生運動をハシカの一種で片付けちゃうのはまずいでしょっ?」と、鈴木のたとえ話を言いすぎだと批判した。

「そんなことないさ、僕たちが大学生の頃は、学生運動以外に若者がアドレナリンを沸き立たせられることがほとんど無かったんだよ。ディスコもカラオケもファミコンもパソコンも携帯電話だって無かったんだよ！　バイクや車だって親が相当裕福じゃなきゃ持てなかったし。だから僕たちの

世代は選択肢が狭かった分『学生運動バシカ』の感染力は強かったし症状も濃密だったんだ！」

「じゃあ鈴木さんは色々遊びがあった私たちの世代をチャラチャラしてるって言いたいんですか？」

「そうじゃなくて、人間はだいたい誰だって若い頃に脇目もふらずに何かに熱中したほろ苦い思い出を持ってるだろ？　だけどみんな、なんとかそれと折り合いをつけて大人になるってことを言いたいんだよ。ほら、荒井由実が唄ってただろう、『時はいつの日にも親切な友達、過ぎてゆく昨日を物語に変える』って、時間が解決してくれるってことよ」

「なんだか、鈴木さんに言いくるめられちゃったみたいだなあ？　私は『ロックバシカ』にかかったんだけど、それはまだ潜伏したままなんですよきっと。いつもシクシク疼いている」

「そうさ、それは近ちゃんのハシカが完全に発症してない証拠だよ。だったら、明日の晩のコンサートで爆発して見せてよ。楽しみにしてるからさ。それに近ちゃん、クビにされたからこんな機会には巡り会えたんじゃない。その部長さんに感謝しなきゃ」「いや〜っ！　そう言われてもね〜」

「じゃあこの話は終わりにして？　今夜は気分が良くなるまで飲もうじゃないか」

「気持ちよくなれるのかな？」

「なれるよ、大丈夫だよ！」と言って鈴木がグラス上げると、近藤と村上が自分のグラスをそれにぶつけてきた。彼らはそれから何かを語り合い何度もグラスをぶつけ合った。もう話題は全共闘ではなかった。

Day 7　エルクシティーにて

「適当に目が覚めるまで寝よう」というのが、昨夜最後に交わした今朝の集合時間の約束だった。だから、鈴木は午前中はベッドの上でゴロゴロして過ごすつもりだった。それなのに、この旅が始まってからの7日間で毎朝8時出発の規則正しいリズムに体がセットされて、今朝も7時半にパッと目が覚めてしまった。もう一度寝ようとしばらくベッドの中でまどろんでいたのだが、とにかく昨夜のお酒のせいで頭がガンガン痛んだ。これを治めるには熱いシャワーを浴びてコーヒーを飲むのが一番なのだ。

彼はいつものように「よいしょっ！」のかけ声を上げてベッドから立ち上がって、バスルームに向かった。バスルームに入ると、シャワーカーテンのバーにかけてあった、昨日洗濯したTシャツとパンツはもう乾いていた。

鈴木の身支度は簡単だった。昨夜降ろした新品のパンツとTシャツをもう一度身につけ、一張羅

のジーンズとスニーカーを履くだけである。毎日何を着ていこうかと洋服やアクセサリー、それぞれのカラーコーディネイトなどを考えながら、鏡の前で取っ替え引っ替えやっていたのが凄く遠い過去のことだった様に感じた。

部屋を出ると、村上と近藤が鈴木の登場を待っていた。彼らも朝寝坊はできなかったようだった。

そして、3人で連れ立って朝食を食べにレストランに向かった。

レストランのテーブルに着くと近藤が「ところで鈴木さん、あの一件があってから東京に連絡しました?」と、鈴木があまり答えたくない質問をしてきた。

「ああ、それがさあ、編集部の連中、締め切り後だからみんなのんびりしちゃって、僕のブログがアップされていないことなんか誰も気づいてないいんだよ」と、消息不明になっても、誰も心配していなかったことを鈴木は暗に伝えた。

「じゃあ心配かけずにすんで良かったじゃないですか」と近藤が慰めてくれたが、鈴木は「まあね、でもねえ…」と釈然としていない様子だった。

それを横で聞いていた村上が「鈴木さん。今日は夕方までどうするんすか?　この町、何もなさ

そうっすよ」と話題を変えてくれた。

鈴木は、きっと若い子なら暇つぶしの場所を知っているだろうと思い「あのウエイトレスの子にどこか面白いところがないか聞いてみよう」と提案した。

彼らのテーブル担当のウエイトレスは、夏休みバイト中の高校生なのだろう、アメリカの田舎によくいるブロンドのストレートヘアーを背中まで伸ばした「私は健康でハッピーです！」というメッセージが体中から吹き出しているような女の子だった。

笑うと、上下の歯にはめてある歯並び矯正のブレイスが目立った。

鈴木が
「Excuse me. How would you spend your time on a hot summer day like this on your day off?」
「すみません、もし、あなたが今日お休みだったら、こんな暑い夏の日はどうやって時間をつぶすの？」と聞くと、彼女は視線を一瞬遠くにやって考えてから
「Well..., I would go to the river!」

「そうね…　川へ行くわ！」と答えた。

「The river ?」

「えっ、川？」と、その答えは鈴木にとって意外だった。それを聞いた村上も「リッリバーって、川のことっすか？」と驚いた。

近藤は「そうか、ここは海から千キロ以上も離れているんだもんな」と納得しているようだった。

鈴木は

「What do you do at the river?」

「川で何をするの？」ともっと突っ込んでみた。

すると彼女は

「Swimming, sometimes fishing.」

「泳いだり、時々釣りもね」と答えた。

その川がどんな川なのか分からないが、鈴木の興味をそそった。

「Sounds very interesting.」

「とても面白そうだね！」

「Yeah! It's a lot of fun!」

「そうよ、とっても楽しいわよ！」と、彼女の一押しで、気持ちが決まってしまい、鈴木は彼女に「Please tell us how to get there」「どうやっていくのか教えて」と、行き方を聞いた。

彼女は「Oh, you wanna go there? That's wonderful!」

「あら、あなたたちあそこに行きたいの？　それは嬉しいわ！」と、飛び上がって喜ぶと

「Let me show you how to get to my secret spot」

「私のシークレットスポットの行き方を教えてあげるわね！」と、言いながら紙ナプキンに簡単な地図を書き始めた。３人は釣りで暇をつぶそうということになった。

食後、鈴木たちはカントリーロードを走って彼女の教えてくれたシークレットスポットに向かっていた。彼女の書いてくれた地図に従って走っていくと未舗装のダートロードが現れた。オクラホマの土は赤く、その赤さは、最近ほとんどお目にかかれなくなったアンツーカーのテニスコートと同じだった。鈴木は村上を道から離れた牧草地の中に立たせて、ダートロードを車が走るシーンを撮影させた。青い空、緑の牧草地、赤い道、白い車、車の後ろに舞い上がる赤っぽいオレンジ色の

ほこり、どれもが夏の太陽の光を受けて自己主張しあっているようなカラーコントラストの強い写真ができあがることを鈴木は期待した。ここ数日、鈴木は、カメラのファインダーに入れる材料を選んでやると、村上がどんな写真にまとめてくるかを想像できるようになっていた。そして、今日も村上は、ほぼ鈴木が望んだとおりのイメージをカメラで切り取ってくれた。

途中、これも彼女に教えてもらった河畔のよろず屋に寄って

「You won't catch anything this time 'cuz the fish are taking a nap!」

「こんな時間じゃ魚は昼寝をしているから釣れやしないぞ！」と言うオヤジの忠告は聞かず、釣り竿を3本借りだした。鈴木たちの目的は釣りではなく暇つぶしなのである。

ウエイトレスの彼女のシークレットスポットは、川がうねって流れがよどみになっている場所だった。水はプールのように透き通ってはいないが、これなら泳いでも流されてしまうことはなさそうだった。

辺りは葉の緑が濃さのピークを迎えている広葉樹が茂り、そよ風が吹くだけで葉や枝々がコーラスを聴かせてくれていた。さすがにシークレットというだけあって、周りには鈴木たち以外は誰もいなかった。

彼らは岸から突き出た高さ2メートルほどの岩を見つけ、そこに陣取った。上面がデッキの様に平らなその岩は、丁度3人が寝転んでも十分な広さがあった。

夏の太陽が彼らを真上から照らしていた。

よろず屋のオヤジが餌だと言って渡してくれたのは空き缶に入ったミミズだった。

鈴木はそれを一匹つまみだし、釣り針を胴体に突き通してから、川に静かに浸した。それと同時に、この川ではいったいどんな魚が釣れるのかオヤジに聞き忘れたことに気がついた。近藤はミミズを釣り針に引っかけようとミミズと格闘していたが、村上はミミズを見て固まっていた。

鈴木が「助手君、子供の頃お父さんに釣りに連れてってもらったりしなかったの?」と聞くと、村上は「俺、父親居ないっす」と答えた。

「えっ? ああそう、早くに亡くなったんだ?」と、鈴木が何の気なしに聞き返すと、村上は「最初っから居ないっす」とぶっきらぼうに答え、少し表情を暗くした。

まずいことを聞いてしまったかと思った鈴木は、「じゃあ僕がやってあげるよ、ほら、こうするんだよ」とミミズを一匹つまんで村上の目の前で釣り針に突き刺して見せた。それまでおとなしかっ

たミミズが激しく体をくねらせて暴れ出したのを見て、村上はまた固まってしまうのだった。

釣り糸を水に垂らしてからどれだけ時間が経過しただろうか、3人は無言で釣りを続けた。太陽はじりじりと彼らを照らし、魚が釣れそうな気配は全くなかった。


村上が「釣りって、こんなもんなんすか？」と何も起きないことに痺れを切らし始めた。

近藤が「あのオヤジが言ってた様に、こんなにお日様が高くなっちゃったら、魚も餌を食べないんでしょ？　これじゃっミミズを泳がせてるだけじゃないですか！」と、鈴木に向かって批判的な言葉を発した。

それを聞いた鈴木は「君たち真剣味が足りないんじゃないの？」と軽くあしらったが、「そう言う鈴木さんだって、まだ一匹も釣れてないじゃないすか」と、今度は村上が突っ込んできた。

鈴木はその村上の言葉が終わるか終わらないうちに、着ていた服を全部脱いだかと思うと「イヤホ～～！」と奇声を発して岩からジャンプして足から川に飛び込んだ。鈴木も2人の追求が始まるかなり前から釣りに飽きて、いつ、川に飛び込もうか、そのタイミングを探っていたのだ。

川は鈴木の頭のてっぺんが水中に潜ってもつま先が底に届かないほど深く、水は適度に冷たくて

心地よかった。

突然の鈴木の奇行に驚いた近藤が「どうしちゃったんですか鈴木さん？　大丈夫ですか？」と叫んだ。

鈴木がゆっくり水の中から浮かびあがると「最高に気持ちいいぞ！　一緒に泳ごうぜ〜！」と岩の上から心配そうに覗き込む2人に向かって手招きをした。すると、それを見た近藤が「ニカッ」と嬉しそうな顔をしたかと思うと、大急ぎで服を脱ぎ捨てて「ウォ〜ッ！」奇声を上げて川に飛び込んだ。ドボーーンっと大きな音と共に水面に輪が広がった。

最初は2人の大人の奇行を「理解不能」という顔で岩の上から眺めていた村上だったが、水面から顔を出した近藤と鈴木が揃って「助手君もおいでよ！」手招きするので、どうしたものか決断できず困っていた。

しばし突っ立ったままで躊躇していた村上だったが、一旦鈴木たちの視界から消えたかと思うと、助走を付けて勢いよく岩を蹴って川に飛び込んできた。さすがに彼は銭湯の経験が無い現代っ子だからか、短パンは履いたままだった。

彼ら3人は、しばらくの間子供の様に水をかけ合ったり、岩から飛び込んだりしてはしゃぎ回っ

た。

鈴木は、長い年月の間に自分の体に溜まっていたドロドロした物がこの川の水に溶けだしていくような感覚を味わっていた。

川から上がってくると、さっきまで日向だった岩の上が木陰に入って、そこは最高の昼寝場所になっていた。そよぐ風は気持ち良く、3人は川の字になって昼寝を決め込んだ。

どのぐらいの間寝ていたんだろう。鈴木が目を覚ますと、村上は岩の角に座って川面を眺めていた。

鈴木は寝転んだまま彼に話しかけた。「助手君、さっきお父さんが最初っから居ないって言ったけど、それってどういうことなの?」

「俺んちシングルマザーなんすよ」

「そうだったんだ、余計なこと聞いちゃって、気に触ったらゴメンね!」と、鈴木は彼に謝った。

すると村上は「いやっ事実なんだから、俺、全然気にしないっすよ。それより、鈴木さんが俺に気を使ってくれて、嬉しいっす」と言った。

鈴木は「そうか…」と、どうとでも取れる都合のいい返事をしつつ、村上の心の扉が開きかけていることを感じた。

村上が腕時計を見ながら「そろそろ3時っすけど、近藤さん起こさなきゃまずいんじゃないすか？」と言うので、「近ちゃん、近ちゃん、起きてよ。もうすぐショータイムだよ！」と鈴木は彼を揺り起こした。

気持ちよさそうに寝ていた近藤がパッと目を見開いて「ニカッ」と嬉しそうな顔をして起き上がった。

鈴木は、３人が支え合うことで、これからもこの旅を続けていけると確信し始めていた。

３人は車に戻って、一旦モーテルに向かった。
町まで戻って、昨夜のバーの前を通ると、店の看板の上に
「Elk City High School Class of 1972 38th Anniversary Reunion」
「エルクシティー高校１９７２年卒業生38周年記念同窓会」とサインが掲げられ、スクールカラーと思えるブルーとオレンジ、ホワイトのバルーンが回りに飾ってあった。それを見た鈴木は（オー

ナーのシルビアがその一人なのかな?)と彼女の年格好を思い出していた。

シャワーを浴びてさっぱりとした3人が集合すると、近藤が「鈴木さん困ったことがあるんです」と本当に困った顔で話しかけてきた。

「どうしちゃったの近ちゃん、怖じ気づいちゃったの? それはまずいよ、僕たちが旅を続けるには今夜のギャラが必要なんだよ! それにさ、昨夜あの店でしこたま飲んじゃったでしょっ、近ちゃんも。だから、まずいよこのまま逃げちゃうのは。この町の人達に『日本人が約束破って逃げた』って末代まで言い伝えられちゃうよ」と鈴木は彼が尻込みしているのかと勝手に思い込み、慌ててまくし立てた。

「違いますよ、鈴木さん。私はビビッたりしてませんよ。そうじゃなくて、昨夜は私のギターでやりましたけど、ジミー・ペイジはギブソンのレスポールなんです」と話し始めた。近藤のギターはフェンダー・ストラトキャスターだから、ギターの違いのことを言っているのは鈴木にも分かった。しかし、まだ要領を得なかったので「それが?」と続きの説明を促すと、目を見開いて近藤はトリビュートバンドの定義の講釈を始めるのだった。「鈴木さん、彼らぐらいのプロのトリビュートバンドって何を目指してステージやってるかご存じですか? 彼らはツェッペリンっぽい音楽を演奏

するバンドじゃないです。当時の現役バリバリのツェッペリンが今日この町にやって来たようなパフォーマンスをやるんですよ」

鈴木が「そりゃあコピーバンドだもんな」と相づちを入れると、「いいえ、トリビュートバンドはコピーバンドとは違います。トリビュートバンドは、お客さん全員をタイムマシンに乗せて当時にタイムスリップしたようなファンタジーの世界を作り出すんですよ。だから私がフェンダー持ってステージに現れたんじゃ、お客さんに申し訳がたたないんですよ？」

鈴木は半信半疑で「はあっ」と答えるのが精一杯だった。

すると近藤は更に続けた、「それから、ツェッペリンと言えば『天国への階段』ですからね、この曲はコンサートのナンバーとして絶対外せないですよ。だけどこの曲を演奏するにはダブルネックのギブソンSGモデルがいるんですよ。12弦と6弦のネックが一つのボディーに付いたやつが。彼ら持ってるのかな？」と、大概のことには緩めの近藤だが、ことギタープレイに関して彼は完全主義者だった。

鈴木は「近ちゃん、それは大丈夫だよ！」と、またどっちとも取れる返事をしてお茶を濁した。バンドが近藤の言うギターを用意していようがいなかろうが、鈴木はマネージャーとしてバンドと約

束した以上、彼を絶対ステージに上げなくてはならなかった。

ロデオスタジアムは町外れのカウンティー・フェア・グラウンドの中にあって、ここでは盛大にサマーフェスティバルが行われていた。どこからこんなに多くの人が集まってきたんだろうと驚くほど、田舎っぽい人達で賑わっていた。

フェア・グラウンドはいつもはただの原っぱだが、このフェスティバルの期間だけ、大がかりな観覧車や乗り物が揃った移動遊園地は来ているし、露天や食べ物屋のスタンドがズラッと並んでいる。地元の子供達にしてみれば、この数日間だけディズニーランドが突然現れるのだから、興奮しない訳がない。右を見ても左を見ても目新しいものばかりの村上も、盛んにこの賑わいを写真に収めていた。

3人はもっとゆっくり見て回りたい気分を押し殺して、フェスティバル会場を抜け、ロデオスタジアムにたどり着いた。

鈴木はロデオスタジアムと聞いて、屋外にパイプで組んだ観客席がある程度の施設だろうと思っていたのだが、それは大間違いだった。その立派な建物から、アメリカ西部におけるロデオが日本

の相撲の様な存在であることが想像できた。

建物に入るとプーーンと家畜の臭いが鼻をついた。鈴木はその臭いとこれから始まるコンサートが頭の中で結びつかず、最初は場所を間違ったと思った。しかし、暗い通路を抜けてステージが見えてくると、そこにはバンドの機材が既にセットアップされており、間違いなくここは今夜のコンサート会場だった。そして、サンバーストカラーのギブソン・レスポールと、その隣にバーガンディーレッドのボディーにブラックのピックガードが付いたダブルネックのギブソン・SGモデルが並んでアンプに立てかけてあった。それを見つけた近藤は、目には星が輝き、口元からよだれを垂らさんばかりの顔をした。

もめ事が一つ消えたと、鈴木はホッと胸をなで下ろした。その頃には鈴木の鼻も慣れて、もう家畜の臭いは気にならなくなっていた。

バンドリーダーを探すと、ウエスタンスタイルで正装した中年の美女と立ち話をしていた。ストローで編んだテンガロンハットをかぶり、ウエスタンシャツを着て、ターコイズの入ったボロータイを襟元に飾り、ブルージーンズにウエスタンブーツを履いたこの女性は、生まれてこの方、西部

の空気を吸い、水を飲み、ビーフを食べ続けてきたことを誇示するかのように、惚れ惚れするほどこのウエスタンスタイルが似合っていた。

近づいて行くと、彼女はシルビアだった。

しかめっ面で頷きながら彼女の話を聞いていたバンドリーダーは、近藤の姿を見つけると表情がパッと明るくなった。彼は近藤の手を取って握手すると

「Thank you for coming. What was your name again?」

「来てくれてありがとう。もう一度名前を教えてくれるかな」と近藤の名前を聞き直した。どうやら彼は近藤が来ないのではないかと、心配していたようだった。

近藤が「K I - Y O - S H I」と名前を告げると、彼は

「KI-YO-SHI, KI-YO-SHI」

と聞き慣れない名前を覚えようと口の中で繰り返し

「Let's start a sound check」

「サウンドチェックを始めようぜ！」と言って彼を連れてステージに上がっていった。

昨夜は黒のタンクトップからタットゥーの入った腕を見せて男っぽく見えたシルビアだったが、

今夜はちゃんとメーキャップしているせいか、昨日とはずいぶん雰囲気が違っていた。

彼女は鈴木に向かって

「Thank you! You guys saved tonight's concert」

「今夜のコンサートを救ってくれてどうもありがとう」と礼を言うと、事の経緯を話し始めた。

「I booked the band as the highlight of our summer festival because I wanted to combine a party with a concert to increase attendance at my high school reunion」

「今年のサマーフェスティバルの目玉にこのバンドをブッキングしたのは、私たちの高校のＲｅｕｎｉｏｎ（同窓会）の出席率を上げるために、パーティーとコンサートをセットにするっていう私のアイディアからだったのよ」

「That's a great idea」

「それはすばらしいアイディアだ」と鈴木が合いの手を入れた。

「Led Zeppelin was the hottest when we were in high school, and so many people showed up for our reunion, I was surprised! You can't miss them, they're the ones in the middle of several rows from the front, center with matching T-shirts. All remaining tickets were sold

too, so we have a full house tonight!」

「私たちが高校生の頃はレッド・ツェッペリンが一番ホットだったのよ。その助けもあって、同窓会に予想以上の参加者が集まってくれてね、私もビックリしてるのよ。それは、今夜、最前席から数列の中央に陣取ってお揃いのTシャツを着ている連中よ。残りのチケットも完売したから、今夜のショーは満員よ！」どうやら、彼女は今夜のコンサートのプロモーターと同窓会の幹事の両方を兼ねているようだった。そこまで話すと、ポケットからマルボロのソフトパックを取り出して、一本を鈴木に差し出した。それを鈴木が断ると、自分で咥えてジッポーのライターで火を付けた。それはまるで70年代のマルボロのコマーシャルの様だった。

シルビアは深く吸い込んだ煙を吐き出しながら続けた。

「I remember we all got together at someone's house to throw a party cranking up Led Zeppelin records for the guys that were sent to Vietnam. Some came back safe, some injured, and some emotionally damaged. Of course, some never made it back. It's been 40 years since then. That's why I want everyone here tonight to hear Led Zeppelin again and be happy. Even if it's just for the little time, the songs are being played. Just like how『The Little Match

Girl』was happy only during the moments when her match was lit」

「あの頃、ベトナム行きが決まった子のために、みんなで誰かの家に集まってレッド・ツエッペリンのレコードガンガンにかけてパーティーやって送り出したのよ。無事に帰ってきた子もいたけど、傷ついたり気が触れちゃった子もいたわよ。もちろん帰ってこなかった子もいたわ。あれから40年も経った。だから今夜集まったみんながツェッペリンを聞いて、コンサートの間だけでもハッピーになれたらと思ってるのよ。マッチ売りの少女がマッチの燃えている間だけでも幸せだったようにね」としみじみ語った。

ステージに上がった近藤はまずは弦のチューニングを始め、借り物のギターの感触を確認した。そして始まった音合わせでも近藤のギターは、ボーカルのロバート・プラントとの折り合いも良く、昨夜もそうだったように全く自然にバンドに馴染んでいた。

リハーサルを終えたリーダーは

「Looks like I can bang on my drums with no worries tonight」

「今夜は安心してドラムを叩けそうだよ」と、2人のコンビネーションの良さに一安心したようだった。

それを見ながらシルビアも
「It might get loud tonight!」
「今夜はきっと盛り上がるわね！」と嬉しそうに笑った。

コスチュームに着替えるために楽屋に入っていった近藤を見送った鈴木は、一旦表に出て会場の外の様子をチェックした。入場を待ちわびる人達の列がスタジアムを取り巻くように伸びていて、その中には昨夜のバーで騒いでいたバイカー達の姿もあった。

そして観客の入場が始まると、会場の空席は老若男女でどんどん埋まっていった。

開演10分前になって楽屋から現れた近藤はすっかりジミー・ペイジに変身していた。着ているコスチュームは、映画にもなった「レッド・ツェッペリン狂熱のライブ」「The Song Remains the Same」の時の物を模した胸のはだけた黒いサテンの上下だった。カールした黒髪のカツラを被った彼は、さっきまで伸ばしていた無精ヒゲを綺麗にそり、日焼けした顔を白っぽくメイクアップしていた。

これだったらステージに立ってギタープレーとアクションさえ決まれば、十分ジミー・ペイジに

見えるだろうと鈴木は思った。

村上はそんな近藤を「超かっこいいっすよ」と言いながらバシバシ写真を撮っていた。

ステージの袖から客席の様子をうかがった近藤は「こんな大事になるなんて思ってもみなかったですよ、実は、さっきから膝がガクガクしちゃって、もうどうしたらいいか…」と、鈴木が予想したとおり緊張していた。

鈴木は「近ちゃんはステージの上が一番カッコいいんだから、自信持って頑張って！」と言いながら、後ろ手に隠し持っていたジャックダニエルのポケット瓶を彼に差し出した。それを無言で受け取った近藤はキャップを開け、長めのラッパ飲みでかなりの量を一気に胃に流し込んだ。

そして、リーダーから

「Hey! Kiyoshi, it's show time!」

「ヘイ！　Ｋｉｙｏｓｈｉ、ショーが始まるよ！」の声がかかったその瞬間、会場の照明が消えて辺りが真っ暗になった。

次の瞬間、近藤は頭上から強烈なスポットライトに照らされ、その光の中でいつもの温厚な男からエッジの効いたロックギタリストに変身するのだった。

一曲目は「ロックン・ロール」でモック・ツェッペリンのコンサートが始まった。ドラムスのイントロが聞こえた途端、エンターテインメントに飢えている田舎町の観衆はものすごい歓声を上げ総立ちになった。それはまるで溜まっていたガスがちょっと擦ったマッチの火で大爆発したようなパワーだった。

【Led Zeppelin　Rock and Roll（ロックン・ロール）】

観客を更に盛り上げるため、バンドの演奏は間髪を入れず「ブラックドッグ」へと続いた。

【Black Dog（ブラック・ドッグ）】

近藤のボディーアクションはビデオを見て勉強したのか、彼の天性の物なのか、どう見てもジ

ミー・ペイジに成りきっていた。
ロデオスタジアムの中にはもう紫の煙が漂い始め、この2曲でウォームアップが済んだ観客とバンドが一体になって70年代にタイムスリップしてしまった様だった。

【Since I've Been Loving Yo（貴方を愛し続けて）】

【Dazed and Confused（幻惑されて）】

舞台の袖から会場を見渡すと、シルビア達の同窓会の一団はお揃いのTシャツを着て、さっき彼女が言っていたように会場の一番いい場所に陣取っていた。なぜかシルビアの隣の席だけがポッカリ空いているのが気になった。

この長い曲が終わるとステージは一旦暗転し、観客にも一息つく間が与えられた。そしてゆっくりと厳かに「天国への階段」のイントロのギターが流れると、天井のミラーボールが回り出し、会場は腹の底から絞り出すようなどよめきで埋まったのだった。

【Stairway to Heaven（天国への階段）】

鈴木はこの曲を聴くと、初めての海外取材に当時の編集長のお供でニューヨークへ行ったときのことが蘇り、あの時のマンハッタンの風景やファッションが頭の中に浮かんでは消えていくのだった。あの時、丁度レッド・ツェッペリンがマジソン・スクエア・ガーデンでコンサートを開いていたのだ。

あれは1973年7月のことだった。

初めてのアメリカは、とにかく目につくもの全てが物珍しく、興奮して写真を撮りまくり、4日

間の取材用に持ってきたフィルムを半日で使い切ってしまった。それを怒られ、「レッド・ツェッペリンを見に行きたいと」と言いだすと「あんな金切り声を上げて跳ね回る猿どもの何処がいいんだ?」と一蹴されたりで、ふて腐れて、出張中は編集長と口をきかなかったのである。(今思うと、村上より自分の方がズーッと質が悪かった)じゃないかと、鈴木は思った。

そんな心持ちでぼんやりと客席をながめていると、スポットライトが客席をゆっくり移動しながら照らし出していた。

すると、スポットライトが当たった最前列のバイカー達は、ベトナムへ向かう新兵の姿に、たるんだ贅肉を揺すりながら踊っていた中年女性はピチピチのチアガールに、ハゲ頭の中年オヤジは長髪の70年代ボーイに、美人女性が美少年に、観客それぞれが当時の姿に変身したように見えた。シルビアもボーイッシュな少女に戻り、空席だった彼女の隣にはハイスクールのフットボールスターの様な屈強な若者が軍服を着て立っていた。きっと彼はベトナムから帰ってこなかった一人なのだろう。

ステージでは一生懸命レッド・ツェッペリンをコピーしていた頃の近藤が、学生服を着てギターを弾いていた。

ここでドラムのジョン・ボーナムがバンドのメンバー紹介を始め、「Ki-Yo-Shi as Jimmy Page」の時の歓声は、ボーカルのロバート・プラントを上回っていた。

コンサートは絶頂を迎え、村上は、ステージ、客席をかまわず歩き回って写真を撮りまくっていた。

「Moby Dick（モビー・ディック）」

ジョン・ボーナムのドラムソロが終わると、いよいよショーはクライマックスを迎えた。

「Heartbreaker（ハートブレイカー）」

［Whole Lotta Love（胸いっぱいの愛）］

この曲が終わるのと同時に「Thank you! We love Elk City! Good Night!（ありがとう！　エルク・シティー！　愛してる！」とロバート・プラントが叫び、バンドはステージを降りていったが、観衆の歓声は何分経っても収まらなかった。そしてそれがバンドの再登場を催促する「アンコール、アンコール、アンコール、」の声の大合唱に変わり、マッチやライターの火があちこちで灯され始めた。携帯電話のモニターを灯り代わりにする者も現れ、それらが入り交じった観客席は輝いているように見えた。

アンコールの声と床を蹴鳴らす音が揃ってそのボリュームが最高潮に達した頃、バンドメンバーがまたステージに姿を現した。それを確認した観客はやっと大人しくなって、アンコール曲の演奏が始まるのを今や遅しと待っていた。そして近藤のギターでイントロが始まると、また大歓声が湧き起こった。

[The Ocean（オーシャン）]

近藤が加わったモック・ツェッペリンのショーがすばらしかったのに加え、会場内に充満した紫の煙の影響か、鈴木は時空を越えて、あの時ニューヨークで見逃したレッド・ツェッペリンのコンサートを取り戻すことができた。それは自分だけではなく、今夜会場にいた誰もが、それぞれのレッド・ツェッペリンにまつわる「あの日」に戻れたのではないだろうか？　そして、誰もが時の流れを受け入れて、楽しい想い出も、イヤな記憶も、全てを物語に変えることができたのではないかと鈴木は思った。

彼の心は満足感で満たされ、両目からは涙が流れ落ちていた。

Day 8　エルクシティーから

今日も出発はいつものように朝の8時の予定だった。

モーテルの駐車場で出発の準備をしていると、横っ腹に『Led Zeppelin Tribute Band Mock Zeppelin US Tour 2010』と描かれた黒いシェビー・バンが現れた。そこから降りてきたのはモック・ツェッペリンのメンバー達だった。彼らはこのシェビー・バンをドサ回りに使っている様だった。ボディーにはツアーの日程と訪れる都市名が記されているのだが、それを見る限りツアーはまだ半分も終わっていなかった。そして、その訪問先は、このエルクシティーのように聞いたことのない名の町が並んでいた。

リーダーのドラマーが鈴木のところへ来て握手をしながら、昨夜の礼を言った。それからかしこまって

「We need Kiyoshi for our tour」

「我々のツアーにはKiyoshiが必要なんだ」と訴えてきた。

鈴木は「近ちゃん、彼らが君にツアーを一緒に回ってくれないか？　って聞いてるけど？」と、近藤がどんな返事をするか、本人の判断に任せた。

リーダーは今度は近藤の手を取って

「Kiyoshi, please come with us. We need you!」

「お願いだ一緒に来てくれ。我々にはKiyoshiが必要なんだ！」と真剣な顔で近藤をバンドに勧誘するのであった。

すると近藤は鈴木の方を向いて「鈴木さん…　私はロサンゼルスのオーディションに行きたいんです。これからも乗せてってくれますか？」と聞いてきた。

鈴木はその近藤の質問には答えず、リーダーに

「I'm sorry, but we needs to go to LA for an audition.」

「申し訳ないが、我々はロサンゼルスであるオーディションにいかなきゃならないのだ」と伝えた。

それを聞いたバンドの3人は「ＯＫ」と言ったものの、がっかりとした顔をしていた。

「This is my card. If you change your mind, please call me. Have a safe trip!」

「気が変わったら電話をくれ」と、リーダーが名刺を鈴木と近藤に渡すと、近藤は「Thank you!」とそれを受け取って、バンドメンバー一人ずつと握手を交わした。村上は、いつも通りこの様子を写真に納めていた。

まだ諦め切れていない表情のバンドメンバー3人を残して、鈴木達はモーテルを出発した。車が走り出すと、近藤がリアシートから身を乗り出して「鈴木さん、ありがとうございます」と感謝の気持ちを伝えた。

鈴木は「何言ってるんだよ近ちゃん、感謝しなくちゃならないのはこっちの方さ。君のお陰で旅が続けられるんだよ。君はもうヒッチハイカーなんかじゃなくて、今や僕らの旅のスポンサーなんだから!」と、3人の力関係が既に変わっていることをハッキリさせた。

近藤は「エッ? そんなこと…」と益々恐縮した後に「じゃあ私たち運命共同体ってことですね」と3人が持ちつ持たれつの関係になったことを理解したようだった。

それを聞いていた村上も「近藤さん、宜しくっす!」と助手席から後ろを振り返って握手を求めた。村上と近藤が握手をしたのはこのときが初めてだった。

エルクシティーの様にルート66に寄生して発展した町は、沿道の商店、レストラン、ガソリンスタンド、モーテルなどがルート66を両側からサンドウィッチした様な形をしている。そんな町は、ルート66を旅する人に宿や食事、ガソリンなど、最低限必要なものを提供するのが主な産業だったから、インターステイトハイウェイが開通して車通りが激減した後は、どの町も寂れてしまったわけだ。

そんな理由で活気がなく寝惚けたエルクシティーの目抜き通りを走っていると、後ろからものすごい爆音をたてて例のバイカー達が現れた。連中は鈴木たちの車を囲み、エンジンを空ぶかししたり幅寄せしたりして、威嚇してきたのだ。

鈴木は何か彼らを怒らせることでもしでかしたかと、咄嗟に心当たりを探してみた。しかし、昨夜、コンサートを一番エンジョイしている様に見えたのは彼らだったし、どうも合点がいかなかった。

恐る恐る彼らの顔色を覗うとみんなニコニコしているのである。彼らは3人を見送りに来たのだ。車のすぐ脇を走るボスと思われる太った男が、左手を挙げて近藤にハイタッチを求めてきた。彼は近藤に「スシでも握ってろ！」とヤジった張本人だから、罪滅ぼしのつもりかも知れない。

近藤は後ろを向いてリアシートに膝立ちして、車を追い抜いていくバイカー達一人一人とハイタッチを始めると、村上は助手席から体を乗り出して彼らの写真を盛んに撮っていた。しばらく車を先導していたバイカー達は町外れまで来ると道端にバイクを止め、ピースサインで鈴木たちを送り出した。

近藤は彼らの方を向いてエアーギターでチョーキングのポーズを決めると、彼らが見えなくなるまで両手のピースサインを高々と掲げていた。

そんな光景をルームミラーで見ながら（エルクシティーで『KI - YO - SHI』は偉大なギタリストとして、子々孫々まで語り継がれるかも知れない）なんていう妄想がちらっと鈴木の脳裏に浮かんだが、彼は頭を何度か振って、それをすぐに打ち消して運転に集中した。

エルクシティーを出てから西へ約2時間カントリーロードを走ると、ついにテキサスとの州境に到達した。このルート66のオクラホマ州との州境は、川が流れている訳でもなく、山の稜線でもなく、ただTexas State Line のサインが立っているだけだった。アメリカ西部の州は、何らかの理由があって地図上に引かれた直線で区切られている場合が殆どなのである。

ただ何も無い州境だったのに、オクラホマ州からテキサス州に入ると自然が急に変化した。オクラホマ州では点在する広葉樹の森が視界を遮っていたが、テキサス州に入ると全く障害物が無くなり、見渡す限り真っ平らな牧草地が広がった。そこを貫いてピンク色がかったコンクリートの道が真っ直ぐ地平線まで続いていた。

ルート66はテキサス州の北部に出っ張った部分をかすめているだけなので、沿線だけを見て広いテキサス州を語るのは不適切だろうが、とにかく見渡す限り土地は平らで道は真っ直ぐだった。

この車のラジオはシカゴを出て以来ずうっとクラシックロックのチャンネルにセットされていた。鈴木は、西に向かうに従って、そこから流れてくる音楽が段々景色とマッチしなくなってきたように感じていた。テキサス州に入ってからそれを強く感じた彼は、勇気を出してカントリーミュージックのチャンネルに切り替えてみた。すると、景色と空気に馴染んだ音が流れだした。

［David Ball　Riding With Private Malone（ライディング・ウィズ・プライベート・マロン）］

これから通過するアマリロは、テキサス州のルート66沿線で最大の街とガイドブックにあった。そして、アメリカの牛肉の4分の1はでここで処理されているとも書いてあった。そろそろ昼も近かったので、「アマリロの町でランチにステーキでもどう?」と鈴木が提案した。ところが「まだこの先何が起こるか分からないのに、そんな財布のひもは緩められません!」との近藤の忠告によって、そのアイディアはいとも簡単にが却下されてしまった。

「街に入ってから決めよう」ということになり、テキサスに入って見かけるようになった、メキシカンフードをトライすることになった。いわゆるテックス・メックスと呼ばれるテキサス風にアレンジされたメキシカンフードである。

テーブルに着くと、三角形のコーンチップスとトマト、タマネギのみじん切りとシラントロ（パクチー）という香菜が入ったサルサがお通しとして出された。

3人はそれぞれ中身の違うブリトーをオーダーした。

鈴木が注文したビーフブリトーは、小麦粉の皮で、ビーフの挽肉、トマト色のライスピラフ、レタスのみじん切り、リフライドビーン（ゆでたウズラ豆をすりつぶしたペースト）を巻いた料理で、手で持つとズシッと重く感じるほどのヘビー級だった。

鈴木も近藤も「美味い！　美味い！」と言って食べつくした。特にサルサは絶品だった。マクドナルド育ちで味覚の許容範囲が狭い村上にとって、シラントロやハラペーニョには慣れが必要だった。それでも彼は「辛い、辛い」を連発しながら、彼も結局は全部平らげてしまった。

テキサス州内のルート66沿道で見るべきものは、キャデラック・ランチが唯一と言ってもいいだろう。鈴木はこの地面に斜めに突き刺さった10台のキャデラックのオブジェを本やコマーシャル、映画などで見たことはあったが、本物に巡り会えるとは思っていなかった。

麦畑の中を歩いて近づいて行くと、周囲にはスプレーペイントの臭いが漂っていた。

このオブジェができた時からのルールなのか？　ルールが無いからそうなったのか？　キャデラックのボディは見物人が誰でも好きなように缶スプレーでいたずら書きをしてもいいことになっているようなのだ。だから、それぞれのキャデラックを近くで見ると、アートしているとは言い難いが、とてもカラフルなのである。

SUMMER

このオブジェに使われている１９４９年〜63年の頃、当時のテールフィンがあったキャデラックは、長大で華美であり、それが当時のアメリカの富と繁栄の象徴であった。そんなアメリカ文化に憧れてこの道に入った鈴木には、それを慰みものにしているこのキャデラック・ランチに少々違和感を感じた。

だからという訳ではないが、結局ここの撮影は、缶スプレーを持ってキャデラックと戯れる若者達の写真だけで終わらせた。

鈴木はこの何処までもまっすぐな道を見て、今日の午後は村上に運転を任せることにした。そして、きっとハプニングの連続の毎日で疲れていたんだろう、彼はいつの間にか助手席でぐっすり眠ってしまった。

遠くから「鈴木さん、鈴木さん」と呼ぶ村上の声が聞こえたが、鈴木は目をすぐに開くことができなかった。半分寝ボケて目を閉じたまま「どうしたの？」と聞くと、「さっきからガソリンを入れろって警告が出てるんすけど、ガススタがないすっよ」と、村上が言っているのが聞こえた。まだ目をつぶったまま「あと何マイル走れるの？　そこに表示が出てるでしょ？」と、残りのガソリ

ンの量を確認させると「5マイルって出てます」と言うではないか。その時初めてことの緊急性が分かった鈴木は、目をぱっちりと開いた。すると目に飛び込んできたのは、限りなく広がる牧草地だった。

「あちゃーっ！　何にもないジャン、どうしようっか？」と彼が言うと、村上は「とにかくこのまま行けるところまで行くしかないっすよ」と、既に諦め気分だった。

「そうか、アマリロの街でガソリン入れとけば良かったな」

「俺もそう思ってたんすよ」

「だったら、何で言ってくれなかったの？」

「はあ」と、2人が不毛な会話をしている間に走行可能距離表示は『0』になり、エンジンがガクガクと断末魔の音を立てて止まってしまった。

車が止まった気配を感じてリアシートで昼寝を決め込んでいた近藤が「今夜のお宿に到着ですか？」と目を覚ました。

「近ちゃんは呑気でいいね、大平原のまっただ中で、ガス欠だよ！　ガス欠！」

「えっ？　今時の車でもガス欠するんですか？　それでどうするんですか？　私たちは？」

「どうするもこうするもｉＰｈｏｎｅも無くなっちゃったから電話で助けも呼べないし、車も通らないんだから…今、それを考えているところだったのさ」

３人は車から降りて周りの状況を確認するが、他の車が通る気配もなかった。

何か手がないものかと考えていた鈴木は、シカゴでこの車の説明を受けたとき「緊急の時や道案内、レストランの予約などが必要な時、このボタンを押せばオペレーターに直接繋がって、ロードサイドサービスが受けられる」と説明されたことを思い出し、「やった！　緊急連絡ボタンがあるのを思い出した！」と叫んだ。それは夕暮れが迫る中、一条の光明が差してきたかのような興奮だった。

２人が注目する中、鈴木がルームミラーの横に付いているそのボタンを押すと、少しして

「You have no reception in this area, You have no reception in this area」

「圏外です、圏外です」というカーナビの彼女の冷たい声が聞こえてきた。携帯電話網を使ったこのシステムは、アンテナが立っていないこんな場所では全く役に立たないのである。

「緊急連絡ボタン発見」で大きく膨らんだ僕ら３人の希望は、彼女の声を聞いて、一瞬で消沈してしまった。

がっかり肩を落としている2人を励ますように、鈴木が「じゃあ、ガソリンスタンドまで車を押して行こう！」と言いだした。

それを聞いた村上は「まじっすか？」と鈴木のアイディアにビックリしている。

日はどんどん沈んでいくし、このままここにいてもしょうがないと思った鈴木は、黙って運転席側に回り、ギアをニュートラルに入れると、ピラーに手をかけて車を押し始めた。

車は一人ではびくともしなかった。それでも諦めずに押し続けている鈴木を見て、近藤も車の後ろに回って押し始めた。

すると、少し前に動きかけた。

今度はそれを見た村上が、観念したように後ろに回って押し始めたが、へっぴり腰であまり力が入っていなかった。

「OKじゃあ3人で力を合わせて押そう、いいかい？　セーノーッ！」と鈴木がかけ声をかけて力を合わせると、やっとタイヤが少し回り始めた。

「車って重いっすね」と言う村上に、「そうだよ、こんな重い物をガソリン燃やして動かすんだから二酸化炭素も出る訳だ」と鈴木が言って、もう一度「セーノーッ！」かけ声をかけた。

それに合わせて「ウッーー」と声を出しながら力んだ近藤が「ブウッー」っとおならをした。それを聞いた鈴木と村上は一挙に体から力が抜けて、ズッこけてしてしまった。「すいません。私まで公害出しちゃいました」と言って頭をかく近藤だったが、車はゆっくり先へ進み始めた。

行動を開始したことで鈴木は「何とかなるだろう」と気楽な気分になり、頭の中にイーグルスのテイク・イット・イージーが流れだした。

「Eagles　Take It Easy（テイク・イット・イージー）」

しばらく車を押していくと、沈んでいく夕日の中からヘッドライトをつけて干し草を満載した古いフォードのフラットベッド・トラックが現れた。それを見つけた3人が両手を振りながら「ＨＥＬＰ！　ＨＥＬＰ！」と助けを求めると、一旦通り過ぎたトラックはUターンして戻ってきてくれた。

路肩に止まったトラックのラジオから大ボリューム「テイク・イット・イージー」が聞こえてき

て、それを口ずさみながら降りてきたのは、テンガロンハットを被った若いカウボーイだった。彼は若いマルボロマンの様にその格好が似合っていた。

そんなハンサムな彼だが

「What happened guys?」

「どうしたのぉ?」と一旦口を開くと、テキサス訛りのきつい気さくな兄ちゃんに早変わりした。

鈴木が

「We ran out of gas」

「ガス欠さ」と答えると、

「No problem! Take it easy! Take it easy, man! My house is just a mile away from here. We have gas for our vehicles. I'll tow your car with my truck」

「問題ないよ、大丈夫、大丈夫、ここから1マイルのオイラの家に行けばガソリンがあるから、オイラのトラックで家まで引っ張ってってやるよ」と、一気にまくし立てた。そこまで話して一息ついたところで、鈴木たち3人の顔を一人ずつ確認するようにのぞき込み、やっと彼らが東洋人だってことに気づいたようだった。

そして、急に怪訝そうな顔をして
「Are you guys Japanese?（あんた達、日本人かい？）」と聞いてきたのである。

鈴木は、このカウボーイがてっきり白人至上主義者なのかと思い、一瞬身構えてから、少し引きつった顔でゆっくり頷いた。

すると、それを見た彼の顔がパッと明るくなって、

「Wow cool! This is the first time I met Japanese people ! I have an OTAKU brother. He will be very happy to see Japanese people」

「ワォー！　やった！　オイラ、日本人と会うのは初めてだぜ！　オイラにはOTAKUの弟が居るんだけど、本物の日本人連れて行ったら大喜びするぜ！」と話して、拳を空に突き上げて叫んだ。

そして彼は、鈴木たちが要領が飲み込めずに居ることを察知したのか
「You guys know what OTAKU means don't you?」

「あんた達OTAKUって意味知ってるだろ？」と聞いてきた。

鈴木は彼が突然「オタークー！」「オタークー！」と言うので『弟が大田区に住んでいる？』とでもいう話かと思ったがそうでもなさそうなので、確認するために「What is OTAKU?（オタークってな

んのこと?)」と聞いてみた。

彼はビックリしたような顔をして
「Don’t you know "O" "TA"" KU". It's a Japanese word」

「日本語のオ、タ、ク、だよ知らないの?」と首をひねっている。

すると村上が「鈴木さんの、この人『オタク』って言ってるみたいすっよ」とボソリと教えてくれた。

鈴木が「Are you talking about OTAKU?(あなたはオタクのこと話してるの?)」と聞き直すと、
彼は嬉しそうな顔をして
「Absolutely! Yah! OTAKU!」

「そのとおり!　オタークだよ!」と言ったかと思うと、

「My brother Bobby’s an OTAKU and my folks are very concerned about it」

「弟のボビーがオタークになっちゃって、オヤジとお袋がすごく心配してるんだよ」と肩をすぼめて見せた。

「OTAKU isn’t my taste but I’m alright with it. Please come to my house and tell my folks that

OTAKU is not a mental illness」

「ＯＴＡＫＵ はもちろんオイラの趣味じゃないけど、オイラはＯＫだと思ってるんだ。オイラん家にきてオヤジとお袋にＯＴＡＫＵは精神病じゃないって安心させてくれよ！　いいだろ？」と言って、トラックから取り出したロープを鈴木たちの車にかけて、牽引の準備を始めた。

これから彼の家に連れて行かれてどんなミッションが課せられようとも、この状況下では、彼のなすがままに任せるしかなかった。

手慣れたロープ使いであっという間に作業を終えた彼は、３人に向かって「Get in your car!（んじゃ、あんたらの車に乗って）」と叫んだかと思うと、トラックの運転席に飛び乗って「Let's all go to my house！ Yeehaw！（オイラの家に向かって出発進行！　イーハー！）」と窓から左手を突き上げた。

鈴木たち３人は助けてくれたのは嬉しかったが、彼の底抜けの明るさにはついて行けそうになかった。

ロープで繋がった2台の車はルート66の旧道をゆっくり走って、ロングホーンの頭蓋骨が飾られ、錆びた鉄のプレートを「HOPE RANCH（ホープ牧場）」と打ち抜いたサインの下がったゲートを潜り、ダートの道に入っていった。

太陽が地平線の彼方に姿を消してから少し時間が経ち、辺りが薄暗くなりかけたぼんやりとした風景の中に、明かりが窓から漏れている2階建ての大きな白い家が見えてきた。夕暮れ時のマッタリとした空気に包まれたその家は、夕食の支度をしているのだろうか、スープを煮込んでいる様な美味そうな匂いが漂って、とても家庭的な雰囲気だった。

その家から少し離れたところには、壁を赤く塗られた納屋が建っていて、鈴木たちの車を引っ張っているトラックが馬だったら、そのまま西部劇のシーンになるんじゃないかと思うほどの光景だった。

近藤が「なんか、スゴイところに来ちゃいましたね」とリアシートから乗り出してきて言うと、鈴木が「こりゃあ、西部劇のシーンそのまんまじゃないか」と、相づちを打った。村上は「なんか旨そうな匂いっすね〜、車押したら腹減ったっすよ」とつぶやいた。

カウボーイは家の前で車を停めると、3人をその中へ招き入れ、「Hey! Mom and dad! I'm home!

I brought guests（ただいま、お客さんを連れてきたよ！）」と家の奥に向かって叫んだ。

奥から現れたのは、テキサンの標本にしたいぐらいの父親と、ご多分に漏れず今は太ってしまっているが、若かりし頃はジェシカ・シンプソンばりだったことを思わせるブロンド美人の母親だった。２人は50歳代に見えたが、もっと若いかもしれなかった。

アメリカではそこに住む人々の呼称としてニューヨークのニューヨーカーとか、カリフォルニアのカリフォルニアンが有名だが、テキサス人を表するテキサンは特別な響きと重みがある。テキサンの細かい定義は定かではないが、誰でもニューヨークに一定の期間住めばニューヨーカーになれてしまうのとは違い、テキサンはテキサスで何世代かを経て初めてテキサンを名乗れるような、そんな重みを感じる。日本だったら最低でも三世代経ていないと「ちゃきちゃきの江戸っ子」と呼ばれなかった、そんな感覚である。そして、テキサンの性格は伝統を重んじる頑固者というのが定説だから、それが重さを増している理由かも知れない。

カウボーイが両親を「This is my mom and my dad（これがオイラの父ちゃんと母ちゃんだよ）」と３人に紹介し、

「They ran out of gas and got stuck on the road, so I towed their car here」

「この人達がガス欠起こして道で立ち往生していたんで、引っ張ってきたんだよ」と、鈴木たちを連れて来たいきさつを説明した。すると父親が
「Well Done, you kept the family tradition!」

「お前はよくぞ我が家の伝統を守ってくれた」と言って、息子を褒めて彼をハグするのだった。

鈴木はその演技かと思ってしまう程のオーバーアクションを見て、やはり西部劇が始まってしまったかと驚いた。彼は2人の演技がカットになるのを待って、「My name is Suzuki as in the motorcycle. This is Kiyoshi and this is Joshu-Kun (私の名前はオートバイメーカーと同じスズキです。こちらはキヨシとジョシュクンです)」と自分と2人を紹介した。

二輪ブランドとしてSUZUKI、HONDA、KAWASAKIはアメリカ人にも深く浸透しているのでモーターサイクルのジョークが受けてしまったらしく、このマルボロ・マンの様にシブイ父親が、眉毛を下げて顔を崩し、両肩を上下に震わして大げさに笑った。その表情仕草は息子の方のジョージ・ブッシュ 元大統領にそっくりだった。

彼はしばらく止まらなくなってしまった笑い顔から真顔に戻って「I'm Tom and this is my wife, Susan (ワシはトム。彼女は私の妻のスーザンだ)」と言いながら握手するため右手を差し出した。

彼は聞き覚えのあるSuzukiはすぐに覚えたようだったが、近藤とは握手しながら「Ke-Yo-Shi?」と本人に聞き返し、「No! Ki-Yo-Shi, Ki-Yo-Shi」と直されていた。村上の「Joshu-Kun」に至っては、アメリカンネームの「ジョッシュ」に聞こえたようで、自信ありげに彼を指さして「Josh!」と呼んでから握手した。

カウボーイは「I'm Joey」「オイラはジョーイ」と彼は自分の名前を言いながらを3人に握手を求めてきた。

ひとしきり紹介が終わると

「Come down here Bobby! Real Japanese people are here!」

「ボビー、本物の日本人が来たよ！　降りてこいよ！」とジョーイが2階に向かって大声で呼んだが、返事は聞こえなかった。

ジョーイが弟を紹介したいというので、3人は彼の後について2階に上がっていった。その途中でこの家の中を観察すると、インテリアは一部の隙も無くアーリーアメリカン調にコーディネイトされていた。家具、調度品は、どれも先祖代々大事に使われてきた物だと思われるほど風格があり、何処にレンズを向けてもインテリアブックの撮影ができるほどの高いクオリティーだった。

2階に上がると、ハードウッドフロアーの廊下の突き当たりがボビーの部屋だった。白いペンキが塗られ、ガラスのノブが付いたクラシックなドアをジョーイがノックしたが、やはり中から返事は無かった。このドアには「Don't disturb！（じゃまするな！）」と手書きの張り紙がしてあった。

彼が「I'm comin' in！（入るよ！）」と言いながらそのドアを開けると、暗い部屋の中からモニターパネルの青白い光が漏れてきた。

モニターからの光に照らされた部屋の中を覗いてみると、かなり広い部屋は、壁と天井はマットブラックで塗りつぶされ、窓には日光が入らないように目張りまでしてあり、まるでネットカフェの様だった。そして、50インチはありそうな大型モニターの前に座ってゲームに集中している小太りの少年のシルエットが見えた。

彼は3Dメガネをかけてヘッドセットをしているから、ジョーイたちが入ってきたことに全く気づく様子が無かった。ジョーイが後ろから近づいて肩を突くと、飛び上がるほど驚いたが、それでも彼はゲームをやめずに

「Leave me alone!（邪魔しないでくれ！）」と不機嫌そうに文句を言った。

ジョーイがボビーのしているヘッドセットの片側を耳から外して「Hey, I brought Japanese people for you to meet（お前にために日本人を連れてきてやったんだよ）」と耳の側で言うと、初めてゲームの手を休めて3人の方に振り返った。

ジョーイは司会者が出演者を紹介するように手のひらを上に向けたポーズで「This is my OTAKU brother, Bobby（これがオタクの弟、ボビーです）」と彼を3人に紹介した。

暗がりの中でモニターの光だけが当たって青白い顔をしている鈴木たちを見たボビーは、慌てて３Ｄメガネをはずして立ち上がり、部屋の照明を点けた。

天井から下がったフライファン付きのクラシックな照明器具のお陰で部屋の全容が掴めると、壁には日本のアニメやゲームキャラクターのポスターが所狭しと貼られ、キャビネットにはフィギュアや小物が飾られていた。そして、コスプレに使うアニメキャラクターのコスチュームがハンガーに下がっているし、本棚には日本のマンガや雑誌がぎっしり詰まっていた。

ボビーは日光に当たっていないのか、ほおがピンクがかった優しそうな顔をした少年だった。

彼は顔を紅潮させて恥ずかしそうに「こんにちはボビーです」と片言の日本語で挨拶した。

すると突然、ついさっきからジョッシュと呼ばれるようになった村上が

「How did you get this Gundam figure? I have the same one.」
「どうやってこのガンダムのフィギュアを手に入れたの？　俺も同じの持ってる」と一言一言考えながらではあるが、ちゃんとした英語で話し出した。
　その質問にボビーは何の抵抗もなしに
「YAFUOKU, Yahoo! Auction Japan.」
「ヤフオク！　日本のオンラインオークションさ」と答えるのだった。すると今度は村上が
「Oh! YAFUOKU. Me too!」
「ヤフオク！　俺もだよ！」と返し
「It was very hard to get!」
「大変な思いをして手に入れたんだよ！」と英語によるオタク談義が始まり、あっという間に2人だけでその世界に入っていってしまったのである。
　鈴木は、村上が自分との時も近藤との時も、初対面の人と打ち解けるのに時間がかかったのに、ボビーにはどうしてこんなに積極的なのかが不思議だった。それにも増して、彼がこれほど英語を話せるのが謎だった。その理由を今すぐにでも問い詰めたかったが、ゲームやアニメの話題で自然に

会話が回り出した2人を残して、鈴木たちはそっとボビーの部屋から退散した。

リビングルームに戻ってくると父親のトムが大きな黒いレザーチェアに座って、バドワイザーの缶ビールを飲みながら鈴木たちが降りてくるのを待っていた。

彼はまず鈴木と近藤をカウチに座るように促し

「Would you like to have a beer?」

「ビールを飲むかね？」と勧めるのだった。

鈴木が

「I'm sorry, I can't drink beer right now. I must drive to the next town tonight.」

「すみません、今日はこれから次の町まで運転しなければならないので、今はビールを飲めません」

とを断ると、

「Why do you need to go to such a small town？」

「あんな小さい町に何の用事があるんだ？」と聞いてきた。

「We are on the way to Los Angeles. I want to stay at a motel in the next town.」

「我々はＬＡに行く途中で、今夜は次の町のモーテルに泊まろうと思っているのです」と答えると、

彼は

「That's it? Why don't you stay here tonight?」

「そんなことだったら、今夜は我が家に泊まりなさい」と迫るのだった。

彼のこのオファーは、きっと彼の親切心からなのだろうが、鈴木には高圧的に聞こえた。

だから鈴木は

「Thank you for your kindness, but we don't deserve to be given your hospitality」

「あなたの親切には感謝しますが、我々には、あなたからそんなに施しを受ける理由がありません」

と言って、彼の親切を断った。

すると彼は

「No! I have a big reason to help you guys. This is my family tradition」

「いや、理由はちゃんとある。これは我が家の伝統なのだ」と言って、彼の家族の歴史を話し始めた。

「My great-grandpa came to the States from Germany and my grandpa settled here in Texas and started a cattle ranch. Some decades later, the country road through our property became

Route 66. Then, many desparate families passed by our ranch during the Great Depression. Grandpa gave them water, food, gas and sometimes a night in a nice bed too. After the Great Depression, my dad kept the tradition helping people who were in trouble on Route 66. This is our family tradition, so called『the American Hospitality』. But after the Interstate Highway opened to traffic, we'd had few opportunities to keep our tradition. You guys are the only ones in the last 25 years」

「ワシの曾々爺さんがドイツからアメリカに移民してきて、曾爺さんがテキサスのこの地に落ち着いて、牧場を始めたのさ。それから何年かして我が家の牧場を通っていた田舎道がルート66になったんだ。大恐慌の時は家や仕事を失った家族がいっぱいこの家の前を通って西に向かった。だから、爺さんはそんな人達に水や食料や燃料、たまには宿も提供したのさ。大恐慌が終わった後はそれをオヤジが引き継いで、問題を抱えて困っているルート66を旅する人達を助け続けたんだ。だから、これが我が家の伝統だし、これが『アメリカン・ホスピタリティー』ってものなんだよ。だけど、インターステイトハイウェイが開通してからは、家族の伝統を活かすチャンスも殆ど無くなってしまって、あなた達がこの25年間で初めてなのさ」とちょっと寂しげな顔をするのだった。

そこまで言われてしまうと、ガソリンを分けてもらったらさっさと立ち去ろうと思っていた鈴木の心は揺さぶられてしまうのだった。

そこへスーザンが「Dinner's ready（晩ご飯の準備ができたわよ）」と言って入ってきた。トムが鈴木と近藤をダイニングルームに来るように促すのだが、こうなってしまうと2人は牧場の牛と同じで、彼の誘導に従うしかなかった。

テーブルに着くとそこにボビーとジョッシュの姿がなかった。それを鈴木が気にしていることに気づいたスーザンが「Don't mind Bobby, he never eats with us（気にしないで、ボビーは私たちとは一緒に食事をしないの）」と暗い顔で言った。

テーブルにはボールに盛られたサラダとマッシュポテト、ナベに入ったチリ（豆と挽肉を辛く煮たシチュー）とカゴに入ったロールパンが並んでいた。これをそれぞれが自分の皿に好きなだけ取るという西部劇で見たような質素な献立だった。

5人が席に着くとトムが神に感謝するお祈りを唱え、声を揃えて「Amen（アーメン）」と言ってから食事が始まった。

すると、スーザンが堰を切ったように

「I've heard that there are many kids like Bobby in Japan. Is this true? I'm very concerned about his behavior because he is the only one like this in this area. He thinks he was supposed to be born in Japan but was born in Texas instead. He thinks he'll be happier in Japan」

「日本にはボビーの様な子がいっぱい居ると聞いたんですけど、それは本当なの？　あんな子は、この辺じゃあの子だけなんで、私はとっても心配なの、大丈夫かしら？　あの子は本当は日本で生まれるはずだったのに間違ってテキサスで生まれてしまったと。だから、自分は日本に行ったら幸せになれると思い込んでるのよ」と話し始めた。

鈴木は

「Yes! There are many kids like Bobby in Japan. You shouldn't be worried about it」

「日本にはボビーのような子がいっぱい居ますから、心配する必要はありませんよ」と、かなり無責任な返事をした。そして

「MANGA, ANIME, GAMES are becoming big industries in Japan. It's called『Cool Japan』and those activities are supported by the Japanese government」

「マンガ、アニメ、ゲームは『クールジャパン』と呼ばれ、日本の一大産業になっていて、政府も

サポートしているぐらいですから」と、何とか彼らを安心させてやろうと思い

「By the way, do you know how the OTAKU culture started?」

「ところで、どうやってオタクカルチャーが起こったかご存じですか？」とオタクに関するうんちくを講釈し始めるのだった。

気がつくとジョーイと近藤はいつの間にか姿を消して、テーブルに残ったのは3人になっていた。

そして、調子に乗った鈴木の講釈は、今は別れた妻と一緒に暮らす一人娘に起こった問題をケース・スタディーに使い、それがどうして起こり、どうやって解決したかという話に発展してしまった。具体的な解決策にまで彼の話に熱が籠もってくると、トムとスーザンも真剣な眼差しでそれを聞いていた。

それが一段落すると、スーザンが「ボビーとジョッシュにも何か食べさせなくちゃ」と2人の食事を準備して2階に上がって行こうとしたので、村上の様子が気になっていた鈴木も彼女に付いてボビーの部屋に行ってみた。

スーザンがドアをノックすると、今度は「What?（なに？）」と返事が返ってきた。

彼女が「I brought dinner（食事を持ってきたわよ）」と言うと「Come in！（どうぞ！）」とだけ

返事があった。

ドアを開けて中に入ると、２人はものも言わず真剣に格闘ゲームで戦っていた。

スーザンが「Eat it while it's still warm（食事を持ってきたから、温かい内に食べなさい）」と言っても、ボビーは彼女の顔も見ずに頷いただけだった。村上は一瞬彼女の顔を見てボソッと「Thank you」とだけ言って、すぐにゲームに戻っていった。

スーザンがトレイをコーヒーテーブルの上に置いて部屋から出て来ようとしたので、ドアの外から覗いていた鈴木がボビーを指さして、口の前に持ってきた手を開け閉めして「ボビーと何かを話せ」とスーザンにサインを送った。鈴木はさっき彼女に「とにかく会話が大事！」と指南したのだ。

それに気づいたスーザンが
「What game are you guys playing?」

「あなたたち何のゲームしてるの？」と、ボビーの方に振り返って優しい声で話しかけたが、ボビーは
「Mom, don't interrupt us」

「ママ、ボクたちの邪魔しないでくれよ」と冷たく答えた。

スーザンがちょっと暗い顔をして諦めかけると、村上が
「This is a fighting game」

「格闘ゲームです」と答えてくれた。

それを聞いて気を取り直したスーザンが
「Can I play?」

「私にもやらせてくれるかしら？」と会話を続け、守備を確かめる様に鈴木の方に視線を送った。

それを見ていた鈴木はスーザンに向かって親指を立てて「Nice!」のサインを送りながらウインクした。

「Mom, get out of my room! I'm enjoying this game with Josh」

「ママ、ジョッシュとゲームを楽しんでるんだから、ボクの部屋から出てってくれよ！」と少し興奮気味にボビーが言うと、村上が何も言わずにコントローラーをスーザンに渡してしまった。

それを受け取ったスーザンがコントローラーの使い方が分からず困っていると、村上がスーザンの手を取ってボタンの機能を教え始めた。そして、彼はスーザンが戦わせるファイターを女性のキャラクターに変えた。

最初は嫌そうにしていたボビーだったが（ジョッシュの手前しょうが無いな）と感じたのか、ゆっくりと手加減してスーザンとのファイティング・ゲームが始まった。

その頃には鈴木もボビーの部屋の中に入ってきていた。

パンチとキックを応酬している内にスーザンのまぐれのキックがボビーに当たって、彼のキャラクターがノックダウンしてしまう。

それを見てスーザンが奇声を上げて喜ぶと、段々ボビーが熱くなって切れた真剣な顔になり、スーザンのキャラクターをメチャクチャに打ちのめし始める。そして、あえなく血を流して倒れた後も執拗にパンチやキックを喰らわせ続けた。

スーザンは今まで見たことがなかった攻撃的な息子に驚いて

「Stop it! Stop it! Why do you hate me so much?」

「止めて！　止めて！　あなたはそんなにお母さんが憎いの？」と叫んで泣き崩れてしまうのだった。

それを見たボビーが我に返って

「Mom this is just a game!」

「ママ、これはゲームだよ」と呆れたように言うが、スーザンは
「You've always been playing violent games like this?」

「じゃあゲームだとしても、あなたはいつもこんな暴力的なゲームばっかりしていたの？」と、息子の知らなかった一面を見てしまって、それを恐れている様だった。

　ボビーは母親の泣き顔を見て少し反省したのか
「Not always! I play fun games too」「いつもじゃないよ。楽しいゲームだってするよ」と言って、ゲームソフトをダンスゲームに切り替えた。

　モニターにダンスゲームが映し出されると、ボビーがこのゲームの遊び方をスーザンに教え始めるが、スーザンは体が重くてなかなか思うように踊れない。

　そんなスーザンに手をたたいてはやし立てるボビーと鈴木を尻目に村上は、ポータブル機でドライビング・ゲームを遊んでいた。

　何曲目かにやっと調子が出てきたスーザンは、額に汗を滲ませながら重い体重で床をドスドスと打ち鳴らして奇声を上げながら踊っていた。

調子づいてしまったスーザンに呆れた鈴木は、床に置いてある大きなクッションに座ってボーッと彼女のダンスを眺め、ボビーと村上は彼女が持ってきたディナーを食べ始めた。

その時、突然ドアが開いて、怒った形相のトムがボビーの部屋に入ってくると

「What are you doing, Susan? Did you go crazy?」

「一体何をやってるんだスーザン？　気でも狂ったか？」と、彼女を怒鳴りつけた。

するとスーザンは

「Tom, this is fun」

「トム、これは楽しいわよ」と言いながらボビーから見えない方の目で大げさにトムにウィンクしたかと思うと、鈴木の方に向けてアゴをしゃくり、さっき鈴木から受けた指南を思い出させようとした。

トムが釈然としない顔で鈴木の方を向くと、鈴木はゆっくりと深く頷いて目を閉じてみせた。それを見てやっとトムはスーザンの奇行の理由が読めたようで、急に作り笑いを浮かべて

「Oh Yeah? Is it fun? Really?」

「え？　本当に楽しいの？」と、わざとらしくスーザンに聞き返すのだった。

彼女は

「Oh Yeah! Very much! Why don't you dance with me」

「そうよ！　とても楽しいわよ、私と一緒に踊って」と、またわざとらしく言い、トムの手を取って一緒に踊り出した。

2人のわざとらしい芝居を見ていたボビーが半分ふて腐れて

「OK! OK! Stop it! What is happening here? mon and dad?」

「分かった、分かった、2人ともどういう魂胆なの？」と、呆れたように言ってゲームを止めてしまった。

一瞬で場が白けてしまったところで鈴木が

「Bobby, I told your parents that they should be more interested in what your interests are. That's exactly what they're doing」

「ボビー、僕がお父さんとお母さんに、君が熱心になっていることに興味を持ってみたら？　って言ったんだよ。だから2人はそれを試しているんだよ」と話した。

それを聞いたボビーが「You don't have to know what my interests are, I'm getting out of here

as soon as I can!」

「別に興味なんか持ってもらわなくたっていいよ。ボクはこんな所から一日も早く出て行きたいだけなんだから!」と拗ねたように言うと、今度はトムが

「Bobby, this ranch and Texas is a wonderful place. This is your home.」

「ボビー、この牧場とテキサスは素晴らしいじゃないか。ここがお前の生まれたホームなんだぞ」と自分の価値観を主張した。

するとスーザンも「You should be proud of the state of Texas and the cattle your father and Joey have raised.」

「そうよ、あなただってこのテキサスの大地とお父さんとジョーイが育てた牛たちを誇りに思うべきよ」と荷担した。

それを聞いたトムが今度は

「Oh, I have a great idea! We should show these three samurais our cattle! Let's all go cattle driving tomorrow morning!」

「おお、そうだ! この3人のサムライに牛たちを見せたいから、明日の朝、みんなで牛追いに行

こう！」と言って顔を輝かせた。

ボビーは即座に

「No way! I did enough of that when I was small. I'm not going!」

「そんなの小さいときに嫌って程やらされたよ。もう十分さ。ボクは行かないよ」と言ってふて腐れた。

すると、この親子ゲンカをさっきから興味深そうな顔で見ていた村上が

「I want to go…（俺、行ってみたいな…）」とボソッと言った。

それを聞いたボビーが目を丸くして驚くと、トムが

「Well, it seems Josh wants to go.」

「おっ、ジョッシュが行きたいって言ってるじゃないか」と言うと、続けて

「Bobby, you had your Otaku night, tonight. How about having a cowboy day tomorrow for a foreign exchange studies experience, Son?」

「ボビー、今夜はオタク体験、明日はカウボーイ体験のエクスチェンジ・プログラムってことで、どうだ？」と提案をするのだった。

ボビーは村上に

「Josh, you really want to do a thing like chasing cattle? Really?」

「ジョッシュ、牛追いなんかに本当に行きたいのか？」と確かめると、村上は

「Yes, I do」

「うん。俺、行ってみたいな」と頷きながら返事をした。

それを確認したボビーは

「OK, fine! Let's make a bet on this game. If I win, no chasing cattle. If you win, Dad, I'll join you. OK ?」

「OK、分かったよ、じゃあこのゲームで勝負付けよう。ボクが勝ったら牛追いは無し。お父さんが勝ったらボクも行くよ」と条件を出す。

すると今度はスーザンが

「Your daddy and I are on the same team, fair?」

「あら、私とお父さんがチームよ。いいでしょ？」と提案をする。

「What? Fine, I'm okay with that」

「えっ？　しょうがないな、ＯＫするよ」とボビーは半分ふて腐れながらダンスゲームの遊び方を自分で踊って見せてトムに教えるのだった。

最初は腕を組んで頷きながら見ているトムだったが、体を動かして容量を飲み込むと、彼とボビーがモニターの前に横に並んで立っていよいよ勝負が始まった。

トムが踊り始めて、その動きの滑稽さにスーザンと鈴木が声を上げて大笑いしていると、その騒ぎを聞きつけたジョーイと近藤も部屋に入ってきた。

ポータブル機でゲームをしている村上を除く全員が手拍子をしてトム盛り上げるが、点数はボビーに大きくリードされていく。

トムが顔から汗を滴らせてヘロヘロになっているのを見かねたスーザンが、彼とタッチをしてダンサーを交代する。

踊り始めてしばらくすると「私、こう見えてもハイスクールのチアリーダーだったのよ。やっと調子が出てきたわ」と勘が戻ってきた彼女は、段々体が軽やかに動くようになって点数を稼ぎ始める。

２人とも汗だくになって踊り続け点差が段々小さくなってくると、追いつかれてきたボビーは顔

が真剣になって焦りが見えていた。

完全にダンスの勘を取り戻したスーザンは、狂気を感じる程の顔つきで、自分の世界に入り込んで踊り続けた。

そして、ついにスーザンが逆転すると、それまで歯を食いしばって踊っていたボビーは床に倒れ込んでしまう。

すると、踊りを止めて放心状態のまま肩で息をしているスーザンが

「Bobby being a poor loser must be my blood」

「ボビーの負けず嫌いは、きっと私のDNAのせいね」とつぶやくのだった。

やっと我に返って笑顔が戻ったスーザンがトムと抱き合って喜ぶと、鈴木、近藤、ジョーイが拍手で両者の健闘を称えた。村上だけは、そっちをチラッと見て一瞬だけニヤっとして、またポータブル機でゲームを続けていた。

この後、カラオケ大会が始まり、それぞれが十八番を披露すると、鈴木の「My Way」に負けずとトムがブルーススプリングスティーンの「Born to Run」を熱唱した。

【Bruce Springsteen　Born to Run（明日なき暴走）】

みんなの大騒ぎにも我関せずを決め込んでいた村上だったが、最後は無理矢理に日米対抗バーチャルボーリング大会に参加させられて、ボビーの部屋は夜遅くまで笑い声が絶えなかった。

ＯＴＡＫＵ体験会がお開きになった後、鈴木と近藤はスーザンが準備してくれたベッドルームに落ち着いた。

近藤と相部屋になるのは今夜が初めてだった鈴木は、そのせいか、ベッドに入ってもなかなか寝付けなかった。

そして彼は頭の中では、今日突然、村上が英語でボビーと話し始めたことが、どうしても引っかかっていた。「ジョッシュはいつの間に英語があんなに話せるようになったのだろうか？」とつぶやくと、

「えっ、知らなかったんですか？　彼、毎日イヤフォンで何か聴いてたでしょ。あれってロゼッタストーンなんですよ」と近藤が教えてくれた。

「ロゼッタストーンって英会話教材のあれ？」

「そうですよ、だからいつもブツブツ言ってたでしょっ。あれは発音練習してたんですよ」

「うっそだろ!? あいつはアメリカなんかに全然興味無いって言ってたんだぜ」と、鈴木はそれがどうしても信じられなかった。そして、もし、それが本当だとしたら（益々あいつはヘンな奴だな）と思った。

村上がどうしてロゼッタストーンを始めたのか、その辺のことを近藤に聞いてみようと思ったら、彼のイビキが聞こえ出した。

そのせいで益々目が覚めてしまった鈴木は（インターネットのお陰でこんなテキサスの牧場に住んでいる少年が日本の少年達と同じ情報を共有できるなんて、なんてすばらしい世の中になったのだろう）と、21世紀の情報革命に感謝するのだった。

Day 9　ベガのホープランチにて

近藤のイビキのせいで深い眠りに入ることができなかった鈴木は、外からトラクターらしきディーゼルエンジンの音が聞こえ始めたのが分かった。ベッドの中で目を開くとまだ外は暗かった。ひょっとしたらトムがもう起き出して仕事を始めたのかと思い、窓のところまで行ってカーテンの隙間から外の様子をうかがってみると、まだ薄暗い中でトムとジョーイがもう家畜に餌をやる準備をしているようだった。

このまま寝ていてはまずいと思った彼は、慌ててTシャツとジーンズを着て部屋を出た。すると、廊下に履き古したウエスタンブーツとテンガロンハット、ウエスタンシャツが置いてあって「Wear these（これを着ろ）」とメモ書きがあった。

鈴木は、かなりゆるゆるのウエスタンブーツを履いて、シャツの袖に腕を通しながら外へ出た。湿

気を含んだ夜明け前の空気はひんやりと冷たく、牧草は夜露がしたたり落ちるほどぬれていた。

「Good Morning, Tom and Joey（トム、ジョーイ、おはよう）」と2人に声をかけると、トムは「Howdy Mr. Motorcycle. How are you doing?（はい、おはよう、ミスター・オートバイ。調子はどうだい？）」と言って、自分のジョークに自分で受けて、肩を揺すって笑い続けていた。

今朝の彼は上機嫌だった。

「Can I help with anything?」

「何か手伝えることはないですか？」と聞いてみると、即座に

「You should go back home to get some breakfast」

「家に戻って朝メシでも食べててくれ」と邪魔者扱いされてしまうのだった。

しばらく木の柵に腰掛けて彼らの作業を眺めていると、彼らの後ろに広がる東の空がどんどん明るくなってきて、地平線の上に浮かんだ雲がサーモンピンクに染まり始めた。

2人は納屋のそうじと家畜にエサを与える作業を終えると、朝食のために母屋に戻ってきた。テーブルに並んだ今朝のメニューは、スクランブルエッグとカリカリに焼いたベーコン、トースト、オレンジジュースにミルク、コーヒーという典型的なアメリカン・ブレックファーストだった。鈴木が食後のコーヒーに手を伸ばしたとき、「お早うございます」と日本語で挨拶しながら、眠そうな顔をしたボビーとジョッシュが遅れて朝食に参加してきた。スーザンはボビーが一緒のテーブルで食事をしてくれるのが嬉しいのか、2人の食器を素早く用意した。

本当なら朝一番に出発して、一刻も早くアルバーカーキでクレジットカードを手に入れたいところなのだが、昨夜この夫婦に行った親子関係改善カウンセリングが効果を現しつつある今、一宿一飯の恩義もあるし、無下に出発する訳にもいかない状況だった。

朝食の後、テンガロンハットを被り、ウエスタンシャツを着て、ブーツを履いて俄カウボーイになりきった3人は、納屋に行って今日のパートナーをしてくれる馬をあてがってもらい、トムとジョーイから乗馬の基本を手ほどきされた。と言っても、彼らが教えてくれたのは、スタートする

ときは馬の腹を蹴り、止まるときは手綱を引く、右に行きたければ右の手綱を引き、左は左を引くことだけだった。

３人とも馬に乗るのは初めてなので、まずはその背によじ登るだけでも至難の業だった。

鈴木は、ジョーイの手を借りてやっと馬の背に跨がると（ここから落ちたら無傷という訳にはいかないだろう）と容易に想像がつく高さにまずは驚いた。そして、鞍の堅さからこれから起こることの厳しさを感じ取っていた。

鈴木にあてがわれたのはメアリーという名の雌馬で、彼の乗馬経験の無さを見透かしているのか、背に跨がった鈴木を完全に無視した態度である。

ジョッシュと近藤もそれぞれの馬の背に跨がって、やっと出発準備が整った。

もちろんスーザンもカウガールのスタイルを決めて自分の馬に跨がっていた。ボビーはＴシャツ、ジーンズ、ハイカットスニーカーを黒ずくめにして、馬ではなくＡＴＶ（四駆バギー）に乗っていた。

出発のかけ声をかけたトムが、手綱をふるい馬の腹を蹴って歩を進めると、何もしていないのに鈴木たちの馬もそれに従って歩き始めた。

メアリーが口をきければ「お前さんみたいな素人に一々指図されなくても自分たちの役割は全て心得てますから」と言われてしまうところなのだろう。

メアリーのファーストインプレッションは、四角い車輪がついたオートバイかと思うほど、彼女が一歩一歩歩く度に体を上下に揺すられて、乗り心地は最悪だった。鈴木は上下に揺られる度に背骨を突き上げられ、今にも振り落とされそうになっていた。

それを後ろから見ていたジョーイが両肩を上下に動かしながら「Mr. Suzuki, take it easy! Take it easy!（鈴木さん、お気楽に！　お気楽に！）」と言って、体から力を抜けと忠告してくれた。彼の言うことを聞いて体から力を抜くと、段々馬が歩くリズムが分かってきた。揺れに積極的に体を合わせるようにしている内に、四角いタイヤの角が少しずつ丸まってきて、鞍からの突き上げも吸収できるようになっていた。

３人が少し慣れてきたのを確認したトムが早足を始めると、鈴木たちの馬もそれに追従し始めた。彼はとにかく振り落とされないようにしているのが精一杯で、まだ回りを見回す余裕など無かった。

息が上がってきてそろそろ限界かと思い始めた頃に、トムが彼の馬の手綱を引いて止まってくれた。メアリーも歩みを止めてくれたのでやっと景色を眺める余裕が出来た。そこは周囲より小高く

なっている場所で、緑の牧草地と雲一つ無い青空が見渡す限り広がっていた。
トムはバラバラに広がって草を食んでいる50頭ぐらいの牛たちを指さして「Let's move that herd to the water place over there」

「あの群れを、あそこの水場まで移動させよう」と、遠くに見える風車を指さした。その風車は、角材で組まれた塔の上に設置された細かいプロペラが何枚もついている、西部劇に必ずと言っていいほど出てくるあの風車である。

ジョッシュと近藤の様子を覗うと彼らも肩で息をして新しい体験に苦労しているようだったが、2人とも笑顔があふれていた。ボビーも別にふて腐れているような様子は覗えなかった。

まずはトムとジョーイがカウボーイ特有の牛追いの声を上げながら軽快に走り回ってせき立てると、のんびり草を食んでいた牛たちは迷惑そうな鳴き声をあげながらゆっくりと一カ所に集まり始めた。群れがまとまったところで、トムは各自にそれぞれの持ち場を指示してから「Head 'em up, move 'em out（さあ行くぞ〜！　出発！）」と、テレビドラマのローハイドのファイバーさんと同じかけ声をかけて、牛追いがスタートするのだった。

［Frankie Laine　Rawhide（ローハイド）］

「ローハイド」は、まだ鉄道網が発達していなかった1860年代の後半から始まった「キャトル・ドライブ」（牛追い）を題材にした連続テレビドラマで、東部の大都市で増加する牛肉需要のに対応するため、テキサス州周辺の牛を集めて最寄りの鉄道が通っている町まで連れて行く間に起こる様々なエピソードをベースにしていた。クリント・イーストウッドを世に送り出した番組である。

鈴木たちの目の前にいる牛たちもドラマに出てきたのと同じ、左右に突き出した長い角が特徴のテキサスロングホーン種である。このテキサスロングホーンは、乳牛のホルスタイン種などとは違い、その薄いオレンジ色の大きな体と長い角がとても威圧的で、50頭程度といえ固まって移動を始めると、その鳴き声、地響きがするほどの足音、巻き上がる土埃はすごい迫力である。

今日はそれを2人のカウボーイと5人の見習いで移動させている訳だが、当時は3000頭もの群れをたった10人のカウボーイでまかなっていたそうだ。

キャトルドライブは、有刺鉄線が普及して牧場主が所有地を区切ってしまうようになって、自由

に通過できるオープンランドが少なくなってしまったことや、鉄道網の発達で牛の群れを長距離移動させなくても良くなったことなどの理由で衰退し、１９４０年代には完全に姿を消してしまった。ただ、今もその精神や、作法、道具、ファッションはカウボーイ文化として色褪せることなく残っているのである。そしてこの「カウボーイ」という言葉は、今でもアウト・ロー（はみ出し者、無法者）の代名詞として使われている。

群れは一旦動き出すと行き先を心得ているのか、殆ど自動操縦のように水場に向かって歩き続けるのだった。

メアリーに慣れてきた鈴木は、やっと周りを見回す余裕も出てきた。

今日のこの牛追いイベントの主役であるボビーは、いつの間にか村上と乗り物を交換していた。彼は今はオタク少年かも知れないが、さすがに牧場で生まれ育っただけのことはあり、自由自在に馬を操っていた。

村上は写真を撮りたかったのでＡＴＶに乗り換えたようで、自由に場所を変えてカメラを構えていた。

カウガールのスタイルが板についているスーザンも颯爽と馬を操っていた。

風車に近づくと、西部劇に登場する度に（まだ電気は無いはずだし、あの風車は、何のためにあるのだろう？）と思っていた鈴木の長年の疑問がやっと解けた。

太い角材で組んだ10メートルぐらいの塔の上に載った直径3メートル程の風車は、その回転をクランクシャフトを介して上下動に変え、それでダイヤフラム・ポンプを動かして地下水を汲み上げる仕組みになっていたのだ。そして、汲み上げられた水は木製の大きな桶に蓄えられるのである。様々な動力がエンジンやモーターにとって代わられていったのに、生き残った風車がここへきて二酸化炭素を出さないエコなパワーだと脚光を浴びているのは、なんとも皮肉な話だと鈴木は思った。

水場に連れてこられた牛たちは、風力で汲み上げられた水を旨そうに飲んでいた。

ほんの数時間だけではあったが、鈴木たちはカウボーイの入門編を満喫することが出来た。そして、何よりボビーをあのつや消し黒で塗りつぶされた部屋から引っ張り出せたことが今日の収穫だった。ボビーも久しぶりにお日様を浴びて外の空気を吸い、自分がテキサスの少年だということを再認識したのではないだろうかと、鈴木は思った。

これでホープ家に一宿一飯の恩返しが出来たので、家まで戻ったらすぐに彼らに別れを告げてアルバカーキを目指すのが鈴木の計画だった。今日中にクレジットカードを手に入れてしまうのが、彼の目論見だったのだ。

ところが彼は帰り道でヘロヘロに疲れてしまい、家に着いて馬から降りるのにも手助けをしてもらわなければならない程だった。

それでも意を決して「すぐにここを出発したい」とトムに告げた。

すると彼は

「What's the rush?」

「どうして先を急ぐんだ？」と、その理由を鈴木に問いただした。

鈴木が正直にクレジットカードの一件を白状すると、トムは

「Well then, you should stay one more night and go tomorrow morning!」

「だったら、もう一晩泊まって、明日の朝一番に出発すればいいじゃないか！」と逆提案して、「どっちにしても、その埃だらけの姿じゃあ何処にも行けないだろ!?」と、3人を半強制的にジャグジー・バスに入れてしまうのだった。

結局３人はジャグジー・バスで裸になっている間を利用して、溜まった洗濯物をスーザンに洗濯してもらうことにまでなってしまった。それでも鈴木は乾燥機の（洗濯物が乾いたら出発しよう）という強い意志をもっていた。

お湯に浸かったまま地平線が見渡せるジャクージ・バスは、近藤が「テキサス極楽風呂」と命名したほど、快適だった。ノズルから吹き出す泡で固まってしまった背筋をほぐして、少し元気が回復してきたら、ジョーイがドラム缶を改造したグリルで焼き始めたバーベキューの美味そうな匂いが漂ってきた。

その肉を焼く匂いは、日本人の遠慮やつつましやかさなど意図も簡単に吹き飛ばしてしまうほどのパワーで、３人の食欲を沸き立たせてしまった。

今日中にクレジットカードを取り返すプランは鈴木の中で急激に縮小しまうのだった。

風呂上がりにトムから「It's Miller Time（ミラーの時間だぜ）」と缶ビールを差し出されてしまうと、その誘惑から逃れる意志の強さなど鈴木にはもう残っていなかった。

それでも（酒を飲まないジョッシュがいるから、奴に運転させればＯＫだ！）と、まだ逃げ道を

残しているつもりだった。

しかし、彼らがはまってしまったアメリカン・ホスピタリティーの深みからは、そう簡単に抜け出せそうになかった。


ジョーイが焼いてくれた骨付きリブは、鈴木の何処かに肉食獣のＤＮＡが残っていることを証明するかのように彼をアグレッシブにした。

この料理を楽しむには、豊富な料理や味の知識や経験などまったく必要なく、ただ丈夫な歯と顎を持っていることが必須条件だった。

結局彼は、特大のリブを３本平らげ、それと一緒にビールを３本飲み干し、そのままデッキチェアで寝てしまうという醜態をさらしてしまった。


鈴木が目を覚ますと、お日様はもうだいぶ西に移動していた。

隣のデッキチェアで退屈そうにした村上が「鈴木さん、やっと起きたっすね？　良く寝てたっすよ」と言ったのが、鈴木にはそれがとても皮肉っぽく聞こえた。

そのせいでもないだろうが、鈴木の頭にはこれ以上ここで親切に甘んじてグズグズしていたら、いつまでたってもロサンゼルスにたどり着けないという強迫観念がもたげていた。なにせ彼らの現在位置は、ルート66のやっと中間点を越えた程度なのである。

水で顔を洗った鈴木は意を決して

「Tom, we're leaving now」

「やっぱり、我々はこれから出発する」とトムに告げた。すると、予想していた通り、彼は

「No, no! Stay another night!」

「もう一晩泊まっていけばいい！」と、ちょっと高圧的に彼らを引き留めた。

鈴木はその親切に感謝しつつも、やはり出発の準備を始めるのだった。

カメラのセルフタイマーをしかけた村上が走って戻ってくると、家の前のステップに並んだ7人が笑顔でポーズを作った。

シャッター音が聞こえ終わると、鈴木が

「OK! We're leaving now」

「では、我々は出発します」と宣言した。トムはこの期に及んでも

「Are you sure?!　Stay another night!」

「本当に行くのか!?　もう一晩泊まっていけばいいだろ！」と名残を惜しんでいる。

鈴木が

「Thank you for everything. We enjoyed very much. We'll return the favor you showed us when Bobby comes to Japan. All three of us will take the best care of him.」

「何から何までどうも有り難うございました。とても楽しかったです。今回我々が受けた恩は、ボビーが日本に来た時に我々3人で彼の面倒を見て返します」と言うと、ボビーは日本語で「どうもありがとう」と言ってとても嬉しそうな顔をした。

しかし、トムは

「I appreciate that, but put it in mind that I didn't take you in my house expecting something in return. It's all part of American hospitality.」

「それは有り難いが、ワシはそんな見返りを期待してお前達をもてなしたんじゃないことを覚えておいてくれよな。それがアメリカン・ホスピタリティーってものだからな」と、頑固なテキサンの

顔に戻るのだった。

鈴木は最後の握手をしようとトムに右手を差し出すと、彼にガバッと抱きつかれた。日本人が握手以上に不得意なハグである。

トムは、鈴木の背中を大きな手でバンバンバンと叩いてくれた。鈴木も彼の背に手を回して力をこめると、彼の体はガッシリと樫の木のように硬かった。

「Have a safe trip! Good luck!（道中安全にな、幸運を祈るよ！）」と、これからの旅の安全を祈ってくれた。

トムから離れると隣でスーザンが両手を広げて待っていた。

遠慮気味に彼女の胸に飛び込むと、マシュマロの様に柔らかい体が密着してしまうほどギュッとハグされ、両方のホッペタにキスをされた。そして両腕に一層力を込めて抱きしめる彼女に「Thank you!（ありがとうね！）」と耳元でささやかれた鈴木は、その気持ちが体を通して直接しみ込んできたような感覚を味わうのだった。彼女は3人との別れを惜しんで涙を流した。

それぞれがぎこちないハグと握手でホープ家の家族と別れの挨拶を済ませると、村上を除く全員が目をウルウルさせていた。この状況で彼だけがきょとんとしているのが鈴木は気になった。

トムの
「I still don't see why you can't leave tomorrow morning」
「出発は明日の朝でも同じだろう」に応えて、鈴木は
「It'll be even harder to say goodbye tomorrow」
「明日になったらもっと別れが辛くなるから」と、彼の引き留めを無理矢理に振り切って、日が西に傾き始めた牧場を後にした。

3人の乗った車は、延々終わらない西部劇のエンディングシーンのように、沈んでいく夕日に向かって疾走していた。まだ、真っ平らな大地に真っ直ぐな道が続いていた。

鈴木は、サンタフェを経由して行く旧道のルート66は使わず、まっすぐ砂漠を横切るインターステイトハイウェイ40号をこのまま夜通し走れば、明日の朝カード会社のオフィスが開く前にアルバカーキに到着できると読んでいた。

それは、彼と村上が交代で運転すれば訳ない距離だった。

サンタフェと言えば宮沢りえのヌード写真集で有名になったアドビ造りの町並みが続くユニーク

な町であり、ルート66が通過している数々の町の中でも唯一と言っていい程の観光地である。だから鈴木は、この企画がGOになったときから、この町では高級ホテルの「ラ・フォンダ」に泊まり、ちょっとゆっくり食事やショッピングをしたいと思っていた。

しかし、それも叶わない今の懐具合では、涙を呑んでインターステイトハイウェイ40号を走ってショートカットするのが得策だった。それに、昼間には強烈な暑さになる砂漠を夜の間に走り抜けるのは、賢明な選択だと思っていた。

このプランを2人に話そうと思い注意を助手席に向けると、村上は既に気持ちよさそうに寝息を立てていた。朝方までボビーとゲームをしていたらしいし、慣れない乗馬で疲れたのだろう。昨夜よく寝ていた近藤も、またしっかり寝ていた。

辺りがすっかり暗くなると、鈴木の視界にはヘッドライトが照らしている路面だけが浮き上がり、車線を分ける白い破線がどんどん後ろに流れていくのだけが見えていた。

昨日からオフにしたままだったラジオをつけてボリュームを上げても、2人はそれに全く反応しなかった。もう一度クラシックロックのチャンネルを選び直すと、ディープパープルの「ハイウェ

イ・スター」聞こえてきた。

【Deep Purple　Highway Star（ハイウェイ・スター）】

イアン・ギランと一緒になって「ハイウェイ・スター」を熱唱して高揚した鈴木はそれからもラジオから流れてくる懐かしのクラシックロックを歌いまくった。これなら何処までも走り続けられそうな気分だった。

ロックに飽きてきた鈴木は衛星ラジオのチャンネルを変えてみると、アトランティック・スターの「オールウェイズ」が始まった。

【Atlantic Starr　Always（オールウェイズ）】

鈴木が男性パートに合わせてこの曲を口ずさみ始めると、助手席にカーナビの彼女がプロモーションビデオと同じワイン色のロングドレス姿で現れて、女性パートを歌い始めた。

真っ暗なインターステイトハイウェイを疾走する2人は手をつないだまま、しばし感情いっぱいにデュエットを楽しんだ。

Day 10　アルバカーキにて

午前零時を過ぎて、鈴木はかなり疲れが溜まっていた。眠気を覚まそうとラジオをロックのチャンネルに戻すと、AC／DCの地獄のハイウェイが流れだした。これを聞いている内に頭が朦朧としてきて、このまま暗闇の地獄に吸い込まれてしまいそうな妄想に取り付かれるのだった。

【AC/DC　Highway To Hell（地獄のハイウェイ）】

彼はこれ以上運転を続けるのは危険だと自分の限界を感じたので、ガソリンスタンドでも現れたらそこで村上と運転を交代することを考えていた。

それから程なくして真っ暗な砂漠の中に「未知との遭遇」のシーンのような光々と明るい場所を

見つけた彼は、まるで光に吸い寄せられる虫の様に、そこへ向かってスピードを上げた。

近づいて行くとその明るい場所の正体は、トラックストップだった。

トラックストップとは長距離トラック専用のサービスエリアで、一般車両のドライバーにはちょっと近寄りがたい場所で、チョイスがあるなら敬遠するのが普通である。しかし、疲労の限界を超えていた彼は躊躇無くそこへ飛び込んで、だだっ広い駐車場に並んだコンボイ・トラックの谷間に車をゆっくり止めた。

エンジンを切ってホッとため息をつくと、鈴木は「ジョッシュ、起きてくれよ」と村上の肩を揺すった。

無言のまま目を覚ました村上は、目をこすりながらまだ眠そうにしている。

今度はルームミラーを見ながら「近ちゃん、起きて、起きて、トイレ大丈夫？　トイレ休憩だよ」と言って、近藤の膝を揺すった。

2人が目を覚ましたのを確認した鈴木が車から降りようとすると、体がドライビングポジションのまま固まっていた。

彼は、まずはドアを開け、体をひねって両足を外に出し、右手はピラーに左手はボディーにかけ

て「よいしょっ！」のかけ声と共に体を引っ張り出した。車の外で立ち上がっても彼の腰はシートの角度で曲がったままだった。

鈴木は車から降りてきた2人に「コーヒーでも飲んでしっかり目覚まして、ここからは君と近ちゃんと2人でアルバカーキまで頼むよ」と言って村上に車のキーを渡すと、「道は40号の一本道だし、カード会社のオフィスは街のどこからも見えるアルバカーキで一番高いビルだっていうから、それを目印にね」と言ってリアシートに潜り込んで気を失った。

「そろそろいいんじゃないすか？」とジョッシュに揺り起こされて鈴木が目を開けると、既に結構な高さまで昇った太陽が眩しかった。車はオフィスビルの前の駐車場に止まっていた。村上が「そろそろいいんじゃないすか？」と言ったのは、午前9時になったからクレジットカード会社のオフィスがオープンしたのではないか？　という意味だった。

「おうっ！」と鈴木は答えて車から降りようとしたら、また昨夜と同じように体が固まっていた。

「よいしょっ」のかけ声をかけてやっと外に出た彼は、深く息を吸い込み、猫の様に体をストレッチした。

所持品を全て失ったときには（この世も終わりか？）と落胆した鈴木だったが、諦めずに旅を続けてここまで来られたことに満足していた。これは3人が力を合わせなければ実現しなかったことであり、村上と近藤の協力に心から感謝しなければいけないのだが、確実にカードを受け取るまでは安心できなかった。

鈴木は車のサイドウインドウを鏡代わりに使い、寝癖の付いた髪の毛をなでつけてから、このオフィスビルに入っていった。

クレジットカード会社のオフィスを見つけてドアをノックしても全く返事がなかった。先日の電話でオフィスは9時にオープンすることを確認していたのだが、何度ノックしても返事がないのである。

しょうがなく彼が一旦車に退散すると「鈴木さん、どうしたんですか？」と近藤が聞いてきた。

「オフィスがまだ開いていないいんだよ」と返事をした鈴木だったが、周囲を見回して駐車場がガラガラな事に疑問を持ち始めていた。誰もまだこのオフィスビルに来ていないようだった。

「今日は週末じゃないよね、何曜日だっけ？」と鈴木が聞いても、村上と近藤は返事が出来なかっ

た。既に3人とも暦を頓着しない日々を10日以上送って、完全にその感覚を失っていた。

次に鈴木が疑ったのは車のダッシュボードに付いた時計である。

「ジョッシュ、この時計、狂ってるんじゃないの？」と問いただすと、「どうして狂うんすか？　俺の腕時計もバッチリ同じっすよ！」と逆に聞き返されてしまった。

謎解きをしている内にちらほらこのオフィスビルに車で乗り付ける人が増えてきた。

鈴木が車の窓を開けて側を通りかかったオフィスガール風の女性にに「Excuse me! What time is it now?（すみません、今は何時でしょうか？）」と時間を聞くと、答えは「Eight fortyfive（8時45分ですよ）」だった。車の時計は9時45分を示しているから、まるまる一時間の狂いが出ていた。

その可能性をイロイロ探った鈴木は、ニューメキシコ州に入って山岳部標準時（Mountain Standard Time: MST）に移行したのが『1時間戻った』理由だということにことにやっと気がついた。

「フライトの後に、到着地の時間に時計を合わせる」そんな経験は幾度となくしてきた鈴木だったが、地面を車で走っての時差は初めてだったのだ。彼は、またアメリカの広さを思い知らされた気

がした。

村上がセットし直した時計がもう一度「9時」になったのを確認して、鈴木は再度クレジットカード会社のオフィスを目指して歩き始めた。

さっきは全く反応の無かったドアをノックすると「Come in（お入りください）」の返事が返ってきた。

ドアを開けて中に入り受付の女性に名前を告げると、彼女はまずは鈴木の身なりをまじまじと見て

「Oh! Are you really Mr. Suzuki?」

「あなた、本当にミスター鈴木なの？」と聞き返してきた。盗難に遭った翌朝にカスタマーサービスに電話して再発行したカードをここでピックアップする手はずを整えてあったので、彼がこのオフィスに現れる情報は伝わっていたようだった。

「Yes, I am」と鈴木が答えると、彼女はもう一度彼を値踏みするかのように、頭のてっぺんからつま先までジロジロと眺めてから「Please wait one moment（少しお待ちください）」と言って奥に

引っ込んだ。

鈴木はすぐに彼女が「Here is your card, Mr. Suzuki（ミスター鈴木、どうぞ、あなたのカードです）」と言いながら、新しいカードを持って戻ってくるのだろうと思っていた。ところが、今度は別のスーツを着てメガネをかけた中年女性が現れて、まずは作り笑いをしながら「Good morning（おはようございます）」と挨拶した。そして、すぐにメガネの奥の日は鋭くなり「Please show me your ID（あなたの身分証明書を見せてください）」と冷たい響きを含んだ声で言った。

鈴木はパスポートさえあれば何とでもなると思っていたので（待ってました！）とばかり、写真と名前が載っているページを開いて彼女に渡した。

彼女はつけ爪が付いた指先でそれをサッとつまんで、目線を何度も鈴木の顔と写真の間を行ったり来たりさせるのだった。

これまでの彼女たちの態度を見て、やっと鈴木も自分が偽物の鈴木哲也ではないかと疑っていること気付いた。確かに日焼けして真っ黒な顔に無精ヒゲ、寝癖頭、白いTシャツにジーンズ、スニーカーの身なりじゃブラックカードメンバーに見えないかも知れない。しかし（人を身なりで判断す

るなんてひどいじゃないか）と鈴木は憤慨した。

そんな鈴木だったが、よく考えてみると自分だって長い間、何処のブランドの洋服を着ているとか、何処の時計をはめているとか、車は何に乗っているとか、どこに住んでいるかで、人を値踏みしていたのだ。無理してブラックカードを取ったのだって、自分に下駄を履かせるのが目的だった。

今起こっている現象は、ここに実存する鈴木哲也と下駄を履いていたバーチャルな鈴木哲也とが同一人物だと分からない程のギャップが開いてしまったことを証明していた。

それから、パスポートを更新した8年前の彼が、今とは別人の様に太っていたことも、ことを難しくしていたのだ。

彼女は

「My manager will be here at 10 o'clock, so please wait here until then」

「マネージャーは10時に出社しますので、こちらでお待ちください」と冷たく言うと、鈴木を応接室に案内して姿を消してしまった。責任をマネージャーに押しつけたのである。壁に掛かっている時計を見たら10時まで45分もあった。

鈴木はこんな侮辱的な対応をされたことで（カードが手に入ったら、あれこれ何を買おう）と大

きく膨らんだ物欲がしぼみかけてしまうのだった。

鈴木は応接室の天井を見上げながら何か策はないか考えた。相手が身なりで判断するなら、自分もそれなりの品を作ればいいのだが、それは資金的に不可能だった。思い悩んで手の平を頬に当てると、ザラザラっと伸びたヒゲの感触が伝わってきた。（そうだ、この無精ヒゲと寝癖頭だけでも何とかしよう）と、彼は床屋に行ってヒゲ剃りとシャンプーをしてもらう事を思いついた。

鈴木は応接室を抜け出し不愉快な顔で車に戻ると、2人が「カードはどうしちゃったんですか?」と聞いてきた。彼が今オフィスで味わった屈辱を説明して、床屋に行きたい旨を近藤に話すと、近藤が無言で残金の中から20ドル札を差し出してくれた。

駐車場を出た鈴木は2人を「朝ご飯でも食べてて」と近所のレストランで降ろすと、床屋を探しに賑やかなセントラル・アベニューに出た。このアルバカーキの目抜き通りは、ルート66のヒストリックロードだった。

その通りを少し東に向かって走ると、白、青、赤の螺旋状の帯がガラスチューブの中でクルクル回っている昔ながらの床屋のサインが見えてきた。彼はその店の前に車を止めてウィンドー越しに中を覗いた。ガランとした店に客は誰もおらず、鏡の前に3脚並んだ真っ赤な革張りの立派なリク

ライニングチェアーに主人らしきオヤジが座って、暇そうに新聞を読んでいた。

鈴木が「Hello（こんにちは）」と言いながらドアを開けて中に入ると、あの床屋特有の清潔感のある匂いが漂ってきた。

客が来たことに気づいたオヤジは新聞をたたんで立ち上がり、首にかけていたタオルでイスの座面をはたいて、鈴木にそこに座るように促した。

鈴木は

「Shampoo and shaving Please」

「シャンプーとひげ剃りをお願いします」と言いながらそのイスに座った。正面の少し曇りかけた鏡に写った自分を見た彼は、髪も東京に居たらそろそろカットしてもらう頃だなと思ったが、このオヤジのセンスと腕を信用できないので、それはパスだった。

オヤジの指示の通り前屈みになってシャンプー台に首を突っ込むと、少し熱めのシャワーをかけながらシャンプーが始まった。彼の太い指と力の入れ具合が絶妙で、その気持ちよさは、毛根一本一本が喜んでいるのが分かるほどだった。

シャンプーが終わって髪をタオルで拭くと、オヤジがイスの横に付いたレバーを引いて背もたれ

を後ろに倒した。すると、それに連動してフットレストが持ち上がり、鈴木はイスの上にほとんど水平に寝かされた。

ヒゲを柔らかくするための熱いタオルをスチーマーから取り出したオヤジは、それを両手で開いたり閉じたりして温度調節をしてから鈴木の顔の上に載せた。その気持ちよい温かさで、緊張していた彼の体から力が抜けていった。

目はタオルで覆われているので見えないが、オヤジがひげそり用の四角い陶器のカップにお湯と粉石けんを入れ、それを太いブラシで泡立てているカチャカチャいう音が聞こえてきた。オヤジは温くなったタオルを鈴木の顔からゆっくりと取り、そのブラシを使って石けんの泡を彼の顔一面に塗りたくった。アゴから首にかけてブラシが通るとき、鈴木はそのくすぐったさに耐えきれず思わずにやけてしまった。

それを横目で見て見ぬふりしたオヤジはカミソリを取り出すと革のベルトの上を行ったり来たりさせて刃を研ぐと、親指の腹をエッジに当てて鋭さを確認した。

両足を大きく開き一旦両手を上に振り上げてからポーズを決めたオヤジが、サッとカミソリを鈴木の喉仏のところに当てていざひげ剃りを始める段になって

「Which tribe are you from?」

「お前は何処の部族だ？」と冷たい声で聞いた。

鈴木はいったい何を質問されているのか分からなかったので「Pardon me?（え、何ですって？）」と聞き直した。すると彼は「Which tribe?（お前は何処の部族だ？）」と同じ質問を繰り返した。それでやっと鈴木はこのオヤジが自分のことをネイティブ・アメリカンと勘違いしているということが分かった。そして（ひょっとして自分がどれか特定の部族に属していたら、彼に歓迎されないのだろうか？）と恐怖心が芽生えた鈴木は、また体に力が入ってしまうのだった。

『まな板の上の鯉』状態の鈴木が

「I'm visiting from Japan」

「僕は日本から来ました」と少しうわずった声で答えると、オヤジは今度

「What kind of tribes are there in Japan?」

「日本にはどんな部族が居るんだ？」と、あくまで鈴木がネイティブ・アメリカンの仲間だと信じ切っているような質問をするのだった。

「Japanese is Japanese」

「日本人は日本人ですよ」と鈴木が答えると、彼は「Oh yeah? Your skull is shaped like a Pueblo's」

「そうか、お前の頭蓋骨の形がプエブロ族の連中に似てたんでね」と言うのだった。

鈴木は、そう言われても返す言葉はなく、黙って目を固く閉じていた。

オヤジの誤解が解けたかどうか分からない内にひげ剃りは終わり、彼はまた熱いタオルを鈴木の顔に乗せた。鈴木がそのタオルに両手を添えて顔を拭いていると、オヤジは彼の背中に手を添えて上半身をイスの背もたれと一緒にぐっと起き上がらせた。そして鏡の中に現れた鈴木は、頬骨の出っ張りが磨いたリンゴのようにピカピカ光っていた。その自分の姿を見た鈴木は、ちょっと恥ずかしそうに頬を赤めた。

オヤジは細かいカットの入った首の長いガラス瓶からアフター・シェーブ・ローションらしき琥珀色の液体を手の平に振り出すと、両手をすり合わせてそれを手のひらいっぱいに広げた。そのローションは、オヤジの手が顔に近づくだけでヒリヒリ熱く感じるほどアルコールが強く、ヒゲ剃り後の肌に触れた途端、鈴木をイスから飛び上がらせた。

痛がる鈴木を無視したオヤジはドライヤーをキャビネットから取り出すと、髪の毛を乾かし始め

た。このドライヤーがガーガーっと、また無用に音が大きいのである。そんな何も聞こえない状況の中でまたオヤジが「―――――OK？」と質問をした。鈴木は何を聞かれたのか分からないまま意味なく「イエス、イエス」と頷いてしまった。

すると、それまで無愛想だったオヤジがニヤッとしたのが鏡に映り、それを見てしまった鈴木は、次に何をされるのか不安になり、また体に力が入ってしまうのだった。

髪が半乾きになったところでオヤジはドライヤーを止めて、赤いキャップの付いた平たいガラス瓶をキャビネットから出した。それは鈴木も見覚えのあるバイタリスの瓶だった。さっきのオヤジの質問が「Vitalis OK?（バイタリスでいいか？）」だったということが分かった鈴木だったが、どうしてオヤジが返事を聞いてニヤけたのか不思議でならなかった。

バイタリスと言えば、これを使ってルート66のバズの髪型をまねたことが、鈴木がアメリカへのあこがれを具現化した最初の行為だった。テレビドラマに影響された彼は、兄のバイタリスを無断で使って髪を7対3分けにして学校に行ったのである。クラスにはまだ坊主頭の生徒が数人残っていた時代で、「哲也、なにすかしてんだよ！」ってクラスのみんなに寄ってたかって頭をぐしゃぐしゃにされ、家に帰っては無断使用が兄にばれて怒られるという散々な目に会ったことがあった。そん

な記憶がバイタリスの懐かしい香りと頭皮のスーッとする感覚に触発されて鈴木の脳裏に蘇ってきたのだった。

洗った手をタオルで拭いたオヤジはクシを取り出して、鈴木の髪の毛を7対3のところに分け目を付けてから、ドライヤーとブラシを使ってトッドのようなリーゼント気味にセットした。鏡の中には、いつもの鈴木ともパスポートの写真の彼とも違う鈴木哲也が居た。

オヤジに「Thank you!（ありがとうございました！）」と感謝の言葉と20ドル札を残して店を出ようとした鈴木は、入り口の横の壁にルート66のテレビシリーズのポスターと主演の2人のサイン入りポートレートが飾ってあるのを見つけた。そして、この床屋もルート66のアイコンとしてこのまま永遠に残っていて欲しいと彼は思った。

レストランに戻ると「キャロル時代の永ちゃんみたいですね」と言う近藤、ニヤニヤして無言で写真を写す村上、2人の反応は鈴木が予想していた通りだった。時間を確かめると、もう10時をとっくに過ぎていた。

彼ら3人は車に乗り込むと、クレジットカード会社のオフィスを目指した。

鈴木は少しでも見栄えを良くするためにスーザンに洗濯してもらったTシャツに着替えた。これが今彼が出来るクレジットカード会社の価値観に合わせる最大限の努力だった。

鈴木は再度ドアをノックしてオフィスに入った。

受付嬢は最初の時より不審そうな目で彼のことを見ると、その視線はヘアースタイルに釘付けになった。一瞬の迷いが有った後、彼女は鈴木を応接室に案内した。

ソファーに座って待っていると、超肥満のマネージャーが体を揺すりながら現れ

「Hello, I'm the manager here at this branch. My name is Simpson」

「私がこの支店のマネージャーのシンプソンです」と名乗って右手を差し出した。握手をしながら

「My people were telling me that a faker came in trying to steal Mr. Suzuki's card and when they got suspicious, he ran away. You're that faker, aren't you?」

「我が社の女性達からミスター鈴木のカードをだまし取ろうとする輩が現れたんで、怪しんだら、逃げ帰ったと聞いていたんですが、その輩が貴方ですよね」とピントを外した質問をした。

「That faker you falsely accuse is me, and I am the real Tetsuya Suzuki」

「そうです。その輩がここにいる鈴木哲也本人です」と、鈴木は不快感をあらわにして答えた。

彼が

「Can you show me your passport again please? They strongly felt the picture did not match the person」

「もう一度パスポートを拝見できますか？ 彼女達が『怪しい、怪しい』とゆずらないもので」と言うので、鈴木は無言で彼にパスポートを渡した。

それを受け取ったマネージャーは、やはり写真と鈴木を何度も見比べるのだった。

鈴木が

「Please see the date it was issued. That was more than 8 years ago」

「発行年月日をちゃんと見てください。それは、もう8年以上前の写真ですから」と言うと、彼はそれを確認したらしく、ゆっくりと頷いた。

そして「How in the world were you able to lose all this weight?」

「いったい、どうやってダイエットに成功したんですか？」と疑い深い顔で質問した。今度は鈴木が痩せてしまったことが怪しいと言わんばかりなのだ。

どうしてもカードを手に入れなくてはならない状況に追い込まれて、今朝からの失礼な対応にも我慢してきた鈴木だったが、ついに切れて顔を赤らげて「大きなお世話だ！　ふざけるな！」と日本語で怒鳴ると立ちあがって部屋から出て行こうとした。

鈴木の剣幕に驚いたマネージャーは

「Here is your card, Mr.Suzuki」

「ミスター鈴木、これが貴方のカードです」と言って、真新しいブラックカードを差し出すのだった。

そしてすまなそうな顔をしたマネージャーが

「I've tried many diets, but none of them has been successful」

「私は今までいろんなダイエットを試したけれど、ちっとも効果がないんですよ」と、いい訳をすると、カードを受け取った鈴木は

「This was taken when I was going through a tough divorce and was eating to cope」

「8年前に離婚のストレスで一時的に太っていただけだよ！」と捨て台詞を残してオフィスを出て行った。

右手でカードをかざしてオフィスビルから踊り出てきた鈴木を見つけた近藤と村上からも歓声が上がって、車に戻った鈴木は「近ちゃん、ジョッシュ、二人に助けてもらったから何とかここまで来られたよ。二人の協力はプライスレスだよ。本当に感謝している。どうもありがとう！」と言って2人に頭を下げた。

カードに打ち込まれている『TETSUYA SUZUKI』の名前をジッと見つめる鈴木の気持に、無銭旅行の悪夢から覚めた様な安堵と、冒険が終わってしまった様な喪失感の両方が湧き出して、目からは涙があふれ出すのだった。

近藤は「鈴木さん、早速買い物ですね」と鈴木をけしかけ、村上はただニコニコしていた。アルバカーキ最大のショッピングモールのコートヤードで「じゃあ一時間後にここで集合」と言い残して解散すると、まず鈴木は近藤たちに返すお金をATMで下ろしてカードが使えるかどうか確認しようと思った。

暗証番号と金額を打ち込んで『Enter』ボタンを押した後のコンピューターが承認作業をしている間に、鈴木は、この便利なシステムを（こんな簡単にお金が手に入っちゃって良いの？）っと疑問

がふと頭をよぎったが、現金に触れた途端にそんな気分はすぐに吹き飛んでしまった。

歩き回ってファッションブランドの店を探したが、鈴木が東京で身につけていたようなブランドの店はこのモールには一軒も無かった。彼は（これならＯＫかな？）と思えたアメリカン・カジュアルの店に入って、自分の好みの服をいくつかピックアップして試着してみた。白いドレスシャツにスリムな黒のスラックスにスリップオンの靴を履いて鏡の前でポーズを取ってみても、どうもピンとこないのである。

その理由は、彼が日に焼けて真っ黒な顔をしているからかも知れないし、価値観が変わりつつあるからなのかも知れなかった。

結局鈴木が選んだのは、白い下着のＴシャツよりちょっと大人っぽいＴシャツ３枚とジーンズを２本、それとデザートブーツにソックスと下着だけの最低限必要な洋服だった。

今の彼にとって、このＴシャツにジーンズというスタイルがベストマッチだったのだ。

新しい服に着替えてフィッティングルームから出てレジに行くと、若い店員が

「Were you able to find all the things you were looking for?」

「お探しの物は全部揃いましたか？」と言って、鈴木の選んだ服を整理し始めた。そして

「I'll discard your old jeans for you, okay?」

「このボロいジーンズは捨てておきますね？」と言いながら 鈴木がはいていたジーンズを汚い物を扱うように親指と人差し指でつまんで持ち上げた。

それを見た鈴木は

「No! No! Wait a moment! This is very important for me!」

「おいおい！　ちょっと待ってくれよ、これは僕の大事な物なんだ！」と言って、それをレジ係から奪い取った。

店員は

「But they aren't vintage jeans or anything.」

「別にビンテージでもないのに？」と怪訝そうな顔をしたが、鈴木は

「That's none of your business!」

「大きなお世話だ！」と言うと、さっき手に入れたクレジットカードを彼に差し出した。

鈴木は、あといくつかの店を回って必要な物を買い、最後に鞄屋でダッフルバッグを手に入れて店員に時間を聞いたら、約束の集合時間にとっくに遅れていた。

鈴木が集合場所に近づいて行くと 退屈そうにベンチに座っている村上とその隣で腕を組んで寝ている近藤が見えてきた。

さっきまで着ていた古着より少し小ぎれいになっただけのスタイルで現れた鈴木を見て、村上がちょっと驚いたように「鈴木さん、さっきとあまり変わらないじゃないすか？ どうしちゃったんすか？」と聞くので、鈴木は「田舎町には僕に似合うような洋服がなくてね」と、店のせいにして照れを隠した。

近藤を起こしてから3人はこのモールのフードコートでランチを済ませ、車を西に向けて出発した。

後ろにアルバカーキの町が遠ざかっていくと、前方に頂上が平地になっているテーブルトップマウンテン（メサ）が見えてきた。

3人が乗った車はそのメサに向かって走っていった。

［ZZ Top　Gimme All Your Lovin'（ギミ・オール・ユア・ラヴィン）］

段々メサが近づいてきてその輪郭がハッキリしてくると、助手席の村上が望遠レンズを付けたカメラのファインダーを覗きながら「鈴木さん、スト～ップ！」と叫んだ。何事かと思った鈴木が急ブレーキを踏んで車が止まると、村上は何も言わず車から飛び降りてもう一度ファインダーを覗いた。そして唐突に「俺、ここであの山を撮影がしたいっす」と言い出した。村上がこんなことを言い出したのはシカゴを出てから初めてだったので、驚いた鈴木はそれに反対する理由もなく、彼のなすがままに任せた。

村上が三脚を車のトランクから取りだして道端に据えていると、レンジャーのジープがどこからともなく現れて、彼らの車の後ろに止まった。

ツバの大きい帽子を被ったレンジャーがジープから降りてきて

「Do you have a permit to take photos? 」

「写真撮影の許可証を持っていますか？」と、村上に質問した。

何を言われているのか分からない村上がきょとんとしていると、そこへ鈴木が割って入って、レンジャーに
「A permit to take photos? What do you mean?」

「撮影許可？　どういうことですか？」と聞き直した。

　すると彼は
「You guys are in the Native American Reservation where photography is prohibited.」

「ここはネイティブアメリカンの居留地だから写真撮影は禁止なんだよ」と、それが当たり前のように話した。

「I never saw a sign that said that.」

「そんな看板なんか見なかったよ」と、　鈴木が自分達に何の落ち度もないことを主張すると
「You must follow their rules. Otherwise, you will get punished by their Gods.」

「看板なんか無くたって、それが彼らの掟なんだよ。彼らの神に刃向かったらバチが当たるぞ」と脅かされてしまうのだった。

　すると横から突然村上が「鈴木さん、この人、撮影しちゃダメだって言ってるんすか？　なんで

ダメなんすか？　俺、どうしてもあのてっぺんが平らな山の写真を撮りたいんすよ。何とかして下さいよ鈴木さん」と口を突っ込んできた。

村上はおもちゃを取り上げられた子供の様に感情がたかぶっていた。

今まで見たことのなかった村上の興奮ぶりに困惑した鈴木は「ジョッシュ、そんなに突っかからないでよ、今から、どうしたらいいか聞くからさあ」と彼をなだめると

「How can I get a permit?」

「どうやったら撮影の許可をもらえるのですか？」とレンジャーに聞いてみた。

彼は

「You should go negotiate for one at the Native American's Culture Center about 5 miles from here. I'll warn you, though, they're a tough group to win over.」

「5マイル先にネイティブアメリカンのカルチャーセンターがあるから、そこで交渉するんだな。連中は相手を見て物事を決めるから手強いぞ！」と忠告までしてくれたのである。

鈴木は許可証を取るなんて面倒なことをしなくてはならないなら、村上に諦めさせて先に進もうと思った。しかし「ここでどうしても撮影したいんっすよ！」と一点張りの村上を無視する訳にも

いかず、レンジャーに「Thank you!」と礼を言って、とりあえずカルチャーセンターに向かうことにした。

車の中で村上がまだ「鈴木さん、何とかお願いしまっすよ」と言っているので、「君がそこまで言うなら、自分で掛け合ってみなよ」と彼自身で交渉することを提案した。

村上は「えっ、俺っすか？　俺、英語できないし」と急に弱気になったが、近藤が「そんなことないよジョッシュ、日に日に通じるようになってるじゃないか」と持ち上げると、「それってレストランのオーダーのこと言ってるんでしょっ」と言って、顔を赤くした。

「ジョッシュ、君がヘッドフォンでいつも聞いているのが英会話の教材だって近ちゃんが教えてくれたんだけどさ、僕はハッキリ言ってビックリしたよ。どうして英語を勉強する気になったんだい？アメリカなんかに興味ないって言ってたじゃないか？」と、鈴木は既に彼の英会話の件を知っていたことを白状すると、「いやーっ、実は、ニューヨークの空港で乗り換え方が分からなくて、誰かに聞こうとターミナルの中をうろついてたんすよ。そしたら白人の兄ちゃんに『こんにちは』って日本語で話しかけられたんすよ。それで『何処からきましたか？』とか『何処へ行くのですか？』と

か『名前はなんですか？』とか、いろいろ聞かれて…。俺、普通だったら初めての人とはなかなかしゃべれないんすけど、日本語だったし、その人親切で、乗り換え方も教えてくれたんす。そしたらその人、『私はこれで日本語を勉強しました』ってロゼッタストーンの教材見せて『あなたもこれで英語しゃべれるようになるよ！』って売りつけられて…。あれから毎日車の中で時間がたっぷりあったから、もう全部頭の中に入っちゃいました」と事の次第を説明した。

「へえーっそうだったんだ。ジョッシュがニューヨークで大金使っちゃったって言ってたのは、そのことだったのか…。ところで、全部頭の中に入ったって、全部覚えたってこと？」と聞き直すと、「まあ、そういうことっす。俺、興味有ることならビデオに録画するみたいに全部記憶しちゃえるんすよ」と、村上はそれが当たり前のように答えるのだった。

鈴木はシカゴでの初対面の時からこの子は何か問題を抱えて育ったのか何か普通でないとは思っていたが、彼にそんな能力があるとはビックリだった。そして、もし村上が教材を全部覚えたというなら、これから彼に必要なのは一旦覚えたことを応用する能力だろうと思った。それを身につけるには場数を踏むしかないのである。

「ジョッシュ、じゃあ、尚更こんなチャンスに英語を使わなきゃもったいないじゃないか？　それに

許可出す連中は相手を見て決めるらしいから、君が交渉するのが一番だよ。ダメ元のつもりでやってみなよ。最後はプリーズ！　プリーズ！　って悲しそうな目で訴えれば何とかなるさ！」と鈴木が再度けしかけると、少しモジモジした村上だったが「じゃあやってみるっす！」と覚悟を決めたようだった。「そうだよジョッシュ、当たって砕けろだよ！」と近藤も村上の肩をポンとたたいた。

初対面の時は日本語での会話さえままならなかったのに、ほんの数日でずいぶん進歩したものだと鈴木は感心して、村上の顔をのぞき込んだ。

居留地内の集落の外れにあるネイティブアメリカンのカルチャーセンターは、彼らの伝統的な住居の外見を模して建てられた、思った以上に立派な建物だった。車が数台しか止まっていない広い駐車場に乗り付けると、カメラバッグをトランクから取り出した村上が、思い詰めたような表情でそれを肩にかけて建物の中に入っていった。

カルチャーセンター内に入ると村上は「Information（ご案内）」と書かれたデスク向かった。

「Ex, Excuse me, hi. My name is Josh Murakami. I'm a photographer. I came from Japan. I would like to take photos in this area. Can I get a permit?」

「エックスキューズミー、ハーイ！　ジョッシュ村上という日本から来ているカメラマンなんすけど、ここで写真を撮りたいんだけど、許可をもらえませんか？」と村上がメガネをかけて太ったネイティブアメリカンの女性に話すと、

「Taking photos is prohibited in this reservation. You must leave your camera here」

「この居留地は撮影禁止なので、まずカメラを預かります」と彼女は冷たく言って、村上のカメラバッグを取り上げてしまった。

そして彼女の質問が始まった。

「What is your purpose of this photo shoot?」

「撮影の目的は？」

「Because I want to take a picture」

「俺が写真撮りたいからっすよ」

「Are you a professional photographer?」

「あなたはプロのカメラマンですか？」

「Yes. Something like that」

「はい。そんなもんす」

「What is your medium?」

「メディアは？」

「For a Japanese Magazine」

「日本の雑誌っす」

「What kind of magazine?」

「どんな雑誌ですか？」

「Mens' Fasion」

「男性ファッションっす」

「Why do you need to take photos in this area?」

「なぜここで写真を撮る必要が有るのですか？」

「Because I want take a photo」

「なぜって、自分が撮りたいからっすよ」

「OK, then please fill out this application form and submit it with a sample of your magazine.

We will send you an answer after we examine that」

「だったら、この申請用紙に記入して、見本誌を添えて出してちょうだい。それを見てから返事をしますから」

「How long will it take?」

「それってどのぐらいかかるんすか？」

「At least one week. Usually much longer」

「早くても1週間かしら、それ以上かかるのは確実よ」

「That's too long. We are traveling on Route 66. We have to keep moving. We can't wait that long」

「それは無理っす。俺たちルート66を旅していて、どんどん先へ行かなきゃならないから、そんなに待ってられないっす」

「Then I'm sorry, you'll have to give up」

「じゃあダメね」

「Don't say that. Please! Please!」

「そんなこと言わずにお願いしますよ！　プリーズ！　プリーズ！」と頼み込んでいると、彼女の後ろから

「What's going on?」

「どうしたの？」と言いながら、小麦色の肌に長い黒髪、眼力の強いパッチリとした目のエキゾチックなネイティブアメリカンの少女が、２人の話に加わってきた。彼女はフレンチスリーブのチェックのシャツの裾をお腹の所で結んで、ジーンズをカットしたホットパンツから伸びた長い脚に素足のまま白い『Keds』のチャンピオンをはいていた。

村上は彼女を見てハッとして息を飲むと、興味の引かれる被写体が現れるといつもする様に、反射的に写真を撮ろうとカメラに手を伸ばした。しかし、それはさっき取り上げられてしまっていたので、その手が空を切ってしまうのだった。

村上は、今まで同世代の女性を被写体として興味を持ったことが無かった自分がそんな反応をしたことに驚いていた。

それは彼女が見慣れた東京の女の子とは違う、この土に根ざした野性味を漂わせているからなのか、今の村上にはそんなことを分析する余裕も知識も無かった。

インフォメーションの女性が
「This gentleman from Japan wants to do a photo shoot here, but can't wait for his permit, and he just won't back down.」
「この人、日本から来たらしいんだけど、許可が下りるまで待てないから、写真を撮らせてくれって聞かないのよ」と少女に説明した。
彼女は
「Oh Yeah! It's a same old story again!」
「また、いつもの件ね！」と相づちを打つと、村上の方を向いて
「Hello. My name is Kathy. May I help you?」
「ハロー、私はキャシーです。わたしが伺いますが？」と自己紹介すると、交渉相手を買って出た。
それを聞いた村上は、頬が火照るのを感じながら勇気を奮い立たせて、キャシーに向かって大げさにジェスチャーを加えながら話し始めたが、焦って言葉がしどろもどろになってしまった。
「He, Hello. My, my name is Jo, Josh Murakami. I came from Tokyo. I want to take a picture of the table top mountain. I have no chance to come back here if I leave now. Please give me

a chance to take photos. Please! Please!」

「ハッハロー、おっ俺ジョッシュ村上っていうんすけど。東京から来たんだけど、俺、あのてっぺんが平らな山の写真が撮りたいんだよね。俺さあ、2度とここへ帰ってこれないから、どうか俺にここで写真を撮らせて下さい。お願いします！　プリーズ！　プリーズ！」

キャシーは
「Please tell me your reason why you want to take a photo of the mesa?」

「だったら、メサの写真を撮りたい理由を聞かせてくれない？」と質問を返すと、横からインフォメーションの女性が
「He works for Japanese Mens' magazine」

「かれは日本の男性ファッション誌のカメラマンよ」と口を挟んだ。

すると村上が
「No! No! This is my personal reason」

「Ｎｏ！　Ｎｏ！　これは個人的な理由なんだ！」と話し始めた。

「I never been here before but I have seen that table top mountain in my dreams a few times」

「俺、ここに来たのは初めてなのに、何度かあのてっぺんが平らな山が夢に出てきたことがあるんだよ」

「That is an interesting story! I understand your situation and I would like to help you, but you need to talk to the governor of this reservation.」

「それは面白いストーリーね！ あなたを助けてあげたいけど、それにはこの居留地のガバナー（長）の許可が必要なんだけど…」

「But he isn't here right now. He is preparing for the tonight's Sweat Lodge Ceremony.」

「でも彼は今、今夜のスウェットロッジ・セレモニーの準備中でここに居ないのよ」

それを聞いても村上が
「Please give me a chance to see him. Please! Please! Please!」
「どうかガバナーに会わせて下さい。お願いします」と引き下がらないので、キャシーも彼の勢いに負けて
「OK! Follow me.」
「ＯＫ！ 私についてきて」と言ってカウンターの外へ出てきた。彼女は親身になって助けてくれ

そうだった。

出口の方に向かって歩き出したキャシーの後ろを手ぶらのまま付いて行く村上だったが、自分の視線が彼女の腰からヒップに向かうカーブに吸い寄せられてしまうのが不思議でならなかった。

村上は外へ出て車で待っている鈴木たちが見えてくると、両方の手の平を彼らに向けて「そこで待っていて下さい！」のサインを彼らに送った。鈴木と近藤はそんなサインより、村上と連れ立って建物から出てきた「現代のポカホンタス」のような美しい少女に注意が集中した。

近藤が「あれ、ジョッシュ、かわいい子と一緒に何処行くんでしょうかね？」と羨ましそうにすると、鈴木は「なんだよ、奴は撮影許可を取りに行ったんじゃなかったっけ？　一体どうなってるのよ？　さっさとここの撮影を済ませて先に行きたいんだけどなあ！」とイライラし始めるのだった。

キャシーはカルチャーセンターの駐車場に止めてあったボロボロのピックアップトラックに乗り込むと、村上に助手席に乗るようにと指図した。ギギーッと金属同士が擦れ合う嫌な音を出すドア開けて鉄板むき出しのキャビンに村上が乗り込んだ。

緊張している彼は、ベンチシートの彼女から一番離れた所にちょこんと座った。

彼女がエンジンをかけてトラックをスタートさせると、村上はまっすぐ前を向いたまま

「Why can't we take photos here?」

「どうしてここは写真を撮っちゃいけない？」と口を開いた。村上は一回キャシーに視線を向けてしまうと、そのまま釘付けになってしまいそうで、彼女の方を向くことが出来なかったのだ。

「We believe that everything has a spirit, and it is said that when you take a picture, you take the soul out of the thing you photographed」

「私たちは全てのモノに魂が宿っていると信じていて、写真を撮られるとその魂が抜きとられてしまうという言い伝えがあるからよ」とキャシーが答えると

「Really? Is that true?」

「えっ、それって本当なの？」と、びっくりして彼女の顔を覗き込んで聞き返した。

　するとキャシーが

「When I say this, usually people say『That's a myth!』You're the first one to take it that seriously」

「この話をするとみんな『そんなの迷信だ！』といって笑うのだけど、真に受けたのは貴方が初め

てよ」と、村上の顔をジーッとのぞき込んで驚いた。
キャシーと目が合ってしまった村上は慌てて視線をそらして真っ直ぐ前に向き直すと
「Is that true?」
「それって本当なの？」ともう一回聞き返した。
すると今度はキャシーは呆れたように
「Well, you're a professional photographer aren't you? Taking a picture is to capture the very soul of the image, isn't it?」
「あなたはプロのカメラマンでしょ？　写真を撮るって、魂まで写し取るってことなんじゃないの？」と聞き返すのだった。
その質問にうろたえた村上は、視線を遠くにやって
「Capture the soul? I've never thought that deeply. I have just shot anything I thought beautiful」
「えっ？　魂を写し取る？　そこまで考えたことがなかったな、俺、ただ綺麗だと感じたままを撮ってただけだからなあ～…」と力なくひとりごとの様に答えた。

質素な家が建ち並ぶ集落を抜け、土埃が立ち上がる砂漠の中の道を10分ほど走るとネイティブアメリカンの男達がたき火を焚しているのが見えてきた。火の中にはバレーボールぐらいの大きさの石がいくつも置いてあり、それを熱している様だった。

キャシーはトラックを止めると、背が高くガッシリとした体格の中年の男に近づいて行って

「Dad! This photographer from Japan came to the culture center for a permit to take pictures here」

「ダディー、この日本から来た人が、写真を撮らせて欲しいってカルチャーセンターに来たんだけど…」と話し始めた。キャシーはガバナーの娘だったのだ。それから

「This is my father, Governor Sanchez」

「彼が私の父親でガバナーのサンチェスです」と村上に父親を紹介した。ガバナーとは、ネイティブアメリカンの部族が暮らす居留地の長で、昔はチーフ（酋長）と呼ばれていたのである。

村上はまずは彼に近づいて行って右手を差し出し、有りっ丈の力で握手をした。ガバナーの手はジョッシュの手では握りきれないほど大きかったが、村上の力の入れようにガバナーはビックリし

たようだった。

村上はまたつっかえつっかえではあるが、ガバナーに彼の気持ちをストレートに話し始めた。

「Hello. Um, my name is Jo ,Josh Murakami. I came from Tokyo. I'm traveling Route 66 to take pictures for a Japanese magazine. I was born and raised in Tokyo. This land is very beautiful. I have never seen a place like this. But the table top mountain by your village had been appeared in my dreams not only once but a few times. My deep inner voice is telling me I must take these beautiful images for people to see. I have no chance to come back here if I leave now. Please give me a chance. Please! Please!」

「俺は日本の雑誌のカメラマンで、ルート66を旅してるジョッシュ村上っす。俺、東京で生まれ育ったんすけど、あのてっぺんが平らな山を見たら、子供の頃からあの山が夢に何度も出てきたのを思い出したんすよ。本当っすよ！　それで、俺の心の底から『絶対、写真に写せ！』って声が聞こえたんす。俺、そんな声を聞いたの初めてだし、こんな気持ちになったのも初めてなんす。どうか信じてください！　俺、もう2度とここに帰って来られないから、どうか写真を撮らせて下さい。プリーズ！　プリーズ！」と目にうっすらと涙を浮かべながら大げさなジェスチャーを交えてなんと

か訴えた。

するとガバナーは

「Oh! That is interesting, your spirit is telling you that, huh? I would like to see what you got」

「ほう、それは面白い。そう言っているのは、あなたの魂かもしれないな。だったら、それを見せてもらおうか」と、笑顔を作りながら答えた。

「What? How?」

「エッ?　どうやって?」

「I'm preparing for the Sweat Lodge Ceremony for tonight. You should join us」

「今、丁度、今夜のスウェットロッジ・セレモニーの準備をしているところだから、君も参加しなさい」

「I'm with two more people」

「俺、連れが2人いるんすけど」

「Bring them too」

「だったらその2人も連れてきなさい」

「Yes! Thank you very much」

「はい。どうもありがとうございます」と、村上はガバナーの威厳に負けて、「今日これから写真撮影をしたいのだ」と言えないまま、今夜行われるスウェットロッジ・セレモニーに参加することを約束してしまった。

村上が、こんなことを勝手に決めてしまったら「そんな暇は無いんだよ！」と、鈴木が怒るだろうなと思い、ちょっと不安な顔をすると、それに気づいたキャシーが「Is there something wrong?(何か問題があるの？)」と聞いてくれたが、村上は「No!（いや別に）」と答えた。

ガバナーと参加することを約束してしまったのに、スウェットロッジ・セレモニーについて何も知らないことに気づいた村上は、カルチャーセンターまで戻る途中に

「Can you please tell me what the Sweat Lodge Ceremony is?」

「ところで、スウェットロッジ・セレモニーって一体何んなの？」とキャシーに聞いた。

「Well, it's a ceremony to understand how you came into the world」

「それはね、あなたがこの世に生を受けた意味が分かる体験をする儀式なのよ」と彼女は意味不明

なことを言うだけだった。村上はしつこく

「What does that mean?」

「それってどういうこと？」と聞き返しても、彼女は

「You'll understand in a few hours」

「それはね、後何時間かで分かるわよ」と答えるだけだった。

そしてキャシーが

「My father seems to like you」

「ダディーはあなたのことが気に入ったみたいね」と話題を変えた。

「Why do you think so?」

「どうしてそれが分かるんだい？」

「Because we have a festival tomorrow. I think he wanted you to stay for that」

「だって明日は私たちのフェスティバルですもの。それまであなたを引き留めたかったんじゃないかしら？」

「What kind of festival?」

「フェスティバルって？」

「It's a traditional event for our tribe, and we worship our ancestors' spirits through dance and musical drums」

「私たちの種族の伝統的なイベントで、ダンスやドラムで先祖の魂を祀るのよ」

「So, if your father accepts my spirit tonight, I can take pictures of tomorrow's festival? I look forward to that」

「今夜、俺の魂が君のお父さんに認められたら、明日のフェスティバルも撮影できるんだね？　それは楽しみだな」

村上が視線を外に向けると、あのメサが遠くに見えていた。

村上がなかなか戻ってこないので、鈴木と近藤はカルチャーセンターの建物で出来た日陰に車を止めて昼寝をしていた。辺りには木陰を作る木など一本も生えていないのだ。日は段々西に傾きつつあった。

どのぐらい時間が経ったのか分からないが、鈴木は村上に「鈴木さん、鈴木さん」と揺り起こさ

れた。

つられて目を覚ました近藤が「ジョッシュ、なかなかやるじゃない。2人で何処行ってたの?」と彼を冷やかした。そんな近藤を無視した村上は「この子キャシーっていうんすけど、彼女のお父さんがここの部族のガバナーなんで撮影の交渉に連れて行ってくれたんすよ」と、キャシーを彼ら2人に紹介した。

「ハーイ!」と挨拶しながら握手しようと鈴木が右手を差し出すと、キャシーはちょっと恥ずかしそうにしながら彼の手を握り返した。横からすかさず近藤もキャシーに握手を求めた。

村上は鈴木に「どうしてもここで撮影したいってガバナーにお願いしたんすよ、そしたら今夜のスウェットロッジっていうセレモニーに来なさいと言われて…。それに行けば撮影をOKしてくれそうなんすよ」と自分の手柄を自慢するように報告した。

それを聞いた鈴木は「おい、おい、今なんて言った? 今夜のスエットなんとかセレモニーってなんだよ? それに行くってことは、撮影出来るのは明日じゃないかよ?」彼は更に続けて「あのね、君がここの景色を撮影したいって気持ちは分かるよ、でも、僕たちはここでスタックしている暇はないのよ。もうここでの撮影は諦めて先行こうよ!」と、冷たく言い放った。

すると村上は「スウェットロッジに3人で参加するってガバナーと約束しちゃったっすから」と、これがもう決まり事の様に言い返した。

近藤が「3人って、私たち3人ってこと？」と、嬉しそうな顔をすると、当たり前だと言わんばかり「そうっすよ」と村上が答えた。そして、今度は急に悲しそうな目で鈴木を見て「鈴木さん、どうかお願いしますよ。プリーズ！　プリーズ！」と拝み倒すのだった。

鈴木は「――――――」無言のまま渋い顔をしていた。心の中では（こいついつの間にこんな演技力を身につけたのだろうか？）と驚くのと同時に（ひょっとしたら、これは演技ではなく、奴の心の底からの訴えなのかも知れないな？）とも思えた。その迷いのせいで、彼は無下に村上を突き放すことが出来なくなってしまった。なぜならこの交渉は、村上にとって生まれて初めての大人対大人の駆け引きなのだろうと思ったからだった。そんな状況を考えると、いつもだったら「じゃあここでの撮影はNGってことで、先行きましょう」とサラっと言えてしまう鈴木なのだが、彼の口を突いて出た答えは「よし、分かった！」だった。鈴木は村上に「交渉が実る」という体験をさせてやりたくなったのだ。ただし、鈴木がOKしても、まだガバナーの判断が残っていた。

セレモニーが始まるまでにまだ時間があったので、鈴木は通過するときにカンバンを見て興味を持った、インターステイトハイウェイ40号沿いの「Route 66 Casino」まで戻って時間をつぶすことにした。

そこへ向けて走り出すと、村上が「俺、この景色を見てたいんでここに残っていいすか?」と言い出した。鈴木にはそれを止める理由は何も無かったので、「8時にここで合流」と決めて、彼を集落の真ん中の交差点で降ろした。

村上は交差点に立って周りを見回した。そこから見えるのは、ガソリンスタンドを兼ねたマーケットが一軒、インディアンジュエリーの完成品やターコイズの原石、彫金の材料などを売る店が数軒、そのほかには土を固めたブロックを積み重ね、トタン屋根を葺いた平屋の住居やモービルホームだけだった。舗装されている道は集落の中心を通り抜ける本道だけで、そこから各家々へ続く道はどれも未舗装のままだった。車も人も殆ど見かけることがなく、集落はひっそりと静まりかえっていた。たまに通る車が舞上げる土埃がこの居留地の貧しさを際立たせていた。

視線を少し上げると、家々の屋根越しにこの集落を見下ろすようにそびえているメサが見えていた。村上はそのメサの上からの景色が眺めたくなって、そっちへ向かって歩き始めた。

自分ではずいぶん歩いたつもりだったのだが、一旦足を止めて見上げてもメサまではまだかなりの距離が残っていた。日はずいぶん西に傾き、メサの崖を黄色っぽく見せていた。

喉の渇きを感じ始めた頃、後ろから走ってきた車が彼を追い越したかと思うと急ブレーキをかけた。そのせいで激しく土埃が舞い上がり、しばらくの間、周りが何も見えなくなった。

埃が風に流されて現れたのは、キャシーのオンボロトラックだった。

バックして戻ってきたトラックの開けっ放しになった窓越しに、

「Where are you going?」

「何処行くの？」とキャシーが気軽な感じで聞いてきた。

「I would like to see the sunset from the top of the mesa…」

「メサのてっぺんから夕日が沈むのを見たくて…」と村上が答えると、キャシーが

「Get in. I'll take you to my favorite spot」

「じゃあ乗って、私のとっておきの場所に連れてってあげるわ」と、彼を車に誘った。

村上がどう答えようか考えていると

「You won't even get to the foot of the mesa if you walk there」

「歩いて行くんじゃ、麓に着くまでに日が暮れちゃうわよ」とキャシーに言われて、彼は自分の距離感が狂っていたことにやっと気がついた。すぐそこだろうと思っていたメサの実際のサイズは思ったよりズーッと大きく、だから幾ら歩いてもなかなか近づいてこなかったのである。

2人が乗った車は、デコボコの道を激しくホコリを舞上げながら走っていった。

メサの麓に車を止めると、岩の間を抜けて頂上へ続く角度のきつい小道をキャシーが登り始めた。最初は彼女の後ろにピッタリ付いて行った村上だったが、この道は登って行くに従って段々険しくなってきた。キャシーは、大きな岩の所で立ち止まって一瞬村上の方に振り返ったかと思うと、スルスルと岩肌を縫って登って行ってしまった。村上は「待って!」とも言えず、ぎこちなくバランスを保ちながら、必死になって後を付いて行ったものの、頂上が近づく頃には、すっかり彼女の姿が見えなくなっていた。

やっとの思いで頂上間近の岩に手を掛けようとした時、先に登り切ったキャシーが「Are you OK? (大丈夫?)」と言いながら村上に手を差し出した。その声がした方を見上げた村上の目に、かがんだ彼女の胸元が飛び込んできて、彼の視線はそのままロックオンされてしまった。そして村上がロックを外そうとしても外せなくなっている自分に戸惑っていると、不意にその手を掴まれた。すると、ほんのり温かくて優しいパワーが彼女の手から伝わってきて、その心地よさが全身を包んだ。そして、体が宙にふわっと浮いたかの様に、彼の体は勢い良く引き上げられた。

勢い余って彼女の胸に飛び込む様な体制でバランスをくずした村上は、思わず彼女に抱きついてしまった。気まずさを感じた村上は目の前の彼女を直視することが出来ず、視線を逸らすと、視界

には地平線まで続く大パノラマが広がっていた。

【Carpenters　Top Of The World（トップ・オブ・ザ・ワールド）】

風が運んで来た彼女の香りにクラっとしかけた村上だったが、景色の迫力はそれを上回っていた。

「Wow! It's beautiful! It's a shame I don't have a camera to capture this. I won't be here by this time tomorrow, so I guess I'll have to brand the scene in my mind」

「ウッワーッ！　すっげーっ！　この景色、カメラがあれば写真に残せたのに、もったいねーっ！　明日のこの時間に俺はもうここに居ないから、このサンセットもこれが見納めか」と村上が写真を撮れないことを残念がると

「Oh, well then it's a good thing you don't have your camera. If you were able to take a picture now, you'll never come back, since you won't have anything calling you back」

「あら、私はカメラが無くて良かったわ。だって、あなたが今日この景色を写真に撮っちゃったら、

2度とここに戻ってこないでしょっ？　もうこの居留地に心残りがなくなってしまうから」とキャシーは遠くを見たまま話した。

一瞬その表情を見た村上は彼女の真意が分からないまま「You think so?（そうかな？）」と首をひねった。

それから2人は太陽が西の地平線に沈んでいくのを無言で眺めていた。

アメリカのカジノといえばネバダ州のラスベガスとニュージャージー州のアトランティックシティーがすぐに頭に浮かぶが、連邦政府は1988年にネイティブアメリカンの部族にカジノ運営を許可する「インディアン賭博規定法令」を承認した。居留地内の雇用の創設と税収を見込んでのことである。

これによって、ほとんどの州にインディアン・カジノが開設され、その総数は現時点で約450カ所以上にも及び、このニューメキシコ州には21カ所も存在する。

ラグナ・プエブロ族が運営する「Route 66 Casino」は、ホテル、シアターも併設され、その規模はラスベガスの小さめのカジノホテル並みなのである。

道すがら、近藤が「いつもニコニコ現金払い」だと言っていたのを思い出した鈴木が「近ちゃん、カジノに行っても大丈夫？　まさかカード持たない理由はギャンブルが原因じゃないよね？」と聞くと、彼は「鈴木さん、心配しないで下さい。私がお金をつぎ込んじゃったのはパチスロですから」と答えた。

「それってスロットマシンと同じでしょっ？　そりゃあ、まずいじゃん」

「鈴木さん安心して下さいよ、パチスロの見た目はアメリカのスロットマシンと殆ど変わりませんが、パチスロってのは回っているドラムの数字や絵柄を読みながらここぞというタイミングでボタンを押して回転を止めるんですよ。だから、自分の目と反射神経で勝負出来るんです。それにはまったんですよ。最初は見えなかったドラムの文字が段々読めるようになってきて、それから、ボタンを押してから止まるまでドラムが何コマずれるかも分かってくると、百発百中とまではいかなくても、勝てるんです。だから、運に任せてドラムが止まるのを待ってるだけのアメリカのスロットマシンとは似て非なるものなんですよ」と自慢を交え近藤が自信ありげに話した。

「じゃあ、どうして負け続けちゃったのよ？」と鈴木が突っ込むと、「お袋が死んでから深酒するよ

うになったら、もうあの感覚が戻らなくなっちゃって…」と、近藤は悲しそうな顔をした。

結局2人はカジノでギャンブルはせず、バーでテキーラサンライズを飲みながらテレビモニターに流れているヤンキースの野球の試合を見て時間をつぶした。

[Glen Campbell　Rhinestone Cowboy（ラインストーン・カウボーイ）]

太陽が西の地平線に沈んだ後の薄明かりの中、集落の交差点で村上を拾った鈴木たちはスウェットロッジが行われる場所に向かった。

さっき鈴木がカルチャーセンターで手に入れたスウェットロッジ・セレモニーのパンフレットには、「ネイティブアメリカンに伝わる7つの儀式の1つで、Body（身体）、Mind（心）、Spirit（魂）の浄化と統合のため、柳の枝を組み上げ、それに何重にも毛布を掛けたイニィピーと呼ばれる女性の子宮をシンボライズした円形のドームで行われる。

イニィピーの中心に真っ赤に熱した石を置き、それにセージの葉をのせて水を注ぎ、熱い蒸気が

舞い上がる中、参加者はリーダーの導きにより歌い、想いを分かち合い、励まし合い、つながり合うことによって自分の身体、人間関係、地球（自然）との関係に気づき、心身が癒される」と書いてあった。

闇に吸い込まれていくような砂漠の向こうには、メサの黒い影とスカイラインを描く山の稜線が見え、暮れ残った西側の薄いターコイズブルーから始まるグラデーションの空は、東側の群青色まで段階的にその暗さを増し、地平線から湧き出た無数の星が天空にきらめき始めていた。

セレモニーに使われるイニィピーの周りには松明が焚かれ、低い音のドラムに合わせて念仏の様なネイティブアメリカンの男たちの歌声が聞こえていた。

既に鈴木たち以外にも数人のネイティブアメリカンとアメリカ人観光客達が集まっており、セレモニーの準備は整ったようだった。

これだけ、ステージ、大道具小道具、ライティング、サウンド、キャストが全部本物で揃っていれば、否が応にもスピリチュアルな世界に引き込まれてしまうだろうな、と鈴木は思った。

今夜のセレモニーをリードするガバナーが開始を宣言すると、ドラムの音と歌声が少し大きく

なった。

まずガバナーがアカヤナギの皮とタバコの葉をまぜた聖なるパイプに火を付け、それを一人ずつ吸ってからイニィピーに入ってセレモニーが始まった。

鈴木が恐る恐るイニィピーに入ると中は真っ暗だったが、真っ赤に焼けた石からの光でかすかに周りの様子を伺うことが出来た。

全員が揃って車座になったところでガバナーの祈りが始まり、彼はセージの葉を焼けた石の上にのせ、その上からヒシャクで水をかけた。その瞬間にジャーーッっと凄い音と共に水蒸気が舞い上がり、イニィピー内の温度が一挙に跳ね上がった。それから少し遅れて、体中から汗が噴き出してきた。鈴木は（なるほど、これがスウェットロッジの名の所以か）と納得したのもつかの間、いつもジムで愛用しているウエットサウナとは比較にならない高温に頭が朦朧となり始めた。参加者は身体的な極限状態にさらされることによって、いつもは閉ざされているスピリチュアルな世界への扉が段々開いていくのだった。

しかし鈴木の場合は、その扉が開くより先に生命維持装置の働きが活発になって「このままでは死んでしまうぞ！」という緊急避難指令が発令されてしまい、そこに座っているのが精一杯だった。

彼の中では（ここに留まってスピリチュアルな体験してみたい）という気持ちと、入り口にかけられた数枚の毛布をめくって（外に逃げ出したい）という気持ちの葛藤がさっきから続いて、かすみかけた視線で出口を注視していた。

極限まで我慢した鈴木だったが、結局この熱さに耐えきれず、ガバナーに「エクスキューズミー」の言葉を残してイニィピーから飛び出してしまうのだった。

外に出た彼は苦しさのあまり地面に大の字になって倒れ込んだ。そしてゆっくり目を開くと、月が顔を出す前の漆黒の天空に天の川が大河のように浪々と流れているのが見えた。

鈴木が居なくなった後もセレモニーは何も無かったように続いていた。

最初はひんやりとして心地よく感じた大地と夜風がどんどん体温を奪っていき、鈴木は砂漠の夜の寒さを感じ始めていた。すると彼の生命維持装置が今度は「暖を取れ！」と指令を出した。

彼は（何か暖を取れるものはないか）と周りを見回すと、セレモニーが行われているイニィピーにかけてある毛布を一枚こっそり拝借することにした。結局、今夜はそれにくるまって野宿することになってしまった。

鈴木は、オクラホマのモーテルで持ち物を全てを失ってからの数日間、クレジットカードさえ取り戻せれば、脱線してしまった彼自身もこの旅も、自動的に元の軌道に戻るだろうと思っていた。しかし、それは甘かった。彼の物欲は萎えてしまったし、今夜はついに野宿する羽目に陥ってしまったというのに、それを甘んじて受け入れているのだ。

彼は（いったい何が自分を変えてしまったのだろうか？　あの何に対しても執拗にこだわったスノッブな自分は何処へ行ってしまったのだ!?）と、星空を見上げながら自問自答を繰り返すのだった。

［David Bowie　Space Oddity（スペース・オディティ）］

Day 11　アコマ・プエブロから

鈴木が寒さで目を覚ますと東の空が真っ赤な朝焼けに染まって、今まさに朝日が昇って来ようとしているところだった。

ぐっすり寝ている間にスウェットロッジ・セレモニーは終わったようで、彼の隣には同じように毛布にくるまった村上と近藤が気持ちよさそうに寝ていた。

ガバナーから撮影許可がもらえたのだろう。村上の頭の横にカメラバッグが置いてあった。

太陽が地平線から顔を出す前に、太陽光線がメサの頂上に当たり始め、光が当たったところだけがオレンジ色に光り出していた。その光と影の境界線は目に見えるほどのゆっくりとしたスピードで、少しずつ少しずつ麓に向かって下がって来ていた。

まだ光が当たっていない平地は一面が青みがかって見え、それは、まるで砂漠が海に変わってしまったような眺めだった。

平地にまで光が当たり始めると、光と影の境界線はどんどん鈴木たちに近づいて来た。そして、やっと鈴木にも日が当たり始めた。そのまだ弱い朝日のぬくもりが毛布を通して彼の背中に伝わってきた。それは、まるで母親のぬくもりのように優しかった。

顔に朝日を浴びた近藤が眩しそうにしながら目を覚ました。そして鈴木が起きているのに気づいて「いやーッ鈴木さん、昨夜はジョッシュのおかげですごい体験をさせてもらっちゃいましたよ」と話し始めた。

「近ちゃん、そんなに凄かったの？　スウェットロッジ」と、鈴木は途中で逃げ出してしまったことを後悔しているかのように大げさに反応した。

「そうなんですよ、さっきテントの中に今年の春にあの世に行ったお袋が現れて、『清、あんたはもう自分の好きなようにしなさい、いつも見守ってるからね』って、ミュージシャンで食っていくことを許してくれたんですよ。私は、これまで音楽に熱中する度、お袋に後ろめたさを感じてたんです。これで、もうガンガン行けますよ」と、近藤はちょっと興奮気味に話した。

「そりゃあ良かったじゃない」と、鈴木は彼のポジティブさに同調しながらも、「お袋が現れて、許してくれた」ってところは半信半疑で聞いていた。

近藤は鈴木が疑っていることなど全く感づいておらず「そうなんですよ。ついでに『酒は体に悪いからほどほどにしろ！』って怒られちゃいましたけどね」と、憑きものが落ちたようなさっぱりとした表情をしていた。

するとと今度は、いつの間にか目を覚ましていた村上が「俺、これまでずうっと母親なんて俺には関係ないと思ってたんすよ」と話し始めた。そして「だって俺、母親のことをぜんぜん覚えちゃいないんすから。赤ん坊の時に俺を爺さん婆さんに預けて、どこかに行っちゃったんすよ。俺の母親。だけど、なんだかよく分からないんすけど、スウェットロッジで、母親がいたから俺が生まれたんだなあって、分かったような気がするんすよ」と続けた。

問いかけてもいないのに村上が自ら生い立ちについて話し始めたことに鈴木は驚いた。それ以上に、彼の成長過程に全く母親の存在がなかったということに驚きを感じた。

「えーーっじゃあ、じゃあジョッシュは、自分のお母さんが今何処で何しているかも知らないんだ」と、鈴木は聞き返した。

「はい、母親なんて全く眼中になかったんで、ついこの前までは何にも知らなかったんすよ。だけど、正太郎さんの代役でアメリカ行くことになったって婆さんに話したら、母親はラスベガスに居

るんだって知らされたんすよ」

「えっ、ベガス？」と、素っ頓狂な声を上げた鈴木は「そこで、お母さんは何してるの？」と聞き返した。

「婆さんが言うには、俺の母親ってプロのダンサーで、俺を生む前から日本のステージで踊ってたんだけど、本場アメリカのステージで勝負してみたいっていう夢を追って、こっちに来たらしいんすよ」

「えっダンサー？」と、鈴木はまた驚き、「それで、お母さんはまだ踊ってるの？」という質問が即座に出た。

「ニューヨークのミュージカルなんかにも出たけど、今はラスベガスでショーに出てるらしいんすよ」

「じゃあ君はお母さんのこと、ついこの間まで何も知らなかったんだ。電話や手紙をもらったことないの？」「はい、一度も。でも俺の養育費を婆さんに毎月必ず仕送りしてたって。これもこの前知ったばかりなんすけどね」

「あっそうなんだーーー。ラスベガスだったらちょっと寄り道する程度だからさ、お母さんに会いに

行こうぜ！　なっジョッシュ！」と鈴木が突然提案した。しかし村上は、「えーっ、なんでーーっ？　俺、べつに会いたくないっすよ。俺、もう大人になったんだし、母親に今更会ってもねーーーー…」と、母親に惹かれる思いは全く無いようだった。

鈴木は「だって、君が大人になれたのはお母さんの仕送りのお陰だろ。お礼をするのが当たり前じゃないか」と、もっともらしい理由で説得しても「なんで俺を置き去りにした母親にお礼を言わなくちゃならないんすか？　母親だって好きなようにやったんだから俺だって勝手にやりますよ。そんなことより鈴木さん、俺たち仕事で来てるんだから寄り道なんかしている暇は無かったんじゃないすか？」と、言い返され最後は揚げ足まで取られてしまうのだった。

鈴木はどうしても村上と母親を会わせたくなってしまった。その動機は、20年も離ればなれに暮らしてきた息子と母親が再会する、そんなリアリティーショーの現場に立ち会いたいという野次馬根性と、「ラスベガスのショーダンサー」っていう言葉から想像する、彼の母親の容姿や人生にとても惹かれたからだった。要するに、鈴木が彼女に会ってみたくなったのだ。

鈴木は村上を諭すように「そりゃあそうなんだけど、シカゴを出てから事件がいろいろ有ったでしょっ、ここに来るまで。ゆうべ毛布にくるまって星空眺めながらそれを一つ一つ考えていたら、僕

たち3人がこうして一緒に旅しているのは単なる偶然じゃなくて、何か理由が有るんじゃないかって思えてきたんだよ。それでね、今、ジョッシュの話を聞いたら、この旅が君をお母さんに会わせるための旅だったんじゃないかってね」と、昨夜の心理状態と村上の母親を無理矢理合体させて、勝手な論理を振り回した。

ところが村上は、「それは単なる鈴木さんの思い過ごしっすよ。だって、俺には母親が居ないようなもんなんすから」と、完全に冷め切っているのだ。

「だけど、実際にラスベガスに居るんだから、会うべきだよ」と鈴木がしつこく迫っても、村上は「いや、会わない」の一点張りだった。

鈴木がこれ以上押し問答を続けても埒が明かないなと思い始めると、2人の会話を聞いていた近藤が「鈴木さん、なんだかとっても優しくなっちゃいましたね」と、ちょっと皮肉っぽく言った。鈴木は自分が村上の母親に心を惹かれてしまったことを近藤に見透かされてしまったか？　と一瞬ドキッとしたが、彼は「最初から何も変わってないよ…？」と何食わぬ顔で答えてその場をごまかした。

さっき地平線から昇り始めた太陽は見る見る内に高くなっていき、光もオレンジ色がもう薄れ、

段々白っぽくなりつつあった。

【George Harrison　Here Come The Sun（ヒア・カムズ・ザ・サン）】

3人は一旦インターステイトハイウェイ40号まで戻って近くのトラック・ストップまで行き、シャワーを浴びて朝食を食べることにして、行動を開始した。

トラック・ストップに行く途中で村上が急に「ここ！　ここ！　止まって！　ストップ！」と叫びだし、そこで彼は朝日に照らされたメサを撮影した。ガバナーのお墨付きをもらった彼は、居留地内で誰にも気兼ねすることなく心置きなく写真を撮すことが出来るようになったのだ。

満足顔で車に戻ってきた村上に「車も入れて撮ろうよ」と鈴木が提案すると、早速「メサをバックに朝日の中を疾走する車」の撮影が始まった。

2往復目にトランシーバーから自信たっぷりな村上の「ＯＫっす！」の声が聞こえてきて、鈴木

は寒さに耐えた昨夜の野宿が報われたような気がした。

シャワーを浴び、着替えをして、空腹を満たした鈴木たちは、リフレッシュして居留地に戻ってきた。広場からは部族のドラムと歌声が聞こえていて、既にかなりの数の観光客も集まっていた。フェスティバルの会場になっている広場では部族の長老を中心に男達が歌を歌いドラムを叩いていた。それに合わせてダンスを踊る女性達は三つ編みにした髪に白い羽を2〜3本付けて、首にはビーズの飾りを幾重にも巻き、鷲の翼を模した丈の短いマントを羽織り、膝丈のフレアースカートにスエードのブーツを履いた祭りのための正装をしている。どの衣装もとてもカラフルで、緑が少なく赤茶けたこの景色の中で見るとひときわ引き立って見えた。

彼女達が踊る鷲が大空を飛び回っているかの様なダンスは、ダンサー一人一人が勝手気ままに踊っているようにも見えるのだが、よく見ている内に、ステップ、体の動き、手の表現などには一定の法則があることが分かってくる。その不統一感とドラムのリズムにバッチリ合ったステップの統一感が絶妙にバランスして、単純なダンスなのにいつまでも見ていたくなるような不思議な魅力を醸し出していた。

村上は自分の努力で手にした写真撮影の自由を満喫するかのように、キャシーも参加している部族のダンスの輪に入って至近距離から大胆にダンサー達の魂を抜き取るかのようにカメラを向けた。

フェスティバルも段々盛り上がって最高潮に達したころ、鈴木たちは誰にも気づかれないようにこの居留地を離れることにした。

鈴木が「ジョッシュもフェスティバルの写真撮れたし、もう満足だろう?」「じゃあ出発しようか?」と村上に声をかけると、彼は「はい、もうばっちりっす」っと、車に乗り込もうとした。

それを見た近藤が「えっ? ジョッシュ何か忘れていることはないの?」と聞いても、村上は「俺、なんか忘れたっすか?」とキョトンとしていた。更に「キャシーに『さよなら』しなくていいの?」と言っても「俺、写真撮ったからもういいっす」と素っ気なかった。

近藤は首をひねりながら「ああ、そんなもんなんだ?」と村上の顔を覗き込むと、村上も首をひねって「そんなもんって、どんなもんなんすか?」と、近藤を覗き返した。

鈴木が「近ちゃん、そんなジョッシュを出汁にして、彼女にお別れのハグでもしてもらおうって魂胆なんじゃないの?」と話の腰を折って、「いやっ、ジョッシュがいいなら、私がお節介するのもね」と近藤を諦めさせた。

鈴木の「じゃあ乗って! 出発するよ!」のかけ声で彼らは集落を後にした。

村上が何度となく後ろを振り返っているので、何が彼をそうさせているのかと鈴木がルームミラーを覗き込むと、集落の側にそびえるメサが小さくなって写っていた。おまけに近藤がもう気持ちよさそうに眠りこけているのも見てしまった彼は、「クソっ！」と思ったが、それはよく見ると憎めない寝顔だった。

【AMERICA　The Horse With No Name（名前のない馬）】

3人はしばらく走って、ニューメキシコ州最後の町ギャロップにあるエル・ランチョ・ホテルに立ち寄った。1937年に建てられたこのホテルは、西部劇映画全盛期にロケの基地として頻繁に使われ、ジョン・ウェインなどの当時の映画スターが定宿としたことで有名になった。ウエスタンスタイルのインテリアデコレーションがそのまま残されているロビーは、華やかだった当時の威光が感じられる。

鈴木はルート66にまつわる様々なストーリーに登場するこのホテルに泊まりたいと思っていたが、

外はまだ日が高く、昨日からの遅れを取り戻すため、エル・ランチョ・ホテルはロビーの撮影だけでお茶を濁して先を急いだ。

【Bob Seger　Against The Wind（アゲインスト・ザ・ウインド）】

ギャロップを出ると程なくして日本の海軍旗を黄色と赤にしたようなアリゾナ州を示す看板が現れ、州境を越えた。ニューメキシコ州ではテーブルトップマウンテンの山脈がいつも視界の何処かにあったが、アリゾナ州に入るとそれはすっかり姿を消して、緩やかな起伏の砂漠が何処までも続いていた。

朝焼けから共に過ごした今日の太陽が西に傾いていく中、ウィノナの町を走り抜け、完全に沈んでしまう前に、鈴木たちはフラッグスタッフでモーテルにチェックインした。

鈴木はブログ代わりにノートにこんなメモを書き残した。

「Ｄａｙ 11　グランツからフラッグスタッフまでの２５０マイル」

クレジットカードを取り返したというのに、昨夜はついに野宿する羽目に陥ってしまった。そのお陰で、宇宙にはこんなにいっぱい星があったのかと思うほどの、街の明かりに全く邪魔されていない星空を堪能することが出来た。僕は地面に寝転んだまま星空を眺め、宇宙の彼方まで想像の旅を楽しんだ。

今日の夕方に通ったウィノナという町も「Get Your Kicks On Route 66」に「Don’t forget Winona」と登場する。歌詞に登場する他の町に比べるとウィノナは何の特徴も無い小さな集落で、もう使われなくなった古い橋が残っているだけなのだ。だから「Don’t forget Winona」なのだろうが、なぜウィノナなのかが不思議である。

Well goes from St. Louie down to Missouri
Oklahoma city, looks oh so pretty
You'll see Amarillo and Gallup, New Mexico
Flagstaff, Arizona don't forget Winona
Kingman, Barstow, San Bernardino

このサビの部分は、シカゴから西に進むと現れる町と州の名前がその順番に従って並んでいるのだが、「Gallup, New Mexico」から一旦ウィノナを飛び越して「Flagstaff, Arizona」まで行ってから「Don't forget Winona（ウィノナを忘れるな）」と、フラッグスタッフより東にあるウィノナに戻ってくるのである。歌詞の語呂合わせに使ったのだろうか？

ルート66沿いにはウィノナの様に忘れ去られてしまいそうな小さな町は数限りなくあるのに、ウィノナを選んだ理由を作詞作曲したボビー・トゥループに聞いてみたいところだ。

エル・ランチョ・ホテルを諦めて今夜の宿に選んだのは何の変哲もないモーテルだが、何はともあれ、2晩ぶりにベッドで寝られるありがたさを僕はしみじみ感じている。

Day 12　フラッグスタッフから

フラッグスタッフ周辺は標高二千メートルを超える高地ということもあって、ここ数日イヤと言うほど見続けてきた砂漠とは違い、背の高い松の木が群生している。アメリカ建国百周年を記念する際に、その松の木を国旗掲揚の旗竿に使ったことから、この町にフラッグスタッフという名前が付けられたのだそうだ。

この町はインターステイトハイウェイ40号と17号がぶつかる交通の要所でもある。ここから150キロ北上するとグランドキャニオンの南壁側のサウスリムで、50キロ程南下するとパワースポットとして名高いセドナである。そして更に約200キロ行くとアリゾナ州最大の都市フェニックスがある。

TO
EAST
40
TO
NORTH
89
EAST
180
HISTORIC
US
66
40
TO
SOUTH
17
TO
WEST
40
Page
Albuquerque
Phoenix
Los Angeles

鈴木たちはやっと今朝からモーテルを8時に出発する基本パターンを取り戻すことが出来た。鈴木がｉＰｈｏｎｅを落としてから始まった脱線暴走は、紆余曲折の末やっと元の軌道に戻ったのだ。彼の心づもりでは（今日はカリフォルニア州のバーストーまで行ければ良いか）といったところだったが、まだラスベガスというオプションも残っていた。オプションと言えば聞こえがいいが、それはまたルート66から脱線することを意味していた。

どちらを選ぶかは、ラスベガスへの分かれ道、国道93号が現れるキングマンの町までに決めればよかった。そのキングマンの通過予定は昼頃なので、村上を説得する時間はまだたっぷりあった。サンタフェ経由でセットされたカーナビは、テキサスを出てからオフになったままだった。

モーテルを出てHistoric Route 66を走っていくとロードサインの西行き目的地に「Los Angeles 474 mile」の表示がついに現れた。それを見つけた鈴木は、旅が確実にゴールに近づいている安堵と、ゴールまでのカウントダウンが始まってしまった寂しさが入り交じった複雑な気分に捕らわれるのだった。

フラッグスタッフの町を出ると松の森林を抜ける緩やかな下り坂が長い間続き、松の木の緑が砂

漠続きで乾きがちだった彼の気持ちを癒してくれた。

ただそれもつかの間で、麓まで下りてくるとまた砂漠がどこまでも続き、鈴木はセリグマンの町までインターステイトハイウェイ40号を走った。

[Eagles　The Long Run（ロング・ラン）]

セリグマンはルート66とグランドキャニオンに訪れる観光客を目当てにした土産物屋が軒を並べる小さな町で、数台の観光バスで乗り付けたヨーロッパからの観光客が盛んに買い物をしたり写真を撮ったりしていた。ここまで来る間に「ルート66」へのノスタルジーに何とかあやかろうと、古いサインを掲げたり、そのまま名前を使っているモーテルやレストラン、ショップ、ミュージアムやカジノまで数限りなく見てきたが、その中ではセリグマンの町が一番成果を上げているように見えた。

鈴木たちもルート66をテーマにした意味不明な衣装を着たマネキンが並んだ土産屋の前に車を止

めて撮影をした。すると、この車に興味を持ったのか、観光客が集まってきた。こんなことは今回の旅の間で初めてだった。

不思議に思った鈴木がその理由が何なのかと車をよく見ると、フロントバンパーからラジエターグリル、ヘッドライトにびっしり虫の死骸がへばり付いて、一気に長距離を走ってきた車独特の迫力が感じられた。ルート66に鍛えられて、たくましさが増したのだ。それは車だけでなく自分達自身もそうありたいと鈴木は思った。

セリグマンからインターステイトハイウェイ40号は砂漠の中を突っ切るルートを取り、ルート66の旧道は北側を迂回する別ルートをたどる。鈴木は旧道を選んだのだが、こちらも何も無い砂漠の中を走る退屈な道だった。

砂漠の景色に食傷気味だった3人は今朝から殆ど会話が無かった。それは、どんな会話が始まっても「ジョッシュを母親に会わせる」という話題に行き着きそうな雰囲気だったからかも知れないし、ただ旅の疲れがピークに達していたからなのかも知れない。

旧道が再びインターステイトハイウェイ40号と合流するキングマンの町で彼らは、チャイニーズ

フードのランチを食べた。久しぶりの醤油を使って味付けした料理と、日本の白米と比べるとパサパサではあるが「米」はやはり効果絶大で、３人とも一変に元気を取り戻した。

HISTORIC
ROUTE
66
WELCOME TO
KINGMAN
HEART OF HISTORIC
ROUTE 66

食事を済ませてまた車を西に向けて走り出すと「Las Vagas 96 mile」というロードサインが現れた。それを見た鈴木が「あ～っ、もう砂漠飽きた。もういい、充分だ。ラスベガスに寄って一息つこう。今夜はすし食べようぜ！」と言い出すと、「本当ですか？　鈴木さん」と、近藤が急にリアシートから乗り出してきた。

それを聞いていた村上は「俺は絶対会わないいっすからね」と言ってそっぽを向いてしまった。

鈴木はこれ以上村上を説得しても彼の気持ちを変えられないと思ったので、「ジョッシュ、その話はもういいから、ラスベガス行ってショーでも見て楽しもうや」と、ルート66を離れて国道93号に向けてステアリングを切った。そして「ビバ！　ラスベガス！」と言って拳を空に突き上げた。すると一瞬遅れて近藤も「おお～っ！」と拳を突き上げた。それを見た村上は得意の仏頂面をしてイヤフォンを耳に突っ込むとまたそっぽを向いてしまうのだった。

この国道93号はフーバーダムを建設するのに必要な資材を運ぶために敷設された道で、砂漠の中を最短距離の直線で突っ切る退屈な道である。そんな道を走るのに飽き飽きしきった頃、やっとフーバーダムが彼らの目前に現れた。

ロッキー山脈の西側に降った雨や雪解け水が集まるコロラド川をせき止めるこのダムは、高さが

220メートルもあって、絵の具で着色したような緑色の水を大量にたたえるミード湖を作っている。

砂漠の中にあって周囲に草木が全く生えていないこの湖の眺めは、相反するものを無理矢理くっつけたようなミスマッチで、到底地球の景色とは思えないほどの違和感がある。

そしてここでのもう一つの違和感は、ダムをまたいで一時間の時差があることだ。ダムの東側のアリゾナ州が山岳部標準時で西側のネバダ州が太平洋標準時なので、彼らはまた一時間、時計を戻さなければならなかった。

ここで鈴木は、ダムを渡る車をアリゾナ側の見晴台から撮影することにして、その指示を村上に出した。

一旦村上を見晴台に降ろした彼は、ダムの上をゆっくりと走ってネバダ側に渡ると、一発で「OKです」の報告がトランシーバーに入ってきた。鈴木の思惑通りに写っていれば、太陽を反射してキラキラ光る湖面とダム、その上を渡って行く車の後ろ姿、その向こうにコロラド・リバー・ブリッジが入った逆光気味のショットになったはずである。

ダムの上を往復して村上と近藤をピックアップするのに時間はかかったが、フーバーダムでの撮

影はスムーズに終わった。

ネバダ州に入っても景色はほとんど変化が無く、どこまでも続いている砂漠を進んで行くと、ボールダーシティーが現れた。

1929年に起こった大恐慌によって職を失った人の受け皿としてフーバーダムの建設が1931年から始まり、プロジェクト従事者が住む町として作られたのがこのボールダーシティーである。東部や中西部から多くの人がルート66で砂漠を越えて、この町にたどり着いたのだ。そして、町が一つ出来てしまうほどの男たちが集まれば、彼らが息抜きに行く場所も必要になる。そのニーズを満たすため、20マイルしか離れていない隣のオアシスに作られたのがラスベガスなのである。

人間の欲望を満たすだけでなくそれを更に膨張させる街ラスベガスは、人間の欲望が尽きないのがそのまま形になって、発展し続けてきた。ストリップと呼ばれるラスベガスブルバード沿いには、ローマの宮殿、ピラミッドにスフィンクス、自由の女神とエンパイヤー・ステート・ビル、モンテ

カルロ、パリ、ベニスを模したテーマ・カジノ・ホテルが立ち並び、正に何でもござれである。新しくオープンした「シティーセンター」は、まるで今の東京をモチーフにしたかのようである。古くて貧相になったホテルは派手な爆破解体イベントが組まれ、この街は常にスクラップ・アンド・ビルドが繰り返されているのだ。

鈴木は来る度に景色が変わっているこの町の節操のなさに、毎回頭がクラクラしてしまうのだが、それだけ強いインパクトがあるからこそ、これだけ多くの人が集まってくるのだし、また何度も戻ってくるのだろうと思った。

3人の乗った車が到着したのは、太陽はだいぶ西に傾いてはいるものの、張りぼてチックな印象が拭えないまだ昼間の顔をしたラスベガスだった。

鈴木は、アメリカに対して殆ど予備知識の無かった村上の目に、このラスベガスの町並みがどんな風に写っているのだろかと興味津々だった。彼が今まで見てきたルート66沿いの枯れた町の風景との違いに驚いているのは確実だった。その証拠に彼は盛んに写真を撮り始めていた。

鈴木にしても前回来たのは5年ほど前である。新しいホテルや高層のコンドミニアムが増えていることに彼もビックリしていた。それ以上に彼は、ストリップ沿いに立っている巨大なLEDスク

リーンが気になった。その数が増え、大きくなり、明るくなって画質が良くなったのだ。

これだけLEDスクリーンが増えた理由は、もちろん技術の進歩もあるが、各カジノホテルがアメリカ全土に点在しているインディアン・カジノへの対抗手段としてエンターテインメントに重きを置いていることの表れだと彼は思った。

やはりラスベガスは上演されているショーの多さとそのバラエティー、各シアターの収容力、どれをとっても世界一のエンターテインメントのメッカといえる場所である。必然的にこの町には世界からレベルの高いエンターテイナーが集まってくるし、競争も激しいだろう。

だから鈴木は、そんなラスベガスでショーに出演するのがどれだけ大変で意味あることなのかを村上が肌で感じて、母親が自分と天秤にかけたものの重さを感じとって欲しいと思ったのだ。それが脱線覚悟で村上をラスベガスに連れてきた理由だった。

そして、母親に感心を持つことで、彼の気が変わることに期待したのである。

村上の性格からして、これ以上説得しても逆効果にしかならないことを鈴木は毎日彼と行動を共にして分かっていた。

鈴木は、25年ぐらい前に見て、これぞラスベガスならではの一番ラスベガスらしいショーだと思っ

た「ジュビリー」を村上に見せてやろうと思い、このショーが上演されている「バリーズ」を今夜の宿に選んだ。

ストリップの渋滞にはまっていたら、クィーンのウィー・ウィル・ロック・ユーがラジオから聞こえてきた。鈴木は久しぶりに群衆を見て人酔いしてしまったのか、歩道を行き交う人達がそのビートに合わせて一斉に地面を踏みならし始めた様に感じた。

「Queen　We will rock you / We are the champion（ウィー・ウィル・ロック・ユー／伝説のチャンピオン）」

さっきから辺りの様子が普通じゃないと感じて始めた村上が「ラスベガスって、これまでルート66で通ってきた町とずいぶん違うんっすね！　俺、アメリカってあんなもんなのかと思ってったっす」と話し始めた。

鈴木が「あんなものって？」と聞くと、「俺、ニューヨークの空港に着いたとき、色んな人がグチャグチャいっぱい居て、パワー有るなってビックリしたんすけど、シカゴを出てからは人も歩いてないような古ぼけた町ばっかだったじゃないすか」と答えた。

「そうだよ、僕はそういうノスタルジーを求めてこの旅に来たんだから。でも、道すがらすばらしい人達や景色に出会えたじゃないか？」と鈴木が言っても、「そうすけど、俺、こういう方が好きっす」っと村上は素っ気なかった。

近藤が「鈴木さん、若い子に古い物の良さとかノスタルジーを説いてもダメですよ！」と話しに割ってはいると、村上が「俺も鈴木さんのぐらいの歳になったら、その良さが分かるんっすかね？」と聞いた。

「そうだよきっと」と鈴木が答えて、「それまでルート66が今の姿のまま残っててくれると良いけどね」と独り言のように言うと、村上は「残っててほしいっす」と言いながらシティーセンターの超モダンな建物の写真を撮り始めた。

バリーズ・ホテルの車寄せに車を乗り付けるとダービーハットを被ったベルボーイが車のドアに

手を添え「Welcome sir! Are you checking in?（いらっしゃいませ！　お泊まりですか?）」と聞きながら、サッとドアを開けてくれた。鈴木は「Yes（はい）」と答えながらオープナーでトランクを開けてやると、ベルボーイは素早く彼らの荷物をカートに乗せ替えた。

鈴木がシートに沈み込んだ体をやっとの事で引き起こして車から降りると、今度はバレットパーキング（預け入れ駐車サービス）のアテンダントがパーキング・チケットを彼に渡し、サッと車に乗り込んで何処かへ行ってしまった。

手持ちぶさたで彼らの素早い動きに注目していた近藤が「全部自分たちで始末しなくちゃならないモーテルとずいぶん違いますね」と言って驚いているので、鈴木は「この街は誰にも王様になったような気分を味わわせてくれるのさ。お金がありさえすればだけどね」と答えた。

こんな待遇を受けて嬉しくなった鈴木だったが、以前の旅はいつもこうだったことをすぐに思い出して、ちょっと複雑な気分を味わっていた。

ホテルに入ると寒いほど冷房が効いているうえに、着飾った人達がゲームに一喜一憂して奇声を上げるカジノ、クリーム色の大理石を敷き詰めたロビーのどれをとっても、これまで鈴木たちが旅

してきたルート66沿いとはまるで別世界だった。そこに現れた日焼けで真っ黒な顔をした埃っぽい格好の日本人3人組は、誰から見ても場違いな存在だった。

鈴木がレセプションの女性に

「I don't have a reservation…」

「リザベーションは無いんだけど…」と今夜泊まりたい旨を伝えると、彼女は

「How many rooms do you need?」

「何部屋必要ですか?」と、とても冷たい口調で聞き返してきた。

「Two Rooms（2部屋です）」と答えると、

「We only have suite rooms which cost $250 per room」

「スイートの250ドルの部屋しかありません」とサラッと言って、汗臭さそうで薄汚い彼らを退散させる魂胆のようだった。

鈴木は最初から値段なんかにこだわるつもりはなかったので、軽く「OK」と言ってブラックカードを差し出した。

すると、彼女の態度が突然（私を食事に誘ってくれせんか?）と言わんばかりにコロッと変わっ

た。彼女はブラックカードを見て、すっかり彼がハイローラー（高額賭博者）だと勘違いしたのだろう。ここラスベガスは、世界の何処よりブラックカードみたいな安っぽいまやかしが幅をきかせる場所なのである。

鈴木はチェックインを済ませるとコンセルジュに寄って、すし屋での夕食と今夜の「ジュビリー」のチケットを近藤も含め3人分予約した。

彼が通されたスイートルームは、誰もが考えつく『豪華』の最大公約数を形にした様な安っぽいインテリアで、居場所に困ってしまうほどのだだっ広さだった。

窓際に置かれたカウチに座ってもう一度部屋を見回すと、全て家具、調度品もオーバースケールで、なんだか自分の存在が小さく感じてしまうほどだった。

夕食の予約までにはまだ時間がたっぷり有ったので、天井と衝立の鏡に映る一人っきりの自分の姿が虚しいのは分かっていたが、鈴木は部屋の中央に据えられたジャグジー・バスにお湯をためてゆっくり旅の疲れを癒した。

鈴木は、マッサージを呼んで運転姿勢に凝り固まった体をほぐしてもらって、このまま寝てしまいたい気分だったが、アルバカーキで手に入れたこぎれいな服に着替えてすし屋で2人と合流する

ため部屋を出た。

のれんを潜って店に入るとプーンと寿司酢のいい香りが漂ってきた。それに続いて「へッらしゃーい」と威勢のいい挨拶を聞いて、鈴木は自分のテリトリーに戻ってきた様なホッとした安心感を味わっていた。ただ「へッらしゃーい」の発音が巻き舌気味だったのがちょっと気になった。やはり鈴木の懸念は的中した。カウンターの中には日本語が通じないと思われるラティーノの若者が3人、すし職人の格好をして包丁を握っていたのだ。

以前ロサンゼルスでも同じようなシチュエーションですしを食べたことがあった。魚の英語名なんてボキャブラリーに殆ど無いから、カウンターのガラスケースに入っている「ウニ」を指さして「This one please（これをください）」という風に注文するのである。それに対して「ハイ、ウニ、イッチョー」なんて返事をされると、こっちの調子が狂って、食べているすしが美味いのか不味いのか分からなくなってしまうのである。きっと、日本へ来たフランス人やイタリア人も日本人シェフが作る自国の料理を食べる時、こんな感覚を味わっているのだろうか？　と鈴木は思った。

それにしてもこの10年ほどで「Ｓｕｓｈｉ」はアメリカですっかり市民権を得てしまった。ほぼ

満員のこの店だって、客と従業員を合わせても確実に日本人だと分かるのは鈴木たち3人だけなのである。誰が握るにせよ一番近い海から400キロ以上も離れた砂漠の真ん中で新鮮なすしが食べられるのは本当に有り難いことである。

鈴木と近藤は刺身をつまみに日本酒をチビチビ飲んでいたが、村上はケースの中のすしネタを全種類制覇する勢いで、片っ端から指差し注文をしていた。

本当ならここでもう一押し「母親に会え！」と村上を説得するところなのだろうが、いやがる彼の気持ちを覆せるカードは鈴木の手には一枚も無かった。だから鈴木は、今夜はもうその話はしないと決めていた。

2人から「母親に会え！」と説得されたら、それを跳ね返そうと身構えている村上。鈴木の説得が始まったらそれに同調しようと身構えている近藤。いつになっても説得を始めない鈴木。取り留めのない話が空回りして時間だけが過ぎていった。

そろそろジュビリーシアターのドアが開く時刻になったので、すし屋の払いを済ませて彼らは劇場に移動した。

ラスベガスの数ある劇場の中でも30年以上の長きにわたって同じ出し物を上演しているのはここしかないのである。１０００人以上は収容できそうな劇場内は、ステージを隠すカーテンは真っ赤、カーペットと壁はオレンジがかった赤、客席はピングがかった赤と、確かに女っぽい雰囲気が漂っている。

一晩に2回行われるショーの1回目は8割程度の入りで、その大半を占めているのは、中国からの団体客だった。25年ほど前に鈴木が初めてこのショーを見たときに客席を埋めていたは日本からの団体客だった。ラスベガスは常に世界の何処かからニューカマーを受け入れているのである。

いよいよ場内が暗くなりカーテンが開いてショーが始まった。

まず圧巻のオープニングは、クリスタルがキラキラ輝くコスチュームを身にまとったダンサーが、体の動きに合わせてカラフルな羽根飾りをくねらせながら登場する。その数50人は下らないだろう。パーフェクトボディーの彼女たちが、これでもか、これでもかと言わんかばかりに階段状のステージに湧き出てくるのだ。それに20人ほどの男性ダンサーが加わるから、ステージは袖までトップレスの美女で埋まってしまうのだ。

［Jubilee in Las Vegas（注・2016年2月に終演）］

小川のスタジオではよくヌード撮影もあるから裸の女性を見慣れているのか、村上はトップレスダンサーが出てきても表情一つ変える様子も無かった。それに引き替え近藤は、ショーが始まった途端から目尻が下がって幸福そうな顔をしていた。

鈴木は、村上の母親がラスベガスのショーダンサーだと聞いて、勝手にショーダンサーに親近感を抱いてしまい、ステージに勢揃いしたダンサーの一人一人がいったいどんな人生を歩んでこのステージで立っているのか興味津々だった。

テンポ良くショーが続いていくと、鈴木の隣に座っていた中国人のおじさんが肘で彼の脇腹を突いて、ジェスチャーで「これを使え！」と、オペラグラスを渡そうとした。最初は遠慮した鈴木だったが、おじさんがしつこく勧めるので「謝、謝（ありがとうございます）」と言ってそれを受け取った。

鈴木はオペラグラスを使って彼女達のバックグラウンドが読み取れないかと、ダンサー達の顔と

その表情に注目した。前回は彼も若かったから、彼女達の胸や腰にばかり目がいってしまい、顔や表情まで気が回らなかった。

まず彼は、初演からズーッと踊り続けているのではないかと思うほど薹の立ったダンサーが数人混じっているのを見つけてしまった。そんな彼女達だって、体の線を若い時のまま保っているから、遠目にはそんなことに気づかれないのだが、オペラグラスを通した鈴木の目は、ハデなステージメーキャップをしてもごまかせなかった。

次に彼は、一人だけ東洋人っぽい顔つきのダンサーが混じっているのを見つけた。ただ彼女も、パーフェクトなプロポーションをしているので、体つきだけで他のダンサーと見分けるのが難しかった。そして、彼女が今夜の鈴木の一番お気に入りのダンサーになった。

鈴木がオペラグラスを隣のおじさんに返そうとすると、彼が近藤の方を指さして、ジェスチャーで「あいつらにも見せてやれ」というので言うこと聞いて、ステージに見入っている近藤の脇腹を肘で突いた。

虚を突かれて飛び上がるほど驚いた近藤だったが、オペラグラスを受け取ると体を前に乗り出してステージに注目し始めた。どうも、彼は各ダンサーの顔などほとんど見ていないようである。ひ

としきりすると、それを村上に渡した。

村上は写真を撮るかのように、オペラグラスを様々方向に向けて構図を作っているかのようにステージに見入っていた。そして、ある時から一人のダンサーに注目し始めると、彼女から目が離せなくなってしまうのだった。

村上がなかなかオペラグラスを離さないので、ついに隣のおじさんが鈴木に「おい、早く返せ！」とジェスチャーで怒り始めた。鈴木が同じジェスチャーでその旨を近藤に伝えると、彼はやはり同じジェスチャーで村上からオペラグラスを取り返した。

鈴木が「謝、謝（ありがとうございます）」と言ってオペラグラスをおじさんに返すと、おじさんは「まったく！」と言うような顔をしてそれを奪い取り、焦ったように目の所に持っていってステージを見始めた。

相変わらず幸福そうな顔をしている近藤だったが、なんだか思い悩んだような顔をしている村上のことが鈴木は気になった。

歌とダンスが続き、その幕間に男性アクロバットやコメディアンが登場する約一時間半のショーは、出演者総動員の豪華絢爛なグランドフィナーレを迎え、カーテンが降りてきて終了した。

美しいダンサーを大勢揃え、クオリティーの高い歌とダンスのショーを30年以上にわたって上演し続けたことによって「ジュビリー」はラスベガスに於けるアメリカンクラシックとなったのである。

劇場内の明かりが点き周りの客が全員立ち上がっているのに、それに気付いてもいないように村上だけが放心状態のままイスに座っていた。

近藤が「ジョッシュ、どうしたの大丈夫？　お色気が強すぎたの？」と心配そうにすると、鈴木が「近ちゃん、今時の若者はこの程度じゃ刺激にもならないでしょう」と茶化した。それを聞いた村上がやっと我に返って「なんだか変な気分になっちゃって」と言いながらゆっくりと立ち上った。

鈴木は（これは撒いたコマセに反応している証拠じゃないか？）と思ったが、釣り針を村上にガブっと飲み込ませるエサはもう彼の手の内に無かった。

すると「鈴木さん、ちょっと夜景を撮影しに行きたいんで、車を使っていいすか？」と、村上の方から積極的に行動を起こしてきた。

鈴木がすかさず「そりゃあもちろんいいけど、ジョッシュ、僕と近ちゃんが君に何を期待しているか分かってるよね？」と釘を差すと、村上は「はあ〜っ？　安全運転っすか？」と、やっぱり分

かっていない様だった。

「じゃあ、このチケットをホテルの入り口の係に渡せば車を取ってきてくれるから。車に乗る時、そいつにチップを渡してね。気をつけるんだぞ！」と言って、車のパーキングチケットと鈴木が5ドル札を渡すと、村上は神妙な顔で「はい」と言って自分の部屋にカメラを取りに行った。

村上は夜が更けて賑わいを増したカジノを横目で見ながらロビーを抜けてホテルの外に出た。その途端、彼は景色が昼間と全く違っているのに驚いた。きらびやかな光が当たったところだけが強調され、見せたくないモノは暗闇に隠されてしまったので、昼間は張りぼてっぽく見えた建物が偽物なりのリアリティーを増していた。

鈴木に言われたようにアテンダントにチケットを渡すと、程なくして車が現れた。チップを渡して車を受け取った村上は颯爽と車に乗り込むとストリップに乗り出した。

ところがストリップは凄い渋滞だった。丁度、道の反対側で噴水のショーが行われているのが渋滞の原因だった。ほとんど車が進まないお陰で、彼は噴水のショーをゆっくり見ることが出来た。水が吹き上がる高さとその量、全体のスケールの大きさに圧倒されたが、それを見物している人の多

さにも驚いた。もうすぐ11時になろうとしているのに車道は車で、歩道は人で埋め尽くされているのだ。暗くなったら人っ子一人歩いていない様な、今まで泊まった田舎町とは大違いだった。

なかなか渋滞は解消されなかったが、周りをキョロキョロ見物するにはこのノロノロ運転が好都合だった。

彼は照明効果に使われているライトや巨大なLEDスクリーンの多さを見て、この町には省エネなんて考えが全く無いことがすぐに分かった。そして、エネルギーだけでなく、なにもかもを消費してしまう様なパワーが街中に渦巻いて、それが心地よかった。

サハラアベニューでUターンをして、渋滞が続くストリップを「シーザースパレス」の辺りまで戻ってくると、村上はさっきから隣を走っている女の子が3人乗ったBMWコンバーチブルが気になっていた。リアシートの子がウェーブしたブロンドをかき上げながら熱い視線を送ってくるのだ。

彼は、どうして心臓がドキドキするのか分からなかった。女の子からこんな風にモーションをかけられたのが生まれて初めてだったのだ。

どう反応していいか分からないので気がついていないふりをしてやり過ごそうとすると、今度は彼女が何か話しかけてきたが、その声は周りの騒音にかき消されて聞き取れなかった。

「What? （なんて言ったの？）」と聞き返そうとしたとき、急に車が流れだし、出遅れた彼は後ろのタクシーに激しくホーンとFワード（罵声）を浴びせられてしまうのだった。

そちらに気を取られ、焦って車をスタートさせたときは、さっきのBMWの姿が見えなくなっていた。村上の頭の中から彼女もスーッと消えて行った。

トロピカーナアベニューの角まで来ると、彼は「ニューヨーク・ニューヨーク」の自由の女神を見ながら右折して、インターステイトハイウェイ15号に向かった。

これからフリーウェイに乗ってラスベガスの全景を撮影出来る場所を探しに行くのだ。ラジオからはU２の「約束の地」が流れだした。

［U2　Where The Street Have No Name（約束の地）］

フリーウェイに乗ってスピードを上げると、後頭部に巻き込んでくる冷えた砂漠の空気が気持ち良かった。車の流れに乗ってエアポートをかすめ、ストリップのホテル群が遠くに見え始めると、彼

はこの旅が始まってからの自分について考えていた。

それを彼の言葉で表現するとこんなだった。


今、俺、自分に正直ビックリしてるんだ。

だって、こんなコンバチの車に乗って、アメリカのフリーウェイをガンガン飛ばしちゃってる、そんな俺が居るなんて、ついこの前まで考えたこともなかった。

俺、子供のときから自分の小さな殻に閉じこもって、その中だけで暮らしてきたのに、正太郎さんから「助手君、ちょっとルート66に行ってきて」って軽い感じでアメリカに送り込まれてから、何かが狂っちゃったみたいなんだ。

俺、こんなに長い時間他人と一緒に居たの初めてだし、こんなにしゃべったのも初めてでさ。

鈴木さんは、最初、すっげーイヤな人だと思ったんだけど、その鈴木さんが出す写真の注文が、俺のスイートスポットにズッポリはまるのには驚いた。俺ならこう撮るなと思う構図を、あの人、ズバッと言ってくるんだからビビッたよ。いろいろ有って、毎日一緒にいる内に、なんだかわからないけど、今は彼をＣｏｏｌだと思えるようになったよ！。

近藤さんにも「世の中にはこんな人が居るんだ？」ってビックリした。ギターを弾き始めると、突然人が変わっちゃうし、周りの空気まで変えちゃうんだから。

とにかくこの旅に出てから会う人、見るモノ、聞くモノ、触るモノ、食べるモノ、全てにビックリしっぱなしさ。雷が近くに落ちたときは本当に死ぬかと思ったし『写真撮ると魂が抜かれちゃう』っていう話にも驚いた。

ビックリし続けて気がついたら、いつもぼんやりとしか見えていなかった世の中にフォーカスが合いだしちゃって、周りの様子が段々クリアーに見え始めたんだ。そうしたら、人が何を考えてるのかも少しずつ分かるようになってきた。

旅が始まってから鈴木さんにつき合っていろんなものを食べさせられたから、食べ物の好き嫌いも無くなった。あのニューヨークの空港の兄ちゃんが言った通り、英語でも話が出来るようになっちゃった。だから、アメリカに来てから、一体、俺に何が起こったんだ!?　って感じなんだ。

アメリカってバカでかいし、ウワッと圧倒させられる景色の連続なんだけど、正直言ってラスベガスに着くまで、アメリカの町にはかなりガッカリしてたんだ。だって、ルート66沿いには古い物しかなくて、ずいぶん前に時計が止まったきりそこから先に進んでいないって感じだった。鈴木さ

んはそういう物を見て「すばらしい！」を連発してたけど、俺にしてみれば「だから？」って感じなんだよね。まあ、段々（その良さも分からないこともないな）と思い出したけどね。

シカゴを出てからこれまでずうっとそんな町ばっかりだったから、ラスベガスが見えてきた時は、手を叩いて喜びたいぐらいだった。

ダム作って水と電気を引っ張ってきて、砂漠の真ん中にこんな街を作って、そこに世界から人を呼んできちゃうんだから、そのパワーにビックリさ。

さっき見た「ジュビリー」のショー、俺にはちょっと古いって感じがしたけど、結構良かったんじゃないかなあ？　それで、ダンサーの中に不思議とどうしても目がいっちゃう人が居たんだ。もうその人から目を離せなくなっちゃって、ビックリさ。

どうした訳かその人とスウェットロッジで感じた母親のイメージがごっちゃになっちゃったんだ。

鈴木さんもしつこいし、ポケットの中には婆さんがくれた母親の電話番号のメモあるから、電話してみようかな？　なんて思ったりしている。

実は、俺、今、こんな気分になっている自分に一番ビックリしてるんだ。

その頃ホテルのラウンジでは、カジノから聞こえてくる喧噪を聞き流しながら、鈴木はしんみり近藤と酒を飲んでいた。近藤が心配そうに「ジョッシュ、どうするんでしょうかね？」と、村上の話題を持ちかけてきたが、鈴木は「さあねえ？」と、無関心を装って話を納めてしまった。鈴木は村上がどんな答えを出してもそれを尊重することに決めていたのだ。

それからしばらくジュビリーに関してオヤジっぽい話題で盛り上がったが、それも長続きせず、村上が帰ってくる気配もないので、彼らはそれぞれの部屋に戻って寝ることにした。

鈴木はこんなメモをノートに書き残した。

「Ｄａｙ 12　フラッグスタッフからラスベガスまでの３５０マイル」

３日間も砂漠を走り続けていると体が自然にオアシスを求めるようだ。

僕は、今日の午後「ラスベガスまで96マイル」の標識を見て、ルート66から外れるのを分かっていながら、思わずステアリングをそちらに向けて切ってしまった。

途中のフーバーダムで撮影をした。大恐慌からの復興の旗印とされているこのダムは、工事に従事する人達の雇用を作っただけでなく、ラスベガスという町まで作り、今でもそこに雇用を作り続け

ている。それはラスベガスだけでなく、このダムによって灌漑を受けられるようになった農地、電力が使えるようになったエリアも同様なのである。ダムの工事が始まってからもう80年が経とうとしているのだ。

5年ぶりで訪れたラスベガスは、たるんだ欲の皮をもう一度引っ張り直してフェイスリフトしたようで、その衰えない美貌と欲深さに脱帽だ。

以前はこの町でギャンブルやショッピングに興じた僕だったが、どうした訳か、ぱっと見美しいだけの整形美人には、もう騙されなくなってしまっていた。僕の何が変ってしまったのだろうか？この町に着いてから、この張りぼてだらけの空虚な空間に居心地の悪さを感じているのだ。

その頃村上は、ラスベガスのストリップに立ち並ぶカジノホテルを見渡せる場所を探してフリーウェイを走り、やっと東側の山の麓に理想的な場所を見つけた。

そこで彼は三脚にカメラを据えて、遠くにライトアップされたカジノホテルがカラフルなレゴのブロックを並べた様に見えるカットを撮影した。

撮影に入り込んでしまった彼の頭からは、さっきの迷いはすっかり消えていた。

夜景の撮影が上手くいくと、彼はストロボを焚いて車も入れたショットにもトライしてみたくなった。

始めてみると、車のボディーの明るさと背景の明るさをバランスさせるのが難しくて、いろいろなセッティングを試してみた。夢中になって撮影を続けていると、ファインダー越しに見たストロボの光の中に、ブロンドの美女が一瞬現れたような気がした。

我が目を疑った村上が、今撮ったショットをカメラの液晶モニターで確認すると、映っていたのは車だけだった。

セッティングを変えて、もう一度ファインダーの中の世界に気持ちを集中してシャッターを切ると、ストロボが光る度、イブニングドレスを纏ったカーナビの彼女がグラビアのモデルのようにポーズを変えてくれた。

それからひとしきり村上はいつも小川正太郎がやるように、モデルを褒めたりポーズの注文を付けたりしながら撮影に熱中した。

撮影を終えると、闇の中に彼女の姿はなかった。村上が焦った手つきでデータを確認すると、そこにも彼女の姿は残っていなかった。

村上は「車と夜景」は狙った通りのパーフェクトな写真が撮れたことに満足したが『写真で魂を抜き取る』領域にまだ自分が達していないのだろうと思った。

彼は、何枚かのショットに彼女の影がボンネットにうっすらと残っているのを見逃していた。


機材を片付け終えて（さあホテルに帰ろう）と車に乗り込んだ瞬間、あの視線を離すことが出来なくなってしまったダンサーの胸が頭の中にポッと現れた。

また自問自答を繰り返す羽目になった彼は、思わず右手をジーンズのポケットに突っ込んで、電話番号のメモが有ることを手で探って確かめた。

［Richard Marx Endlles Summer Nights（エンドレス・サマー・ナイツ）］

村上は一晩中当てもなくラスベガス周辺を走り周り、東の空が少しずつ明るくなっていく中、ガソリンスタンドの電話ボックスの前に車を止めた。

意を決した彼は電話番号のメモを握って車から降りると、電話ボックスを目指した。ゆっくりと受話器を取り、左耳に当ててから25セントコインをスロットに入れ、メモを見ながら注意深く番号ボタンを押した。すると一拍の間が有ってから「ブーーーーーー、ブーーーーーー、ブーーーーーー、ブーーーーーー」呼び出し音が鳴り始めた。

呼び出し音が鳴る度、彼の心臓はドクドクと高鳴った。「カチャッ」と相手が出た瞬間、彼は「ヒュッ」と息を詰めて身構えた。

「Thank you for calling. This is Mayumi（お電話ありがとうございます。まゆみです）」と、粘性のあるハスキーな声が聞こえてきた。村上は（これが俺の母親の声か）と思うと、ずっと空洞だった胸が重めの気体で満たされていく様な重苦しい感覚に襲われるのだった。

母親が出たら「もしもし、英一です」と言おうと用意していた台詞は、もう胸がいっぱいで声にならなかった。

すると続いて「I'm not available right now. Please leave your massage after the tone（ただ今留守にしています。発信音の後にメッセージを録音してください）」の後に「ピーーーー」というトーンが流れ出し、彼は初めて今聞いた母親の声が録音されたメッセージだということに気づいた

のだった。

結局村上は、何も言葉を発することが出来ず、無言のままゆっくりと受話器を耳から離した。

［Linda Ronstadt　Desperado（デスペラード）］

Day 13 ラスベガスから

鈴木はラスベガスからロサンゼルスは以前に何度か車で走ったことがあったので、この季節ならここを午後の早い時間に出れば、明るい内に目的地に着けることは分かっていた。だから村上の気持ちが変わって母親に会いに行くことになっても、時間的な余裕はたっぷりあった。それも計算済みで、今朝のコーヒーショップでの集合時間はゆっくり目の9時半だった。

鈴木はそろそろ集合時間なので身支度を整えて部屋から出ようとすると、ドアの下の隙間から差し込まれたホテルの封筒を見つけた。何だろうと思って拾い上げると、中身は利用明細書だった。それを開いて最初にパッと目に入ってきたのは、21日となっている今日の日付だった。それを見て鈴木は「あれっ?」っと思った。

この明細書の日付が正しかったら、今日が近藤のオーディションの日なのである。鈴木は何処かで日付を一日数え忘れていたのだ。アルバカーキまで夜通し走ったのが怪しかったが、その原因が

どうであれシカゴを出てから日付など頓着しないで旅を続けてきた証拠だった。

近藤からオーディションの時間と正確な場所を聞いていなかったので、鈴木は焦って一階のコーヒーショップに降りていった。

すでにテーブルに着いていた近藤と村上は、にこやかにコーヒーを飲みながら鈴木の登場を待っていた。

そこへ鈴木が「近ちゃん、大変だよ、今日がオーディションの日だよ!」と言いながら走り込んできて、「日付を一日勘違いしてたんだ。そのオーディションって何時からなの?」とまくしたてた。

すると近藤は慌てて「えっ? 今日ですか? 明日じゃなかったんですか?」と叫ぶと、「午後3時に来いと言われました」と、少しばつが悪そうに言った。

それを聞いていた村上が「鈴木さん、それって今すぐ出れば間に合うんすか?」と、彼にしては珍しく素早く反応した。

鈴木が頭をひねって考えながら「今、9時半過ぎだから、ぶっ飛ばしてギリギリかな?」と答えると、「じゃあ急がなくちゃ」と言って村上が席を立った。

すると近藤がトーンの下がった声で、「ジョッシュ何言ってるの、君、今、お母さんに会う気に

なったって言ったじゃないか。私のオーディションなんかもうどうでもいいから、お母さんに会いに行こうよ」と言いだしたのだ。

今度は村上が「近藤さんはオーディションのためにシカゴから何千マイルも旅してきたんじゃないすか？　俺の方は後付なんすから。早くロサンゼルスに行こうよ」とやり返した。

鈴木は近藤が言ったことを聞いて（えっ、ジョッシュはやっぱりお母さんに会う気になったんだ。作戦大成功！）と心の中で喜びながらも、村上の「近藤の旅を無駄にできない」というのももっともだし、困惑してしまうのだった。

鈴木が（どうしたものか？）と一旦天井を見上げた視線を元に戻すと、村上と近藤が同時に彼の顔をのぞき込んできた。彼らはこの二者択一を鈴木に迫っていた。

鈴木は（ちょっと待ってくれよ、僕は、元々はポン友とただ気楽にルート66を旅するつもりだったんだぜ、なんで、こんな大事なデシジョンを僕がしなくちゃいけないんだよ）と言いたいところだったが、近藤を拾ったのも、ジョッシュを母親に会わせようとラスベガスに寄り道したのも彼の判断だったのだ。だから、どちらにするかの選択も鈴木がするしかなかった。

彼は瞬時に頭をフル回転させて様々な可能性を比較検討すると、「じゃあ、ＬＡに行こう！」と

言ってパッと席を立った。

村上の母親はラスベガスに住んでいるのだから、後日会いに来る機会を作れるが、近藤のオーディションは時間が過ぎれば終わってしまうのだ。鈴木は近藤をオーディションに間に合わせるというギャンブルを選んだ。

鈴木と村上がさっそく行動を開始しようとすると、近藤はまた「オーディションのことは忘れて下さい」と言って席を立とうとしなかった。彼はまだ母親への強いこだわりを持っていたのだ。てこでも動かない構えの近藤を「近ちゃん、また怖じ気ついちゃったの?」と鈴木が挑発すると、やはり彼は「そんなことありませんよ」と、オーディションに未練が残っている素振りを見せた。

結局、「じゃっ行こう」と、鈴木と村上が両方から腕を引っ張り上げて、やっと近藤を席から立たせると、3人は大急ぎでそれぞれの部屋に戻って荷物をまとめて、チェックアウトを済ませた。

ホテルを出発する客が集中するこの時間帯はバレットパーキングから車が出てくるのに時間がかかって、荷物を積み込んで出発準備が整うと、時計は既に10時半を回っていた。

鈴木は「近ちゃん、オーディションの場所教えて」と、近藤が差し出す音楽プロデューサーの名

刺をひったくって、裏に手書きされた

「9081 Santa Monica Blvd. West Hollywood」

と、久しぶりにオンにしたカーナビに住所を入力した。

するとタイトなミニのワンピースでラスベガスのパーティーガールの様な格好をしたカーナビの彼女が現れて（どうしてズーッと私を放っておいたのよ！）ちょっと不満そうな顔で鈴木を見返した。

そして

「Distance 275Miles, Approximate Arriving Time 3:15PM」

「距離が２７５マイル（約４４０キロ）だいたいの到着時間午後3時15分」と距離と到着予定時間を教えてくれた。彼らはこの時点でもう15分遅れだった。

この到着時間の予測は、これから走る全行程を制限速度いっぱいの平均速度で走ったことを前提に計算されているから、実際はこの予想時間通りに到着するのだって至難の業なのである。ただし全行程の7割近くがインターステイトハイウェイ15号で、ここの制限速度が70マイルだから、この区間をぶっ飛ばしてＬＡ市内でひどい渋滞に遭わなければ、15分を取り戻せるかも知れないという

のが、鈴木の楽観的な予想だった。

彼は今回の旅行中にオクラホマ州でスピード違反を見逃してもらったので、今日はスピード違反一回目まではガンガン飛ばして行こうと決めていた。

ホテルから出た鈴木はカーナビの彼女の指示に従って、フラミンゴ・ロードを左折してインターステイトハイウェイ15号に乗ると、ロサンゼルスに向けてアクセルを思いっきり床まで踏みつけた。するとこのG37コンバーチブルはすばらしいエキゾーストノートを響かせ、4、5、6速とそれぞれのギアで息の長い加速を続けた。その間に鈴木はバックミラーをチラチラ見ながら5車線を斜めに横切り、中央車線で時速120マイルオーバーのクルージングに入ろうとしていた。

ギアがトップの7速に入ったのを確認した彼は、ラジオのボリュームを思いっきり上げた。

【Steppenwolf　Born to Be Wild（ワイルドでいこう）】

バックミラーに写るラスベガスの街はどんどん小さくなって視界から消えていったが、頭の中に

出来上がってしまった村上の母親のイメージはそのまま強く残っていた。

それは鈴木だけでなく村上も近藤も同じなのか、誰も口を開こうとしなかった。

ルート66と平行しているインターステイトハイウェイ40号と比べると15号の交通量は多く、車の流れは80マイルぐらいだった。鈴木はその中を120～130マイルで走っていた。

周りの車との速度差50マイルは、駐車場に駐まっている車の間を時速80キロで右に左に避けながら疾走するような感覚で、こんな運転は極めて事故のリスクが高かった。さすがの近藤でさえ昼寝を決め込むどころか、目をまん丸にして歯を食いしばって、血の気が抜けて白くなるほど両手に力を入れて助手席のシートバックにしがみついていた。

ところが村上は、スピードが上がれば上がるほど事故が起こる可能性が増え、衝突した時の衝撃が強くなり、それで自分が大けがをしたり命を落としたりするという想像力が欠如しているのか、危険に対する感性が未発達なのか、このリアル・スリルライドをドライビング・ゲームと同じように楽しんでいた。

鈴木はそれがさっきから気になっていたものの、車と車の間をギリギリですり抜けたのを助手席で手を叩いて喜ばれたりすると、彼もついつい理性や遵法意識が麻痺していくのだった。

「Eagles　Life In The Fast Lane（駆け足の人生）」

しばらくすると鈴木は心臓がバクバクし始めているのを感じて、この興奮状態をどこまで続けられるか心配になってきた。なにせ、４４０キロと言えば東京ＩＣから東名、名神を使って京都東ＩＣまでの行程である。先はまだまだ長いのである。

それに気付いた彼は、少し頭をクールダウンさせ、右に左に車を無理矢理抜くのは止めて前が空いた時だけスピードを上げるぐらいのペースにスローダウンした。それでも、彼らの車は周りと比べると十分速かった。

尾根を超えて視界が開けると、砂漠を貫くまっすぐな道が緩やかな坂を下り、真っ平らなドライレイクを通り抜け、今度は緩やかな坂を登ると、一筋の線になって遙か彼方の尾根に消えていくのが一望できた。

ドライレイクとは、冬の雨期に出来る浅い湖が干上がった泥の平地のことで、こういう地形は周囲に降った雨が地下に蓄えられてオアシスが出来る。

ここプリムの町は、ネバダ州とカリフォルニア州を分けるステート・ラインに位置していて、各地にインディアンカジノが出来るまではロサンゼルスから一番近いカジノとして人気だった場所である。しかし、今は単なる通過点となってすっかり寂れてしまい、農家の納屋を形どった巨大な「Buffalo Bill's（バッファロー・ビル）」カジノは、何とも滑稽な虚しさを醸し出している。

当初の予定には無かったネバダ州を通過することになったが、3人の旅はついに最後の州カリフォルニアまでやって来た。

「怒りの葡萄」の中でスタインベックはカリフォルニアを「乳と蜜の流れる地」と表していて、ジョード家の人たちはカリフォルニアにさえたどり着けば豊かな生活ができると信じてルート66の旅を続けたのである。そしてやっとの思いでたどり着いたカリフォルニアの農場でもひどい目に会い、夢

を打ち砕かれてしまうのだった。

今、3人が見ているカリフォルニアも「乳と蜜の流れる地」からはほど遠い乾ききった土色の砂漠だった。その砂漠の中を40フィートコンテナを上下2段積みした長い長い貨物列車が走っているのが見えていた。

【Doobie Brothers　Long Train Runnin（ロング・トレイン・ランニン）】

ガソリンの残量を確認した鈴木は（あれ？　ずいぶん減ってるな）と思った。昨日、ラスベガスに着いたときには4分の3は残っていたのに、もう4分の1しかなかった。

鈴木は村上を問いただすのではなく、「ジョッシュ、昨夜結構走ったの？」と、ただ確認すると、村上は「なかなか、良い撮影場所が見つからなくて」とだけ答えて、すぐにイヤフォンを耳に突っ込もうとした。

それを見た鈴木は会話を続けようと「あっそうだったんだ」と即座に答えると、「ところでさ、さっ

き君がお母さんに会う気になったって近ちゃんが言ってたけど、本当なの？　どうして気が変わったんだい？」と質問を続けた。あれほど頑なに母親と会うのを拒んでいた村上がなぜ考えを変えたのか、彼はその理由が知りたかったのだ。

すると、村上は鈴木の方を向いて、ゆっくり一言一言考えながら話し始めた。

「俺、今回アメリカに来るまで他人のことなんか考えたこと無かったんすよ。母親のこともまったく。人がどうしたとか、人が俺のことどう思ってるとか、そんなことどうでも良かったんす。友達もいなかったし。こんなに長い時間、人と一緒にいたこともなかったんすよ。同じ人と何日も朝から晩まで。鈴木さんが初めてっすよ。途中から近藤さんも加わって3人でズーッと旅してきたじゃないっすか。そしたら何となく人のことが見えてきたんすよ。人が困ってるとか、人の親切とかが。だって、いろんなこと有ったじゃないすか。それからニューメキシコでのスウェットロッジ。もう暑くて暑くてフラフラになった時、なんだか分からないけど、なんとなく母親ってものを感じたんすよ。そしたら昨夜のショーで、その時に感じた母親のイメージと重なるダンサーを見つけちゃって…。あの後、夜の街へ出たら、とにかくラスベガスすごくって、こんな街で母親がどうしているか気になり出しちゃったすよ」と、ここまでは話したが、昨夜彼女に電話をかけたことは隠してい

た。

「そうだったんだ。ジョッシュごめんね、許してくれよ。君がお母さんに会いたくなるように仕向けておいて、結局会わせないんだから、僕ってひどい奴だよな。本当に悪かったね」と鈴木が謝ると、「俺、全然問題ないっすよ。近藤さんのオーディションの方が大事っすから」と、村上は少し大人びた顔を見せるのだった。

すると、鈴木と村上の会話をさっきから聞いていた近藤が突然リアシートから身を乗り出してきて、「ジョッシュ、そんなプレッシャーかけないでよ！」と言って2人を笑わせた。

ガソリンも残り少なくなって走行可能距離も100マイルを切っていたが、既に3人の乗った車は、それだけ有れば十分なところまで、バーストーに近づいていた。

バーストーはルート66が通過していた町で、本来ならここからまた旧道に戻るのだが、このような先を急ぐ状況では、インターステイトハイウェイ15号を走り続けるしかなかった。

鈴木はこのバーストーで給油とトイレストップをすることにした。ここまで90マイル以上の平均スピードをキープしてきたので、この時点での到着予定時間は15分マイナスの2時45分だった。

[Christopher Cross　Ride Like The Wind（南から来た男）]

バーストーで車と人間様の空腹を最短時間で満たすために、ファーストフードの恩恵にあずかるしかチョイスは無かった。鈴木の頭に浮かんだプランは、まず村上を最初に現れたファーストフードの店で降ろしてランチを買わせ、その間に自分と近藤がガソリンスタンドで給油し、それぞれが待ち時間を利用してトイレに行き、給油が済んだら村上を拾って、15号に乗ってから車の中で食べるという段取りだった。これ以上ロスタイムを短縮してこの3つの必要事項を済ませるアイディアは思いつかなかった。

バーストーのメインストリートへの出口を知らせるロードサインが見えてくると、それと同時にマクドナルドの黄色いMサインも見えてきた。このプランを2人に説明すると、すぐに村上のオーダーテイクが始まった。彼はマックのことだと、やけに反応が良かった。

「鈴木さん。何にしますか？」

「何にしますかって、ハンバーガーだよ」

「ハンバーガーっても、いろいろあるんすけど。ビッグマックとかクォーターパウンダーとか」

「君に任せるよ」

「じゃあ、ポテトは付けますか？」

「もちろん」

「サイズはどうしますか？」

「君に任せるよ」

「じゃあ、飲み物は？」

「コーラ」

「サイズは？」

「Mかな？」

「だったら、バリューミールが得すっね？　同じ値段でLサイズのドリンクが付いてるっす」

「何でも良いから一番早いやつにしてくれよな、味や値段よりスピードだよスピード」

「OKっす。じゃあ、近藤さんは？」その質問に近藤は「Same」と答えて村上を茶化したつもりだったが、場の空気を読めていないジョークは受けなかった。

その時、車は丁度マックの前に着いて、村上は真面目な顔で「近藤さんは、同じモノで良いんすね!?」と言い残して車から飛び降りると店の中に走り込んでいった。

それを見届けた鈴木は、道の反対側のガソリンスタンドに向けて車を急発進させた。

ガソリンスタンドに着くなり鈴木は、「よいしょっ！」のかけ声と共に勢いよくポンプに飛びつき、クレジットカードを読み込ませると、ノズルを給油口に差し込んで給油を始めた。自分がガソリンを入れている間に近藤をトイレに行かせ、彼が戻ってきたら給油を交代して自分がトイレに行き、その間に出発準備が完了しているというのが鈴木の描いた理想の流れだった。

鈴木がトイレを済ませて車に向かって歩いてくると、給油を終えた近藤は既にリアシートに収まってシートベルトを締めて出発準備完了状態になっていた。

それを見た鈴木は慌てて車に向かって走りだした。昔のル・マン24時間レースのスタートの様に車に飛び乗ると同時にエンジンをかけシートベルトを締めて、激しくタイヤを鳴らして道に飛び出

し、派手なドリフトでUターンを決めた。
マックに近づいてくると、大きな紙袋を両手に下げた村上が店からかけ出してくるのが見えた。急ブレーキをかけて車を横付けすると村上は素早く袋を近藤に渡し、フロントウインドウのフレームとヘッドレストに手をかけて、ドアを開けずに助手席に飛び乗った。

それを確認した鈴木はオールドルート66を西に向かって猛ダッシュすると、タイヤを鳴らしながら左折して、インターステイトハイウェイ15号のオンランプをフル加速した。車はあっという間に１００マイルに達し、中央車線でクルージングに入った。

全てがプラン通り完璧に決まって、脱兎のごとく町から走り去る姿はまるで銀行を襲撃したギャングの様でもあり、鈴木は現金強奪に成功したギャングのボスになったような気分に浸っていた。

そしてこれがハリウッドのアクション映画だったら、さしずめこんな展開になるのではないかと彼は考えた。

銀行襲撃に成功してしたり顔のボスは、タバコに火を付けると煙を深く吸い込む。すると、遠くからサイレンが聞こえてくる。

煙を吐き出しながら後ろを振り返った彼は、パトカーが段々近づいて来ているのを知る。そして

「Shit!（クソッ！）」と言いながらタバコを車の外に投げ捨てると、力任せにアクセルペダルを踏みつける。

ギアが一瞬で4速までキックダウンされ、タコメーターがレッドゾーンまで跳ね上がり、エンジンが高回転で唸りながら、車のスピードがどんどん上がっていく。

ルームミラーで後ろを確認すると、赤と青のランプを点滅させながら追ってくるパトカーが映っていた。最初は一台だったパトカーがどんどん増えて、白いウサギを追う猟犬たちの様に狂ったような鳴き声を上げながら追ってくる。

ボスはアクセルを緩めることなく、前を走る車を右に左にヒラリヒラリと避けながら抜いていく。タンクローリーの鼻先をギリギリでかすめると、それに驚いたドライバーが急ブレーキをかけ、ジャックナイフ状態になったトレーラー部分がひっくり返る。道幅いっぱいに横滑りして行くタンクに何台かのパトカーと一般車両が突っ込んで大爆発が起こる。

これでパトカーの追跡を振り切ったかと口元をニヤッと緩ませたボスが後ろを振り向くと、燃えさかる炎の中から衝突を逃れたパトカーが何台か飛び出してきて、また追跡を続ける。

接近してきたパトカーのオフィサー（警官）が片手運転しながら窓からピストルを突き出して、

こっちを撃ってくる。その弾が助手席の子分をかすめてフロントウインドウに銃痕ができる。それを見て怖じ気づいた助手席の子分は、頭を抱えて身を丸めたまま固まってしまう。

リアシートのもう一人の子分は、ギターケースに隠してあったショットガンをおもむろに取り出すと、ガシャッと一回ポンプして弾を充填する。そして体をトランクの上まで乗り出してパトカーに狙いを付け引き金を引くと、その瞬間にバスケットボール大の穴がパトカーのフロントウインドウに開く。そして、車内に飛び散った血で一瞬の内にウインドウが赤く染まり、道から外れたそのパトカーは路肩を土煙を巻き上げながら転がり落ちていく。

もう一台のパトカーはショットガンでラジエーターを撃ち抜かれ、真っ白な蒸気を吹き上げて走行不能に陥ってしまう。

見通しがきく直線の先にポリスがパトカーを並べて非常線を張っているのが遠くに見えている。それぞれのパトカーの後ろにはショットガンやピストルを構えたオフィサー達が立ってギャングの車を待ち構えている。バリケードの真ん中には2台のブルドーザーまで用意して、彼らがそこから先へ行くのを絶対阻止する構えだ。

ボスは一旦車のスピードを落とし「降りるんなら今の内だぞ!」と子分たちを促すと、2人はそ

れぞれに「俺も行く！」と言って頷きあう。

それを聞いたボスはアクセルを思いっきり踏み込んで、長いホイールスピンと共に車をスタートさせる。リアシートの子分は最後に残った弾を紙箱から出してショットガンに詰め込み終えると、ガチャッと一回ポンプして弾倉に弾を充填する。助手席の子分も両方の手にピストルを持ち突撃準備を完了する。

車はどんどんスピードを上げ非常線に近づいてきたところで、リアシートの子分が立ち上がりパトカーに狙いを付けて引き金を引く。

それを合図にポリスの一斉射撃が始まり、彼らの車のボディーに弾痕がどんどん増えていく。

リアシートの子分は何発目かの引き金を引いた直後にポリスの銃弾が頭に当たってもんどり打って後ろに倒れ、トランクの上を滑りながら道に落ちると、路面をゴロゴロ転がっていく。助手席の子分もいつの間にか頭をガックリうなだれて動かなくなっていた。

ボスはステアリングを握った両腕の肘をまっすぐに伸ばし、上半身をシートバックに押しつけ、あごを引いて「ああーっ！」と大声を上げながらまっすぐブルドーザーに向かって突進して行く。

車がブルドーザーに激突する瞬間「鈴木さん、鈴木さん、どうしちゃったんですか？　大声出し

ちゃって。大丈夫すか?」と村上に体を揺すられて、鈴木は我に返った。彼は知らず知らずの内に「バニシング・ポイント」の世界に陥っていたのだった。

【Vanishing Point Movie Scene(バニシング・ポイント)】

「鈴木さん、早く食べないからビッグマック冷めちゃったっすよ。冷たくなって不味くたって俺のせいじゃないっすからね」と村上に忠告されて彼の足下を見ると、丸められたマックの紙袋が転がっていて、2人はとっくに食べ終わっていた。

鈴木は周りの車と同じになるまでスピードダウンすると、クルーズコントロールをセットして「ジョッシュ、ちょっとハンドル持ってて」と村上に車の舵取りを任せた。これで鈴木はビッグマックを両手で持ってかぶりつくことができた。

確かに村上が言うようにビッグマックは既に冷えていて、カラカラに乾いた喉を通すにはコーラの追い打ちが必要だった。それでも朝から何も口にしていない空きっ腹には冷めたハンバーガーも

フレンチフライも有り難かった。

バーストーでのピット・ストップは、まるでF1チームの様にそれぞれの役割がバッチリ決まって、ロスタイムを約7分で済ませることに成功したのである。ランチを食べ終わった鈴木は紙ナプキンで口の周りを一拭きすると、またスピードを上げた。

限りなく続くのではないかと3人を悲観的にしていた砂漠もついに終わりが近づいたようで、ビクタービルの町を過ぎると今まで見かけなかった人工的な建造物が視界に入ってくるようになった。いつの間にか車線も片側4車線になって、それに伴い交通量も増えており、もうこれ以上やたらにぶっ飛ばすのは難しくなってきた。カーナビが表示する目的地までの距離も90マイルを切って、この時点で到着予定時間は2時40分だった。

今までまっすぐだった道が大きく右にカーブすると急に視界が開け、ロサンゼルスから東に連なるサン・ガブリエル山脈の山並みが見えてきた。

ここまで続いていた砂漠は平均標高が900メートル以上もあってハイ・デザートと呼ばれており、インターステイトハイウェイ15号はここから麓の平地まで一気にこの高低差を下るのである。

この下り坂にさしかかると、それまでクルーズコントロールをセットして眠気を我慢しながら運転していたドライバー達も否応なしにテンションが上がって、みんな目を見開き車間距離を詰めてくるのだ。高いスピードを維持したい鈴木にとってこれはカモフラージュになるので好都合だった。

周りの車と抜きつ抜かれつのバトルを繰り返して長い下り坂を下り切ると、ルート66は「Get Your Kics on Rote 66」の歌詞に出てくる最後の町サンバーナディーノへ向かい、インターステイトハイウェイ15号は南西に向きを変えながら人里に出てくる。

この麓の一帯はここ10年ほどで開発が進んだ大規模新興住宅地である。何も無かった荒れ地や畑に道を作り、上下水道、ガス、電気を引き、どれを見ても同じような個性の無い家を無数に建て、そこに暮らす人々が生活に必要なスーパーマーケット、ショッピングモール、学校、病院などをパッケージで作り上げてあるのだ。しかし、ここには鉄道、バスなどの公共交通機関が無く、移動は自己責任で行うことが前提になっている。これこそ自動車文化が生んだアメリカならではの総合的な住宅都市開発であり、近くには必ずフリーウェイが通っている。

こういった大規模住宅地開発がロサンゼルスに限らず大都市周辺で雨後の竹の子に様に行われ、

建ててしまった家を売らんがために誰彼かまわず住宅ローンを貸し出したのがサブプライムローンであり、その焦げ付きが引き金になって起こったのが２００７年の金融危機だったのだ。

人里に降りてきた途端、ラスベガスとはまた違う人間の欲が渦巻く世界が繰り広げられていた。

鈴木たちの車はついにロサンゼルスのフリーウェイ網に入ってきた。今まで走ってきたインターステイトハイウェイ15号は、そのフリーウェイ網の東の端をかすめてサンディエゴまで南下する。久しぶりに登場したカーナビの彼女が、もうすぐ東西に走るインターステイトハイウェイ10号へ乗り換えるインターチェンジが迫っていることを教えてくれた。この時点で目的地まで残り50マイル（80キロ）到着予定時刻は2時50分だった。

両側合わせると12レーンもあるこのフリーウェイを埋め尽くした車が、秩序を保ちながら行き交う様はまさに壮観だが、ここまで交通量が増えてくると鈴木に出来ることは、渋滞が始まらないことを祈るだけだった。幸いラッシュアワーが始まる前のこの時間帯は、制限速度の65マイルを少し上回るスピードで順調に流れており、彼はカーナビの画面を何度もちらちら見て、これから先の渋滞情報を確認していた。

大河の流れに乗ったようにフリーウェイを進んでいくと、前方に小さく高層ビル群が見えてきた。それに気付いた村上が「アッ!」っと声を出すと「あれがロサンゼルスっすか?」と鈴木に聞いた。本来であれば鈴木も、ここで「やったー! はるばる来たぜ! ロサンゼルス!」と歓喜の雄叫びの一つでも上げるところなのだろうが、彼は何も言わず頷いただけだった。

彼が素直に喜べない理由は、この旅が終わってしまうと、また自分もコンクリートに囲まれた大都会の一員に戻らなくてはならないという脅迫観念からだったかも知れないし、前方の車が一斉にブレーキランプを付けて急減速を始めたからだったかも知れなかった。いずれにせよ、ここで渋滞が始まってしまったら万事休すだった。

前方の車がスピードを落としたのはインターステイトハイウェイ5号とのインターチェンジが近づいたからで、ノロノロ運転が始まってスピードが落ちた分、鈴木の血圧が上がってきた。

鈴木は、以前の自分だったら「近藤がオーディションに遅れたって、僕には関係ない」と冷たくあしらえてしまえたのに、こんなにリスクを冒してまで彼をオーディションに間に合わせようとしている今の自分が不思議でならなかった。ここまで自分を駆り立てているのはいったい何なのだろ

うか？　その答えを見つけ出そうとしても、運転に集中しすぎて脳が機能休止状態になっているのか、理論的な答えは浮かばなかった。

やっと自分たちに順番が回ってきて本線に合流すると車が流れだし、また元のスピードに戻ると鈴木の血圧はスーッと下がり始めた。

鈴木にとってロサンゼルスは、70年代半ばからの「西海岸ブーム」の火付け役の一人として何度となく取材に来た街で、その度にレンタカーで走り回ったから、世界中の都市で東京の次に土地勘の有る街だった。

これから通過するのは、ロサンゼルスのフリーウェイ網の中でも東京の首都高で例えたら「環状線外回り」とも言える部分で、いくつものフリーウェイが絡み合う難所である。そして、ハリウッド方面に向かうには、これまた江戸橋インターチェンジに匹敵する複雑なインターチェンジを抜けなければならないのである。

ここは車の流れがスムーズだと、道を心得ている鈴木でもロードサインだけを頼りに行きたいフリーウェイに乗り換えるのは至難の業なのだ。今日はカーナビの彼女が「右のレーンに寄れ」とか

「左に3レーン移動しろ」とか適切な指示を出してくれたお陰で、彼はかなりのスピードを維持したままボトル・ネックを通り抜け、ハリウッド・フリーウェイに乗ることが出来た。

街に入ってもハイテンションを維持して運転に集中し続ける鈴木は、自分が生み出したアドレナリンやドーパミンの影響なのか、景色が後ろに流れていく透明なチューブの中を飛んでいるような錯覚を伴うドライビング・ハイに陥っていた。

［Tom Petty　Runnin'Down a Dream（ランニング・ダウン・ア・ドリーム）］

鈴木が右手前方の山の頂きにハリウッドサインを見つけると、カーナビの彼女がサンタモニカ・ブルバードの出口が近づいていることを告げた。このサンタモニカ・ブルバードこそロサンゼルス市内を抜けるルート66のオールドルートなのである。

オフランプに向かってブレーキを踏み、車のスピードが落ち始めると、今までの緊張が緩み始め、鈴木はドライビング・ハイの透明なチューブからゆっくりと抜け出した。そして信号で止まると、事

故も起こさず無事にここまで来られたことに感謝して「ホッ」とため息をついた。

残り時間を確認すると15分だった。

目的地はここからだったらどんなに道が混んでも30分の道のりだから、この時点で、オーディションにはもう間に合ったも同然だった。

張り詰めていたテンションが緩んでいくと、ラジオからこんな曲が聞こえだした。

【Sheryl Crow　All I Wanna Do（オール・アイ・ワナ・ドゥ）】

ロサンゼルスは不思議な街である。ニューヨークに次ぐアメリカ第2位の都市であり、世界総合ランキングでも14位に入る大都会なのだが、サンタモニカブルバード沿いの建物はどれも木造の平屋か2階建てで、その様相はルート66沿いの小さな町の中心部とさほど変わらないのである。ただ違うのは、車で走ると5分で終わってしまうのではなく、それが何処までも切れ目無く延々と続いていることである。

車の流れものんびりとしていて、何処の大都市の交差点にも漂うピリピリ感が微塵も感じられないのである。信号の多いこの通りをイライラしながら先を急いでいるのは、鈴木たち3人が乗った車だけだった。

鈴木はふっとルームミラーに目をやると、近藤がギターをケースから出して弦のチューニングを始めていた。

カーナビの彼女が「目的地まで残り2マイル」を宣言した時、残り時間は5分だった。

鈴木はこれで約束の時間までに近藤をオーディション会場に届けられると確信したのと同時に、3人の旅が後数分で終わることに気付いた。

指のウォームアップを続ける近藤は、今朝から一滴もアルコールを口にしていないはずなのに顔がきりっと引き締まり、もうミュージシャンのオーラをしっかり発していた。

「目的地まで残り1マイル」をカーナビの彼女が知らせた。

鈴木はもう二度とこの2人と旅することは無いだろうから、彼らが一生忘れない一言を残そうと思い、それをさっきから考えていた。ところが、浮かんでくるフレーズはどれも軽くて陳腐にしか感じられず、口ごもっていた。それは、思いついたフレーズが悪いのではなく、この2人としてき

た濃密な体験を一言にまとめてしまおうというのが無理だったのだ。

そして彼は「近ちゃん、ジョッシュ、どうもありがとう。僕の長年の夢だったルート66の旅は、2人のお陰で予想外のセンチメンタルジャーニーになっちゃったよ！」とやっと口にすると、近藤をオーディションに参加させる責任を全うした安堵から感情が暴走し始め、突然両目から涙があふれ出した。

その時丁度
「You are arriving at your destination」

「目的に地に到着しました」とカーナビの彼女が知らせた。

鈴木が急ブレーキを踏んで車を止めたのは、70年代に取材をしたことがある有名なライブハウスの『Troubadour（トラバドール）』の前だった。

1957年にオープンした「トラバドール」は、エルトン・ジョンがここでアメリカデビューしたり、この店のバーで出会ったドン・ヘンリーとグレン・フライがイーグルスを結成して「Sud Cafe」の曲で歌ったほど、多くのスターシンガー、グループを世に送り出した1960〜70年代のロサンゼルス音楽シーンのメッカっだったとも言える場所である。

鈴木は素早く車から降りようとしているのに、4時間以上の運転で固まった体は自分が望んでいるようなスピードで動いてくれなかった。車の前を回ってやっとの思いで歩道に立った時、2人は既に近藤の荷物をトランクから降ろし終えていた。

鈴木が、眉毛の両端を下げて今にも泣き出しそうな近藤に歩み寄って両腕を開くと、彼がその中に飛び込んだ。そして2人はしばらく抱き合い、背中をバンバンたたいてお互いを祝福しあった。

村上もハグの輪に入れようと鈴木が彼が立っている側の体を開くと、村上は首をかしげてポカンと口を開けて突っ立っていた。業を煮やした鈴木が、手の平を内側に向けて「おいでおいで」をすると、村上も恥ずかしそうにハグの輪に入ってきた。彼はこれまで心を通わせる相手と出会う機会が無かった分、別れの辛さも知らずに生きてきたのだろう。体が密着してお互いの体温が伝わると、3人の心が通じ合って一つになったように鈴木は感じた。

車道に駐めたままになっている車を「早く動かせ！」と、さっきからホーンが聞こえていた。

「このまま何処までも3人で旅を続けたかったな！」と言いながら体を離した鈴木は、もう一度近藤と握手してから急いで車に戻った。村上もちょっとはにかみながら近藤と握手して、またドアを開けずに助手席に飛び乗った。

車を急発進させると「ありがとう…」と後ろから叫ぶ近藤の声が途中から聞こえなくなっていった。

近藤を降ろしたウエスト・ハリウッドからルート66の終点サンタモニカまでは残り10キロそこそこの一本道だが、鈴木はまだゴールへ直行する気はなかった。このG37コンバーチブルは、ロサンゼルス周辺に住む中高年男女のモニターから意見を参考にして味付けされた車だと自動車会社の人から聞いていたので、この街を象徴するいくつかのロケーションでどんな映え方をするのか撮影をして確かめたかったのだ。

まず旅の垢が溜まったボディーをさっぱり綺麗にしてやるため、カーウォッシュに向かった。車が30メートルほどのラインを流れていく間に洗い上がってしまう大がかりな洗車場は、大都市としては土地に余裕のあるロサンゼルスならではのビジネスである。ここで長旅に疲れた「Before（ビフォアア）」の姿と、洗車が済んだ「After（アフター）」の姿を撮影すると、また新車に蘇った車に乗り込んで2人は街に繰り出した。

【Randy Newman　I Love LA（アイ・ラブ・LA）】

サンセット・ストリップを走り抜けるシーンを撮影してからダウンタウンに向かい、ハリウッド・フリーウェイをまたぐ陸橋の上からフリーウェイを走る姿、幾何学的な建物が特徴的な「ウォルト・ディズニー・コンサート・ホール」前、よく映画のチェイスシーンに登場する「ボナベンチャー・ホテル」周辺、スポーツとエンターテインメントの中心となりつつある「LAライブ」前の5カ所で撮影を済ませた。

村上はどのロケーションでも鈴木の注文通りの写真をほぼ一発で決めたので、短い時間にこんな多くの場所で撮影することが出来た。最後になってやっと2人のギアがかみ合ったような手応えを鈴木は感じていた。

そしてさすが御当地カーのG37コンバーチブルは、この町のどんなシーンに連れ出してもその風景に華やかさを添えるような存在感があった。だからコンバーチブル以外のG37も街中でよく見かけたし、どのドライバーもスポーツジャケットを着こなすようにこの車を自分のファッションの一

部にしているオシャレな人達だった。

街中での撮影がスムーズに終了して、いよいよ後はルート66の終点での撮影だった。

鈴木はダウンタウンからサンタモニカ・フリーウェイを使わず、ヒストリックルート66を走ってゴールに向かった。


サンタモニカの街に入ると、遠くに西日を照り返して黄金色に光る太平洋が見えてきた。そこからさらに走ると、空気が急に冷やっとした海からの風に変わった。その風はわずかな湿気とほんのりと潮の香りを含んでいた。

そんなフレッシュな空気を肺いっぱいに吸い込んだ鈴木は、砂漠の乾いた空気と今朝からのアドレナリン大量放出でささくれ立った心がしっとり癒された。

突然「あっ海だ！」と叫んだ村上が、「鈴木さん、もうゴールっすよね？」と興奮した顔で聞いた。

鈴木は、さっき近藤と別れた時にエモーショナルなクライマックスを通り超えていたので、落ち着きはらって「ああ、そうだよ」と答えた。

すると村上は助手席で立ち上がると両手のVサインを頭上にかざして、「やったー！　ルート66完走！　俺、スッゲー嬉しいっす！　キャッホーッ！」と奇声を上げた。

「おい、ジョッシュどうしたんだよ？　そんなに嬉しいの？　君、それじゃあ、まるでそこらの兄ちゃんと同じじゃないか？　ついこの前までニコっともしなかった奴がなあ～んだよ？」と、鈴木は村上の喜ぶ様に驚くのと同時に、彼が普通の若者の様に振る舞うのが面白くなかった。

それでも、「だって俺、この、なんか『やったー！』って感じ味わうの生まれて初めてなんすよ。メッチャ嬉しいっす」と村上が言うのを聞いて、「そうだよな、濃い2週間だったもんな～」と鈴木もそれには納得だった。そして、今彼が味わっている人生初の達成感に至る過程を共有できたことを嬉しく思った。

ついに2人はサンタモニカ・ブルバードがオーシャン・ブルバードにぶつかるT字交差点に到達した。ここがはるばるシカゴから目指したルート66の終点なのである。

オーシャン・ブルバードに左折して車を止めると、鈴木はシカゴでスタートするときにリセットしたトリップメーターをチェックした。それは2451マイル（3921キロ）を示していた。

最後に残ったのはゴールでの撮影だった。

鈴木は、ここでの撮影を村上の好きなようにやらせてみようと、ずいぶん前から決めていた。それは村上へのご褒美の意味もあったし、自分がディレクションをしなかったら彼がどんな写真を撮るのか興味があったからだった。

「ジョッシュ、最後の撮影は君に任せるから、好きにやっていいよ」と村上に全権を渡すと、彼は「えっ、どうして」と一瞬驚いた顔をしたが、それもつかの間、すぐに自信が有りそうな表情に変わった。

村上は車を降りて周りを見回し、車から離れてみたり、道の反対側に渡ってこちらを見たりと、いろいろなアングルから構図を探した。そして車まで戻ってくると、腕を組んだまま黙り込んでしまった。しばし考え込んでから「俺、ここじゃ撮れいないッす」と言いだした。

「ジョッシュ、どうしちゃったんだよ?」と鈴木が聞くと、「俺、やっとルート66のゴールに着いて『やった〜!』って、鈴木さんの興奮が伝わる写真が撮りたいんっすけど、ここにはそれを見せられる材料が何にも無いじゃないすか」と答えた。

確かにここもシカゴのスタート地点同様、観光案内キオスクの横に申し訳程度の「West End of Route 66」の看板が立っているだけで、それ以外にゴール地点を示す物は何も無かった。鈴木は、

どれだけ多くのルート66を完走した人達が、自分と同じように、ゴールの記念写真を撮す舞台装置が無いのを残念がったのだろうと思った。

そして村上は独り言のように説明を続けた。

「あの看板と車を一緒に撮るのも位置的に無理だし～、海とパームツリーを入れれば絵になるかも知れないけど、今は西日が強いから逆光で車が真っ黒になっちゃうし～、鈴木さんのポーズだけじゃ弱いし～」と、彼の言うことはどれも的を射ていた。

それを聞いて鈴木ももう一度周りを見回すと、確かに崖下に広がる太平洋は西日で眩しいし、自分の「やりました！　のガッツポーズぐらいじゃ弱い」というのも悔しいが頷けた。

すると突然「鈴木さん、シャンパンシャワーやりますか？」と村上が言い出したのである。それを聞いた鈴木が「理解不能」という顔をすると、すかさず彼が「Ｆ１レースの表彰式の時にやるあれっすよ」と説明した。

それは鈴木には思いも寄らない演出だった。(どうしてそんなアイディアを思いつくんだ？　やられた！）と、心の中で敗北を認めなくてはならない程の驚きだった。そして、彼にディレクションを任せた以上、反論する権利は無いし、これを越えるアイディアも鈴木は考えつかなかった。

観光案内のキオスクで最寄りの酒屋の場所を聞いた2人は、シャンパンを買いに走った。

その酒屋で鈴木が

「Give me your most expensive, chilled champagne」

「冷えてる一番高いシャンパンをくれ」と注文すると、店のオヤジが出してきたのは「モエ・エ・シャンドン」だった。それは飲んでしまうのなら格安だが、まき散らしてしまうにはちょっともったいない値段だった。

車まで戻ると太陽の位置は更に低くなって、殆ど真横からオレンジ色の光が当たっていた。村上のディレクションは、ルート66のゴールを祝って鈴木が派手にシャンパンを車に吹きかけるという単純なものだったが、人生初のシャンパンシャワーを控えて、鈴木はドキドキしながら村上の撮影準備が済むのを待っていた。

村上がカメラを構えて「はい、準備OKっす！」と言ってから、2人で声を合わせて「3・2・1」とカウントダウンして「ポン」と鈴木がコルクの栓を飛ばすと連写が始まった。

瓶の口を親指で押さえて思いっきり瓶を上下に振ると中の圧力が上がってきて、隙間からシャン

パンが勢いよく吹き出した。それは、綺麗なスプレーになって空高く広がった。

さっきゴールした時のクールさは何処かへ吹っ飛んで、吹き上がるシャンパンの泡と共に鈴木は有頂天へ上り詰めて行くのだった。鈴木の頭の中には、村上が切るシャッター音とシンクロして、この旅の思い出深いシーンがスライドショーになって流れていた。

【Elvis Presley　America the Beautiful（アメリカ・ザ・ビューティフル）】

鈴木が何十年も夢見ていたルート66の旅だったが、走り抜いてこんなに満たされた気持ちを味わえると彼は思っていなかった。これが今回の The Mother Road の旅で起こった、鈴木にとって一番大きな想定外の出来事だった。

鈴木が体を反らせて瓶に残ったシャンパンを飲み干したところでシャッター音が止まり、撮影は終了した。

カメラの影から現れた村上の顔は、見違えるほどしっかりした青年の顔になっていた。

彼が白い歯を見せて笑ったので、鈴木も笑顔を返そうとするのだが、シャンパンを浴びてグシャグシャになった顔はコントロール不能で、泣き顔とも笑顔ともとれる表情のまま固まっていた。

少しずつ興奮が冷めてきて写真の出来に興味が湧いてきた鈴木は、「ジョッシュ、どんなに撮れた？　見せてよ」と言って、村上のカメラを奪い取る様にチェックを始めた。

どのショットにも、これ以上のことはないといった幸福感で満たされた表情でシャンパンボトルを振り回す鈴木が写っていた。

「(悔しいけど) ジョッシュ、さっきの僕の気持ちがそのまんま出ている、すっごく良い写真になってるよ、どうも有り難う！」と、鈴木はこの撮影が今回の旅で一番良い出来なことを認めざる得なかった。

それを聞いた村上は「そっすか〜っ？」と素っ気なく言うと、鈴木から取り返したカメラのロータリーダイヤル回して一枚一枚のショットを確認し始めた。

彼には鈴木がカーナビの彼女に抱きつかれてほっぺたにキスされているショットを撮った手応えが有ったのだ。カメラのダイヤルを早めに回すと、モニターの中で鈴木がパラパラマンガのように踊っていたが、やはりどのショットにも彼女は映っていなかった。けれども、鈴木のホッペタに付

いた真っ赤なキスマークがクッキリ写真に残っていた。

鈴木は今日一日をこんなメモに残した。

「ラスベガスからサンタモニカまでの285マイル……」

カリフォルニアが最初に脚光を浴びたのは、1848年に「金」が発見されて始まったゴールドラッシュからだった。それによって翌年の1849年には一攫千金を目指す山師達が大挙してここへやってきた。このならず者達は1849年にちなんで『49ers（フォーティーナイナーズ）』と呼ばれ、いまでもサンフランシスコのNFLプロフットボールチーム名として残っている。

1929年に起きた世界大恐慌の時は、仕事や農地、家を失った多くの人達が「乳と蜜の流れる地、カリフォルニア」を夢見てルート66を旅したのである。

また、1965年にママス・アンド・パパスが大ヒットさせた「夢のカリフォルニア」に始まるヒッピームーブメントでも、フラワーチルドレンと呼ばれたベビーブーマー世代の若者達が全米から集まってきた。

カリフォルニアは常に憧れの的だったのである。

ところがアメリカ建国２００周年の１９７６年にイーグルスは「Hotel California（ホテル・カリフォルニア）」で、退廃してしまった当時の世相を「We haven't had that spirit here since nineteen sixty-nine」「１９６９年以来そんなスピリットはここから無くなってしまった」と歌い、人々に「カリフォルニアの夢はもう終わってしまった」と宣言したのだ。この時代の世相を鋭く風刺したメッセージソングは全世界的な大ヒットとなり、翌年のグラミー賞最優秀アルバム賞を取った。

この「Hotel California」の歌詞にある「We are all just prisoners here, of our own device」「私たちはみんな、自分で作った檻に入っている囚人だ」「You can check out anytime you like… but you can never leave」「いつでも好きなときにチェックアウトすることは出来るが… ここから立ち去ることは出来ない」という自虐的な忠告まで誘い文句に変えてしまう程、カリフォルニアは魅力を秘めていたのである。

日本でもこの曲のヒットとほぼ同時に創刊された雑誌「ポパイ」が紹介した抜けるような青空、明るくカラフルなライフスタイルによって「西海岸ブーム」が起こり「ディズニーランド」や「ＵＣ

ＬＡ」のキャンパス・ストアーに日本人の若者が殺到した。

あれからの30数年間にカリフォルニアは2回も不動産バブルを経験し、サブプライムローン問題発祥の地ともなった。また、自作自演のＩＴバブルも経験している。

それでもここから多くの人が逃げ出した訳ではなく、未だに全米一の約３５００万人の人口を保ち、ＧＤＰでは世界で８番目の経済規模を維持しているのだ。

一つの時代が終わっても人々が逃げ出すことなく、また新しい時代を切り開いていくカリフォルニアのパワーの源はいったい何なのだろうか。

燦々と降り注ぐ陽光によって培われた人々の脳天気さがベースになっているのはもちろんだが、海に阻まれてもうこれ以上西には行き場がないからなのではないかと、ルート66の約４０００キロを走りきった僕は太平洋を眺めて思った。

Day 14 LAXにて

翌朝、旅の余韻を楽しむ余裕も無く、2人は東京に向けて発たなければならなかった。

9時過ぎにロサンゼルスの定宿にしているビバリーヒルズ・ホテルを出た鈴木は、ロデオ・ドライブを抜けた所にあるカード会社のオフィスに寄って、EIICH MURAKAMI名義のプリペイド・クレジットカードを作ると、その足で405フリーウェイに乗ってLAX(ロサンゼルス国際空港)に向かった。

村上は朝から黙り込んでいた。

そんな彼に鈴木が「どうしたのジョッシュ、なんだかセンチメンタルになってるんじゃないの?」と話しかけても、すぐに「そんなことないっすよ、これがいつもの俺っすよ!」と答えるだけだった。

鈴木は彼を母親に会いに行かせようと思って作ったクレジットカードをポケットから出すと「ジョッシュ、このカードに今回のギャラを入れておいたから、エアポートに着いたらラスベガス行きの飛行機に乗ってお母さんに会ってこいよ。正ちゃんには僕から君の帰りが少し遅くなるって話しておくから」と言うと、それを村上に渡した。村上は「いいんすか? 有り難うっす」と言ってカードを受け取ると、表情をパッと明るくした。

カードの使い方とラスベガス行きの国内線チケットの買い方を説明している内に、車はエアポートの周回路に入っていた。

鈴木は最後に「ジョッシュ、アメリカどうだった?」と今回の旅の感想を聞いた。

すると村上は「アメリカって、超、でっかくて、超、面白かったっす」と即座に答えた。鈴木はそんな彼を見て、(出発直後の彼とは別人じゃないか!?)と思った。

そして「あれっ、まったく興味ないって言ったのは誰だっけ?」と、村上に冗談めいた突っ込みを入れている自分も(ひょっとしたら別人になっているかも知れないな!?)と思った。

この14日間で成長したのは村上だけではなく、鈴木も変化していたのだ。

旅をゴールまで続けるには、鈴木自身も否応なしに自分をアジャストしなくてはならなかった。それは、次から次に起こる想定外の出来事や、東京では絶対に巡り会うことのない人や自然に遭遇したからで、彼はこれまで物事の判断基準としてきた物差しが全く当てはまらないケースが世の中には数限りなくあることを思い知らされたのである。

そして気がついたら、長い月日の間に少ずつが積み重なって大きく狂っていた彼のスタンダードがリセットされていたのだった。

鈴木はこんなスッキリとダイエットに成功したような爽快感を東京に持ち帰って、それをいつまで維持できるか、明日以降のことを考えるとリバウンドが怖かった。

車をインターナショナル・ターミナルの駐車場に止めてエンジンを切ると、カーナビの彼女はただ「GOODBYE(サヨナラ)」と、別れを惜しむでもなくクールに去って行った。彼女の余韻が消

えてから鈴木は（So Long!）と心の中で「さよなら」を言った。カーナビの彼女は、鈴木がこれから死ぬまでの間に何千回も思い出すことになるこの旅の参加メンバーとして、彼の記憶の中に生き続けるだろう。

鈴木はインターナショナルターミナルの前で帰国便の予約変更方法を村上に教えてから「ラスベガス行きの航空会社のターミナルはあっちだからね、分かった？」と国内線ターミナルの方を指さした。

それを聞き終えた村上が神妙な顔で「鈴木さん、色々ありがとうございました」と丁寧に礼を言って右手を差し出した。「なんだよジョッシュそんなにかしこまって」と、鈴木は笑顔を作って村上をハグすると、彼の背中を叩いて祝福しながら「もうスーさんでいいよ」とつぶやいた。

別れ際にした握手の力強さに、鈴木は村上の決意と情熱を感じることができた。彼もそれに応えて、村上の手をギュッと握り返して（ガンバレ！）のエールを送った。

2人は「それジャッ！　次は東京で！」と言って別れた。

航空会社のチェックインカウンターに行くと、鈴木の登場を待ち構えていた航空会社の日本人支

店長が名刺を差し出して「鈴木様、お待ちしておりました。ご旅行はいかがでしたか？」と挨拶してきた。

鈴木はちょっと離れていただけなのに、この日本人同士の間合いにまごついて、思わず身がすくんでしまった。それは、自分が旅行前に属していた世界へ、この支店長が早速引き戻しに来たかのように感じたからだった。

彼は「名刺を切らしちゃって」といなすと、月並みな挨拶を交わしてその場を切り抜けた。チェックインが済んで渡されたボーディング・パスは、やはりファーストクラスのそれだった。鈴木はこの航空会社に何か責任を押しつけられた様な気がして素直に喜べなかったが、これを断って波風立てる方が大人気ないと思い、「ありがとう」と受け取ってしまった。そして、支店長の案内でラウンジまで行って柔らかいソファーに腰を下ろすと、元居た世界に逆戻りしたようで、彼はこれまで感じたことがなかった居心地の悪さを味わうのだった。

鈴木は搭乗を待っている間に、その時の心境をこんなメモに残した。

今回の旅は本当に面白かった。出発前からすったもんだがあったが、なんとかシカゴからサンタ

モニカまでのルート66を無事に走り切ることが出来た。アメリカ大陸の東西3分の2、約4000キロは「このまま走っていても本当にゴールにたどり着けるのだろうか？」と絶望感に何度も苛まれ、その度投げ出したくなる程の長さだった。

通過した各州にはそれぞれ特有の自然があり、そのバラエティーの豊富さにも驚かされた。それは、終わりがないのではないかと思うほど単調な景色が何時間も続いていたのに、州境を越えると地形や植物がガラリと変わってしまう程の顕著な違いだった。そこに暮らす人々も世界中から様々な文化や伝統、言語や宗教を持って移り住んで来た人たちの末裔で、これまたバラエティーに富んでいる。元々この大地に住んでいたネイティブアメリカンの人たちも含め、アメリカは人種をベースにした無数のエスニック・コミュニティーが存在しているから合衆国なのである。

そして、自由を守ることを旗印に、貧富の差、文化や伝統、言語や宗教違いを乗り越えて国家を統一しているアメリカは、過去も現在も未来においても、常に地球上の「実験的未来コミュニティー」なのだということを痛感した。

若い頃から憧れだったルート66を思いもよらない道連れと旅し、自然に触れ、そこで暮らす人たちと関わることで、何十年もかけて確立したはずだった僕のアイデンティティーは一枚一枚剥がさ

れていき、ついには分厚い鎧の中に隠れていたピュアな自分を再発見するに至ったのである。

ルート66は僕を新しい僕に再生してくれた、正に「母なる道」だった。


その頃村上は…。

鈴木に指示された通り帰国便をキャンセルしてから国内線のターミナルまで行き、チケットカウンターの列に並んでいた。そして、出発便が全て表示されているモニターを見て、一番上に「Alburquerque（アルバカーキ）」行きの便を見つけた。

（アルバカーキか）と思った途端、ポッとキャシーの姿が頭に浮かんだ。それと同時に心にズキンと衝撃が走り、口の中に甘酸っぱいものが込み上げてくるのだった。それは彼が今まで感じたことの無い感覚だった。(アルバカーキからだったらあの居留地まで車で3〜4時間ぐらいの距離だったなあ）と、彼はキャシーの笑顔とあのメサからの眺めを思い出していた。

アルファベット順に並んだ行き先の都市名を見ていくと「Las Vegas（ラスベガス）」が見つかった。すると今度は、母親の留守電の声が蘇ってきて、また心がズキンと痛んだ。ただ、その刺激はさっきキャシーの事を思った時に味わった感覚とは種類が違った。どちらも彼にとって初めての感

覚だった。

それから列で順番を待っている間、彼の視線はモニター上の「Alburquerque（アルバカーキ）」と「Las Vegas（ラスベガス）」の間を行ったり来たりしていた。ついに自分の順番が回ってきてカウンターに行くと、彼の口を突いて出てきたのは「I want to go Alburquerque！（アルバカーキに行きたい！）」だった。

その頃近藤は…。

ロサンゼルスの街が一望できるハリウッド・ヒルに建つ豪邸のプールサイドで、デッキチェアーに寝ころがってシャンパンを喉に流し込んだところだった。

薄目を開けると、強い日差しでハレーションを起こした景色が白っぽく見えていて、プールから聞こえてくるトップレスでビーチボールに興じる女の子達のはしゃぎ声が耳に心地よかった。

彼は昨日のオーディションの後に

「Put your signature above this dots line」

「この点線の上にサインを！」と言われ、契約書らしき書類にサインをすると、そのままこの家に

連れてこられた。オーディションは秋からワールドツアーに出る超大物シンガーのバックミュージシャンを探すのが目的だった様で、それぞれの楽器を受け持つミュージシャンがここに集められていた。

この家もその超大物シンガーが持っている家の一軒らしく、昨日の夕方からセレブっぽい人達がドンドン集まってきてハチャメチャなパーティーが始まった。それは、以前エリック・クラプトンの自伝を読んで憧れた、ロックミュージシャンの私生活そのものだった。

近藤は周りの人から勧められるモノは全て拒まず、食べたり、飲んだり、吸ったり、嗅いだりしている内に記憶が無くなり、さっきベッドで目を覚ますと、全裸の見知らぬ美女が隣で寝ていてビックリしたばかりだった。

もう一度グラスを傾けると口の中にシュワーっとシャンパンの泡が広がった。その泡が舌の上で弾けるのを楽しんでいると、どこからか（真っ昼間からシャンパンなんか飲んでると地獄に落ちちゃうよ）と優しくたしなめるような母親の声が聞こえた様な気がした。

その忠告に素直に納得してしまえるほど、冷えたシャンパンは旨かった。

エピローグ　3日後

社長に呼び出された鈴木は、編集長降板を告げられることは分かっていた。

じり貧状態のメンズマガジンの販売部数を回復するため、誌面の若返りを図り、購買層を若者にシフトする方針を経営陣が決定したのだ。鈴木はこの編集方針の変更には反対だった。ブランドロイヤルティーの低い若者に頼るより、長年メンズマガジンを読んでくれていたのに離れていってしまった中高年の読者を引き戻すことを優先すべきだと、彼思っていた。

それに彼は、役員に奉られて編集現場から離れるのもまっぴらごめんだった。

だから彼は先手を打って辞表を用意していた。辞職の理由は、旅の途中から行方不明になり、約束していたブログも放棄して、スポンサーや読者に迷惑をかけたということにした。もちろんそれは方便である。

本当の理由は、彼が長年どっぷり浸かってきた広告収入に頼った雑誌出版ビジネスに限界を感じ

たからだ。実際にリーマンショック以降、広告出稿が激減して、休刊や廃刊に追い込まれるケースが相次いで起こっている。メンズマガジンだってこのままだと、過半数のページがペイパブと広告で埋め尽くされ、どんどん実売数が減る負のスパイラルに陥るのは目に見えていた。

会社の経営陣は雑誌の低迷はインターネットのせいだと、インターネットを目の敵にしているが、これも時代の流れとして受け入れなくてはならないと鈴木は思っていた。今やインターネットのパワーはミシシッピ川なんてものではなく、せき止めようとしたって止まるものではない。だったら、こんな変革期に身を置けたことを幸運だと思って、この流れに乗るのが得策ではないのか？

以前から彼の頭の中にＳＮＳを上手く利用すれば、今までの出版の常識を覆すような「活字を使ったエンターテインメント」が実現出来るのではないかというアイディアがボンヤリと浮かんでいた。それが、今回ルート66の旅のおかげで、それ本腰を入れて挑戦すべきだとの思いが一気に固まったのである。

鈴木がこんな暴挙に出ようとしているのも、彼にまだ変化を受け入れ自らを成長させられる力が残っていることをルート66が教えてくれたからだった。

彼は「Get your kicks on Route 66」を口ずさみながら辞表がちゃんと入っているか内ポケット

をもう一度チェックして、社長室のドアをノックした。

［The Rolling Stones　Route 66（ルート66）］

村上はその頃…。

メサの上から西の地平線に広がるサンセットを撮影していた。傍らには微笑むキャシーが寄り添っていた。

近藤はその頃…。

「Take me back to『Chicago』（私をシカゴに連れてって）」と書いた段ボールの切れ端を持って、フリーウェイの入り口に立っていた。

The End

著者

岡本 澄人 Sumito Sam Okamoto

ペーパーバック・ライター
ランドスピード・チャレンジャー
プロデューサー
1956年北海道札幌市生まれ。
10歳から東京で育つ。19歳でアメリカへ渡り国内を旅して回った後、ロサンゼルスに定住。
ディズニーランドの運営に興味を持ったことがきっかけとなり、オープン3年前より東京ディズニーランドのプロジェクトに参画するため日本に戻る。運営計画部、運営部、広報室、商品部で10年間勤務した後に退社。
エンターテイメントのコンセプト・デザイン会社The Works 副社長として、ロサンゼルスに移住。
映画製作に特化したプロジェクト管理ソフトウェアー Cinnamonを開発。
このシステムを使って製作する映画のプロットとして「ザ・マザーロード／ルート66」を発案。その後、このストーリーをドラマ・シリーズ化するプロジェクトを立ち上げ、現在も継続中。
F-5 Spirits Racing Team を組み、時速500キロ達成を目指して、ボンネビル・ソルトフラッツでのランド・スピード・トライアルに挑戦中。（現在までに記録した最高は、時速281キロ。）

The Mother Road / Route 66

by Sumito Sam Okamoto

AMESIAN BOOKS
2535 W. 237th St., Unit 106
Torrance, CA 90505
amesianbooks.com

Publisher: Kyoichi Ichimura

Director: Kyoichi Ichimura
DTP: Megumi Tamura
Editor: Will Tachiiri
Editorial assistant: Anna Nakamura

Sales and distribution: Risa Akashi

Illustrator: Telly Sahara

ISBN 978-1-945352-06-5(PB) ISBN 978-1-945352-07-2(EB)

10 9 8 7 6 5 4 3 2 1

First edition, 2020

Amesian Books
WANANN,Inc.